Brigitte Lamberts / Ursula Schmid-Spreer / Jan Lammers
(Hrsg.)
Blutspuren auf Mallorca

Wellhöfer Verlag
Ulrich Wellhöfer
Weinbergstraße 26
68259 Mannheim
Tel. 0621/7188167

info@wellhoefer-verlag.de
www.wellhoefer-verlag.de

Titelgestaltung: Uwe Schnieders, Fa. Pixelhall, Mühlhausen
Satz: Wellhöfer Verlag

Die Erzählungen sind frei erfunden. Ähnlichkeiten mit wirklichen Personen oder tatsächlichen Ereignissen sind nicht beabsichtigt und somit rein zufällig.

ISBN 978-3-95428-241-8

Brigitte Lamberts / Ursula Schmid-Spreer / Jan Lammers
(Hrsg.)

Blutspuren auf Mallorca

Inhalt

BRIGITTE LAMBERTS

Aussichtslos

Jaume de Riba steht am Rand eines Felsplateaus oberhalb von Port de Sóller und schreit seine Wut und Verzweiflung hinaus. »Du bist schuld! Du bist selber schuld! Du hast es nicht anders verdient!« Er atmet laut aus und wischt sich mit dem Handrücken über den Mund. Dann setzt er sich mit zittrigen Beinen auf den Felsen und starrt auf das nächtliche Meer. Das Wasser glitzert silbern im Licht des Mondes. An seinen Händen bemerkt er getrocknetes Blut. Er zieht ein Stofftaschentuch aus der Hose, bespuckt es und versucht, das Blut von seinen Handflächen zu wischen. Er reibt und reibt, doch das Blut lässt sich nicht entfernen. Er spuckt erneut auf das Taschentuch und wischt hektisch über seine Finger. Angewidert steckt er es wieder ein. Er heult auf: »Du hast mir meine Liebe genommen. Und jetzt hast du mich zum Mörder gemacht.«

In Sóller, dem Dorf oberhalb des Hafens, ist Jaume mit seinen zwei älteren Brüdern aufgewachsen. Sein Großvater und sein Vater haben die Familie mit Weinbergen und Orangenplantagen zu Wohlstand geführt. Sie exportierten ihre Weine nicht nur zum spanischen Festland, sondern in viele Länder. Sogar am französischen Hof genoss der Adel die Weine ihres Weingutes. Doch dann kam es Schlag auf Schlag: Die Reblaus vernichtete 1891 den jahrhundertealten Weinanbau. Innerhalb kürzester Zeit waren sämtliche Rebstöcke vernichtet. Wenig später wurden die Orangenhaine von einer Insektenplage heimgesucht. Für die Bauern eine Katastrophe. Für das Tal der Orangen, wie die Gegend um Sóller im Volksmund genannt wird, war die Ernte ruiniert und das auf Jahrzehnte hinaus. Sein Vater hatte keine Kraft mehr für einen Neubeginn. Er überschrieb dem ältesten Sohn Pep die Weinberge, die dieser mühevoll in Mandelplantagen umwandelte. Der zweitälteste Sohn Cosme bekam damals die Orangenhaine und konnte die Schädlinge erfolgreich bekämpfen.

Und er, Jaume? Er weiß, sein Vater versuchte, das Erbe gerecht aufzuteilen. Als Jüngster erhielt er das restliche Barvermögen mit den Worten: »Geh in die Welt hinaus und vermehre es!« Viele junge Mallorquiner wanderten am Ende des Jahrhunderts aus. So auch Jaume. Er ging als Schwammtaucher nach Kuba und kehrte erst 1920 nach Mallorca zurück.

Er erinnert sich, wie sie auf Kuba in spärlich eingerichteten Unterkünften hausten: ein Saal voller Stockbetten, von einem abschließbaren Schrank keine Rede und wenige Bretterbuden als Toiletten auf freiem Feld. Seine größte Sorge war es, beklaut zu werden und so das Geld seines Vaters zu verlieren. Immer trug er es in einem Jutebeutel bei sich. Er arbeitete hart. Denn er wollte zurückkehren zu Antònia, der er beim Abschied die Ehe versprochen hatte. Er wollte eine Familie gründen und sich selbst etwas aufbauen. Das war sein Traum. Daran arbeitete er in Kuba bei tropischen Temperaturen und mäßigem Essen bis zur Erschöpfung. Ein Eintopf mit Innereien war die tägliche warme Mahlzeit, das war mehr, als andere sich leisten konnten.

Zwei Arten gab es, den kubanischen Naturschwamm für die wohlhabende amerikanische und europäische Kundschaft zu ernten: War das Wasser seicht, genügte eine Stange mit Greifhaken, um ihn vom Meeresboden zu pflücken. Er hingegen bevorzugte die Tiefe. Er tauchte hinab und riss den Schwamm mit den Händen ab. Seine Ausbeute war so um ein Vielfaches höher als die seiner Mitstreiter. Die gefährlichere Variante brachte ihm Anerkennung ein und seine umgängliche Art verhalf ihm zu Sympathien auch bei seinen Konkurrenten – beides schützte ihn vor denjenigen, die ihm nichts Gutes wollten. Neider gab es mehr als genug.

Jaume steht auf und blickt die schroffen Felsen hinab. Die Vorsprünge unterhalb der Wasseroberfläche sind nicht mehr sichtbar. Er fährt sich durch sein dichtes Haar. Das Wasser zieht ihn magisch an. Schon als kleiner Junge hat er das Meer geliebt. Er hat es respektiert, aber niemals hat er sich gefürchtet. Doch heute Nacht ist es anders. Noch nie hat er die Faszination der Tiefe so empfunden wie jetzt. Ihm wird schwindelig, er setzt sich und stützt seinen Kopf in beide Hände.

Irgendwann erreichte ihn ein Brief von Antònia. Wie hatte er sich gefreut und ihn sehnsuchtsvoll aufgerissen. Doch ihre Nachricht erschütterte ihn bis ins Mark. Sie könne nicht weiter auf ihn warten und werde Pep, seinen älteren Bruder, heiraten. Fünf Jahre sei eine lange Zeit, erklärte sie, und seine Rückkehr ungewiss. Jaume war damals verzweifelt, doch er musste sich eingestehen, er hatte Antònia zu viel zugemutet. Wie dumm war er gewesen, seine große Liebe auf Mallorca zurückzulassen. Der größte Fehler seines Lebens. Er hätte sie mitnehmen sollen. Aber er hatte nicht gewusst, was ihn erwartete. Sie hätten alles gemeinsam durchgestanden, davon war er heute überzeugt. Dass sie sich getröstet hatte, konnte er verstehen und auch verzeihen, aber dass es gerade sein ältester Bruder Pep sein musste, ging ihm immer noch nicht in den Kopf. Mit Cosme, seinem zweitältesten Bruder, lag er auf einer Wellenlinie, sie waren aus gleichem Holz geschnitzt. Aber Pep war immer schon anders, rücksichtslos, nur auf seinen Vorteil bedacht.

Als wohlhabender Mann kam Jaume vor drei Jahren aus Kuba zurück. Kaufte ein Anwesen in der Nähe seiner Familie und begann mit dem Weinanbau. Alle hielten ihn für verrückt. Die Angst vor der Reblaus saß noch zu tief. Doch er hatte viel von seinem Vater und Großvater gelernt und Erfolg.

Jaume steht auf und schaut erneut in die Tiefe, dann geht er ein paar Schritte auf dem Felsplateau hin und her. Viele Frauen zeigten Interesse an ihm. Er lächelt traurig. Das lag nicht nur an seinem guten Aussehen, es war vor allem sein Geld. Und Antònia und er? Sie hatten sich nie ausgesprochen, auch nach seiner Rückkehr nicht. Eine ungelenke Begrüßung auf Familienfeiern, ein kurzes Gespräch. Er hatte den Kontakt gemieden. Zu groß war der Schmerz gewesen.

Lange dauerte es, bis er das Gefühl hatte, sich wieder für eine neue Beziehung öffnen zu können.

Doch dann traf er Antònia zufällig auf dem Markt. Das war am heutigen Morgen gewesen. Es kommt ihm vor wie aus einer anderen Zeit. Sie war sehr blass und hatte dunkle Ringe unter den Augen. Als er ihr helfen wollte, einen Obstkorb zu stemmen, verschob sich ihr Kleid etwas. Ihre Schulter war voller Blutergüsse.

Am Abend ging er zu seinem Bruder, um ihn zur Rede zu stellen. Doch er hätte wissen sollen, dass es nicht gutgehen konnte. Er kannte Pep doch, Reden war zwecklos. Aber er konnte nicht anders. Und schon gingen sie aufeinander los und prügelten sich quer über den Hof. Bis ihre Mutter auftauchte und sich zwischen die Brüder warf.

Jaume zieht ein zerknülltes Päckchen Zigaretten hervor. Schon länger hat er sich keine mehr angesteckt. Aber das ist nun auch egal, alles ist egal. Er hält das Feuerzeug an die Zigarette und nimmt ein paar tiefe Züge. Und schon tauchen die Bilder von heute Abend vor seinem inneren Auge wieder auf: Pep schnappte sich eine Sichel. Seine Augen blitzten gefährlich. Dann stürmte er auf ihn los. Doch seine Mutter war im Weg. Er ahnte, sein Bruder würde die Mutter verletzen, nur um an ihn, Jaume, heranzukommen. Er sah, wie er seine Mutter wegstieß, auf seinen Bruder zustürzte und ihm die Sichel entriss. Dann zog er im Schwung durch. Es ging ganz leicht. Eine einfache Handbewegung, die Sichel waagerecht am Hals entlang. Das Blut sprudelte sofort aus Peps offener Kehle heraus. Ein kurzer Augenblick der Stille, wie eingefroren. Dann sackte sein Bruder stöhnend zusammen.

Seine Mutter und er konnten nichts mehr tun. Das Blut ließ sich nicht stillen. Sie mussten zusehen, wie Pep verblutete.

Jaume erinnert sich auch an den Blick seiner Mutter. Er war einfach davongelaufen, weg von dem Toten, weg von dem Blut. Und weg von dem Blick, der ihn immer noch verfolgt. Stürz dich doch einfach hinunter! Wie willst du denn deiner Mutter jemals wieder in die Augen sehen? Das Meer verurteilt dich nicht. Es nimmt dich auf. »Mierda!«, schreit er zum Meer hinaus. »Soll mein Leben wirklich so enden? Er hat mir Antònia genommen, er hat sie geschlagen und misshandelt. Er hat es verdient!« Ein Weinkrampf schüttelt ihn. Schließlich murmelt er: »Nein, er hat es nicht verdient, trotz alledem. Ich bin und bleibe ein Mörder, der Mörder meines Bruders.«

Erschöpft blickt er aufs Meer. Da bemerkt er jemanden hinter sich. Zwei Arme legen sich behutsam um seinen Oberkörper, er spürt einen Kopf an seinem Rücken. Antònia. Langsam dreht er sich um und blickt in ihre dunklen, geliebten Augen. »Alles wird gut«, spricht sie leise. Sie streicht ihm sachte durch seine Haare: »Wir stehen das zusammen durch.«

Historischer Hintergrund

Arbeitslosigkeit und Hunger auf Mallorca

Im 19. Jahrhundert war Mallorca wohlhabend. Der Seehandel florierte, die Landwirtschaft boomte, allem voran der Weinanbau. Die süße Malvasia-Traube wurde sogar am französischen Hof kredenzt. 33.000 Hektar der Insel waren mit Rebstöcken bepflanzt, die rund 75 Millionen Liter Wein ergaben, das wichtigste Exportgut der Mallorquiner. Doch dann ereilte Mallorca ein Schicksalsschlag nach dem anderen. 1891 wütete die Reblaus auf der Insel und machte die Weinreben zunichte. Ein Einschnitt, der auch heute noch spürbar ist. Mittlerweile entwickelt sich der Weinanbau wieder bestens, doch mit vier Millionen Liter pro Jahr ist es fast zwanzigmal weniger als zur Blütezeit. Dann die nächste Bedrohung der mallorquinischen Landwirtschaft: Fast zeitgleich zur Invasion der Reblaus erfasste eine Epidemie die Orangenhaine in Sóller.

Der Verlust der spanischen Kolonien Kuba, Puerto Rico und Philippinen 1898 versetzte der spanischen und so auch der mallorquinischen Wirtschaft einen zusätzlichen Dämpfer, sodass Mallorca um die Jahrhundertwende einen dramatischen wirtschaftlichen Absturz erlitt und die Arbeitslosenquote ins Unermessliche stieg. Es gab keine Arbeit und die Menschen hungerten. Viele junge Mallorquiner wanderten aus nach Barcelona, Frankreich, Süddeutschland, nach Amerika, Argentinien, Uruguay oder Kuba.

Die Schwammtaucher

Viele Mallorquiner begaben sich in die ehemalige Kolonie Kuba, um als Schwammtaucher Geld zu verdienen. Die meisten jungen Männer kamen aus Palma, Sóller, S'Arracó und besonders viele aus Andratx. Die ersten zogen schon 1879 los, die letzten kehrten 1939 zurück. Die meisten brachten es zu Wohlstand und ohne ihre Unterstützung der zurückge-

bliebenen Familienangehörigen wäre das Leid auf der Insel noch um ein Vielfaches größer gewesen. So erwirtschaftete ein Schwammtaucher locker das Dreifache von dem, was ein Baufacharbeiter auf Mallorca verdiente, wenn er denn Arbeit hatte. Als wohlhabende Männer kehrten Hunderte Auswanderer zurück und manch einer wäre vielleicht noch länger geblieben, wenn nicht wieder die Natur ihnen einen Strich durch die Rechnung gemacht hätte: Eine Pilzepidemie machte den kubanischen Schwamm unbrauchbar.

URSULA SCHMID-SPREER

Das geheimnisvolle Grabmal

Wieder der Traum. Claudia schreckte hoch. Eine Frau, die Kapuze tief in die Stirn gezogen, zeigte mit dem Finger auf sie, lockte sie. »Komm«, sagte die Erscheinung. Und sie ging auf die Frau zu, seltsam angezogen von dieser Gestalt. Sie stolperte, fiel und fiel und wachte schweißgebadet auf. Ein Traum, sie träumte ihn oft.

Claudia ließ den Brief sinken. Eine spanische Briefmarke. Das Kuvert sah gewichtig aus. Eine Adresse, die ihr nichts sagte: Advocat irgendwas, sie konnte es nicht aussprechen.

Wenn du ihn nicht öffnest, wirst du nicht wissen, was drinsteht, sagte eine Stimme in ihrem Kopf.

Was ist, wenn du es gar nicht wissen willst, weil es etwas Schlimmes ist, flüsterte eine andere.

Um Zeit zu schinden, schenkte sie sich in der Küche ein Glas Milch ein, nahm einen Schluck davon. Sie ging auf und ab, immer den Brief im Blick. Ihre Mutter hatte mallorquinische Wurzeln. Als Kleinkind war sie mit den Eltern mal auf der Insel gewesen, dann nie wieder. Nur dunkel konnte sie sich daran erinnern. Sie holte das Brotmesser aus der Lade. Sie zögerte, dann öffnete sie den Brief mit einem Ratsch. Sie drehte ihn hin und her. Endlich nahm sie den Inhalt heraus. Ein Flugticket für das Wochenende, ein Brief in deutscher Sprache, der sie in knappen Worten einlud, nach Mallorca zu kommen. Sie habe geerbt.

»Das kann ich nicht sein! Eine Verwechslung. Wer vererbt mir etwas, noch dazu aus Mallorca?« Sie rief es laut. Nach dem Tod ihrer Eltern, die bei einem Verkehrsunfall starben, war sie froh, einen kleinen, aber feinen Freundeskreis zu pflegen. Weitere Verwandte gab es nicht mehr. So griff sie auch gleich zum Telefon und rief ihre beste Freundin Lina an.

»Da fliegst du hin! Zu schade, dass ich Wochenenddienst habe, sonst würde ich dich begleiten.« Lina war resolut, das tat ihr gut.

In der Nacht träumte sie wieder den Traum. Diesmal sah sie kurz die Gesichtszüge der Frau. Wo hatte sie die schon einmal gesehen? Als sie aufwachte, war da keine Angst, nur das Gefühl, dass etwas Aufregendes zu erwarten sei.

Der Termin bei Advocat Gutiérrez war um 18 Uhr. Zeit genug, sich Palma anzusehen. Claudia schlenderte über die Plaça d'Espanya. Sie bewunderte das schöne Denkmal, das Jaume I. darstellte, der auch der Eroberer genannt wurde. Majestätisch grüßte er von seinem Pferd. In einiger Entfernung stand ein Bus: Linie 9. Ihre Füße ließen sie wie von selbst einsteigen. Nach einiger Zeit sagte eine Lautsprecherstimme: »Cementeri.« Claudia stieg aus. Sie horchte in sich hinein, ob sich ein mulmiges Gefühl einschlich. Wer ging schon gerne auf einen Friedhof? Still war es und friedlich. Menschen, die einmal gelebt, geliebt, gearbeitet hatten, lagen hier. Welche Geschichte hatten sie wohl zu erzählen?

»Du musst keine Angst vor den Toten haben, wohl eher vor den Lebenden.« Wer hatte da zu ihr gesprochen? Claudia erschrak. Aus dem Augenwinkel sah sie eine Frau, die trotz der Hitze eine Art Cape mit einer Kapuze trug.

Das konnte nicht sein. Der Traum, den sie seit Wochen träumte, stand deutlich vor ihr. Sie halluzinierte schon.

Claudia erblickte schlichte Gräber. Sie sahen anders aus als auf einem deutschen Friedhof. Kaum bepflanzte Ruhestätten, überall Steinplatten.

Das vereinfachte die Grabpflege immens. Sie schmunzelte. Sie hatte eher das Gefühl, in einem Skulpturengarten zu sein. Überall Engel, Ornamente, Statuen, Reliefs. Sie zog eine Flasche Mineralwasser aus ihrer Handtasche. Wie gut, dass sie daran gedacht hatte, sich eine Flasche Wasser einzustecken.

Sie nahm einen großen Schluck und wischte sich mit dem Ärmel ihrer Bluse über die schweißnasse Stirn.

»Hier gibt es wirklich interessante architektonische Gebilde. Hast du schon die Mausoleen von Nahem betrachtet? Und dieses Grab?«

Wer hatte mit ihr gesprochen? Erschrocken drehte sich Claudia um sich selbst. Sie glaubte schon, Stimmen zu hören! Jetzt wollte sie es aber wissen und zog ihr Handy aus der Tasche. Sie googelte Cementeri, Palma de Mallorca. Der Friedhof wurde 1821 eingeweiht und erinnert sehr an einen Museumsbesuch, las sie. Das konnte sie bestätigen, das war wohl eher ein Skulpturengarten.

Als sie sich umdrehte, wäre sie beinahe über einen Stein gestolpert. Ein liegender Engel auf einer Steinplatte war von Moos bewachsen. Es durchzuckte sie wie ein Blitz.

»Ruiz de Martín«, stand da und eine Jahreszahl.

Sie musste ein paar Fotos machen. Eifrig knipste sie das Grab. Mit dem Fuß stützte sie sich auf einem Stein ab. Er wackelte und rollte weg. Sie strauchelte, konnte ihr Gleichgewicht nicht mehr halten, rutschte aus, fiel, schlug mit dem Kopf auf, dann wurde es schwarz um sie.

Sie fühlte etwas Kaltes, Glitschiges. Erschrocken richtete sie sich auf. Was war passiert? Sie lag in einem Gang, Menschen in Capes huschten an ihr vorbei.

»Rápidamente«, sagte eine Stimme. »Komm, die Korsaren ...«

Als sie nicht antwortete, zog sie ein kräftiger Arm nach oben.

»Venir«, es war eine männliche Stimme, diesmal ungeduldig. »Wir müssen uns in Sicherheit bringen.« Claudia stolperte mehr, als sie ging. Der Mann hatte spanisch gesprochen. Sie konnte kein Spanisch, warum konnte sie ihn verstehen? Als sie an sich heruntersah, erschrak sie. Wie sah sie aus? Sie trug ein schmutziges Leinengewand, das mit einem Strick um ihre Hüften zusammengehalten wurde. Sie war barfuß.

»Wir müssen zum Puig de Sant Salvador, die Korsaren ...« Den Rest des Satzes verstand sie nicht mehr, da in unmittelbarer Nähe noch mehr Menschen aufeinanderstießen. Der Fremde hielt sie am Ellenbogen fest, zerrte sie durch eine Luke. Unsanft landete sie auf einem Waldboden, der mit Piniennadeln übersät war.

»Das wäre geschafft«, meinte der Mann. »Diese verflixten Korsaren haben die Pest nach Sant Salvador gebracht.«

Claudia hielt das Linnen über der Brust zusammen. Sie fühlte, wie ihr etwas Nasses über die Wange lief. Sie wischte es weg, besah sich ihre Finger. Es war Blut.

»Kannst du nicht sprechen?«, fragte der Mann.

»Lass sie in Ruhe«, antwortete eine Frauenstimme. Eine zarte Hand wischte ihr vorsichtig das Blut weg. »Hier, trink etwas.«

Claudia wusste nicht so recht, wie ihr geschah, als ihr ein Gefäß an den Mund gesetzt wurde. Das Wasser schmeckte schal. Als sie den Kopf hob, sah sie direkt in die Augen der Frau. Sie blickten gütig. Claudia kannte sie. Die Frau aus ihrem Traum.

»Lieber Gott«, betete sie leise, »lass mich aus dem Albtraum aufwachen. Ich bin auf dem Friedhof, ich fotografiere und ich habe bald einen Termin mit einem Anwalt.«

»Wir müssen los. Wir haben noch einen Weg vor uns. Jede Hand wird gebraucht. Wenn dir Joaquim noch einmal begegnet, sei achtsam.«

»Joaquim? Wo bin ich? Was ist passiert?« Claudias Lippen fühlten sich trocken an.

»Der Mann, der dich vorhin mitgenommen hat“, sagte die Frau. »Er ist weg. Du musst mir helfen. Ich heiße María-Clàudia, so wie du. Komm jetzt, wir müssen auf den Berg zum Kloster. Sei vorsichtig, bleib dicht hinter mir.«

Claudia folgte der Frau.

»Nach was riecht es denn hier?« Claudia blieb abrupt stehen.

»Nach Rauch. Das sind Rauchzeichen. Sie warnen die Mallorquiner vor den türkischen Korsaren.«

Claudia wurde sanft am Arm gepackt und weitergezogen. »Siehst du da unten die Wach- und Verteidigungstürme? Eine Hilfe für uns. Sie helfen uns gegen die Korsaren.«

Schemenhaft tauchte ein Steingebäude auf. Abgerissene, ausgemergelte Gestalten lagen auf dem Boden.

»Es ist tatsächlich die Pest.« Claudia schüttelte verwundert den Kopf. »Die Menschen haben eitrige Beulen.«

»Der schwarze Tod lauert überall«, antwortete María-Clàudia. »Die Korsaren sind schuld. Sie haben uns nicht nur die Pest gebracht, sie plündern auch unsere Städte und ruinieren den Handel.« Sie eilte auf eine junge Frau zu, nahm ihr ein Tuch und eine Schüssel ab, nickte ihr dankend zu, bückte sich und begann die Wunden des kleinen Mädchens auszuwaschen und zu verbinden.

»Es wird alles gut, meine Tochter«, sagte sie. »Gott wird dich beschützen. Sei stark.« Sie streichelte dem Mädchen über die Wange. Claudia dachte nicht viel nach, tat einfach das, was die Ältere auch tat. Was hatte sie einst über die Pest auf Mallorca gelesen? Der schwarze Tod, wie er auch genannt wurde, wütete auf Mallorca und dezimierte die Bevölkerung. Aber da war noch etwas: Korsaren. Was hatte Joaquim gerufen? Die Korsaren sind hier.

Erschöpft saßen die beiden Frauen in einer Kirchenbank des Santuari de Sant Salvador. Die Ältere hielt das kleine Mädchen im Arm. »Meine Tochter«, sagte sie sanft und wiegte die Kleine hin und her. Claudia war so müde; sie hätte auf der Stelle einschlafen können. Jeder Knochen tat ihr weh. Sie sah alles wie durch einen Nebel. War sie in einem Traum gefangen? Sie spürte, wie die ältere Frau ihr über das Haar strich.

»Sind wir hier sicher?«, stotterte Claudia. »Die Korsaren …« »Sie überfallen uns, viele Menschen mussten schon sterben. Deshalb sind wir auch weit ins Landesinnere gegangen. Wir wehren uns.« Sie drückte Claudia ihre Tochter in den Arm.

Ein lauter Knall zerriss die Stille. Joaquim stürmte mit zwei anderen Männern in die Kirche.

»Du bist eine Verräterin«, schrie er. »Du bist schuld, dass sich die Pest ausgebreitet hat, du Zauberin. Du hast uns an die Korsaren verraten, du bist eine Magierin!«

»Du bist der Verräter«, sagte María-Clàudia. Ihre Stimme klang ruhig. »Ich hatte es schon immer geahnt, dass du der Abtrünnige in unseren Reihen bist.«

Joaquim zog die Mundwinkel nach unten und spuckte neben den beiden Frauen aus.

Claudia erschrak. Welches Drama spielte sich hier ab? Deshalb hatte María-Clàudia sie vor Joaquim gewarnt. Dann ging alles ganz schnell. Ein böses Lächeln umspielte Joaquims Lippen, als er zustach. »Zauberin«, er spie das Wort hervor. Claudia legte sich schützend über das kleine Mädchen.

Eilig verließen die Männer die Kirche.

María-Clàudia drückte ihre Finger auf die Wunde. Blut sickerte hindurch.

»Ich wusste es«, sagte sie. Dann griff sie nach Claudias Hand und hielt sie fest. »Sag der Welt, wie es wirklich war. Ich bin nicht an der Pest gestorben.« Ihre Stimme brach.

Claudia erwachte, weil ihr etwas Raues über das Gesicht leckte. Sie lag auf einem Stein; eine Katze fuhr ihr mit der Zunge über die Wange. Ihre Uhr zeigte halb zwei nachmittags.

Ihr Kopf, was war bloß geschehen? Sie setzte sich vorsichtig auf, betastete ihre Gliedmaßen. Hatte sie halluziniert? War das ein Albtraum? Sie erinnerte sich an jedes Wort, an jede Geste. Weit und breit war niemand zu sehen. Die kleine rotgetigerte Katze sah sie unverwandt an. Claudia stand auf, stellte fest, dass sie sich nicht verletzt hatte. Ein bisschen schwindlig war ihr. Der Traum war so plastisch gewesen. Sie griff nach ihrer Handtasche, die neben ihr lag, zog das Mineralwasser heraus, nahm einen großen Schluck. Langsam ging es ihr besser. Sie fuhr zur Plaça d'Espanya zurück. Der Termin mit dem Advocat rückte näher.

Sie läutete, der Türsummer erklang. Sie wurde in perfektem Deutsch begrüßt. Der Notar trug einen gut geschnittenen Anzug, der mit seinen grauen Haaren harmonierte.

»Herzlich willkommen, Senyora Claudia de Martín, bitte nehmen Sie Platz. Er deutete auf einen Stuhl. »Ich darf mich Ihnen vorstellen.« Er machte eine Kunstpause. »Ich bin Advocat Pau Gutiérrez. Ihre Tante María-Clàudia Ruiz de Martín hat Sie in ihrem Testament bedacht.«

»Ich habe keine Tante mit diesem Namen«, sagte Claudia.

Der Advocat ließ sich nicht beirren, sprach weiter. »In dem Nachlass befanden sich folgende Bilder, die ich Ihnen vorweg zeigen möchte.«

Interessiert beugte sich Claudia darüber. »Das kann nicht sein!« Ihr Mund stand offen. »Das bin ja ich als Kind. Ich habe nur ein komisches Kleid an.«

Der Advocat lächelte, schüttelte den Kopf. »Nein, Senyora, das ist Ihre Tante. Sie hat ihre letzten Jahre wieder hier auf Mallorca verbracht. Vorher lebte sie viele Jahre in Kuba. So sah sie zuletzt aus.« Er reichte ihr ein weiteres Bild.

Die Frau aus ihrem Traum und vom Friedhof. Claudia biss sich auf die Lippen, ballte die Hände zu Fäusten.

Der Anwalt griff zur Wasserkaraffe, schenkte zwei Gläser voll. Dann nahm er einen Umschlag und zog ein abgegriffenes Buch heraus. »Ihr großes Hobby war die Ahnenforschung. Sie wollte wissen, wer ihre Vorfahren waren, und wollte nicht glauben, dass sie die letzte de Martín ihrer Familie war.«

»Und da haben Sie alle Leute mit dem Namen ausfindig gemacht?«

»Nicht ganz.« Nun lächelte Senyor Gutiérrez. »Sie stehen hier im besagten Buch. Ihre Tante hat Sie über viele Jahre hinweg beobachtet.«

»Jetzt haben Sie mich aber neugierig gemacht.« Claudias Stimme klang ganz tief.

»Ich darf Ihnen zuerst das Testament vorlesen.« Der Advocat raschelte mit dem Papier und begann: »Ich vermache meiner Verwandten Claudia de Martín das Anwesen Casa Clàudia in Artà zu Füßen des Sant Salvador. Ebenfalls mein Barvermögen und die umliegenden Ländereien. Advocat Gutiérrez soll ihr beratend zur Seite stehen. Sie hat drei Tage Bedenkzeit, das Erbe anzunehmen, dann fällt mein gesamter Besitz an die Stiftung ...«

Ihr wurde schwindelig. Die letzten Worte hörte sie nicht mehr. Sie atmete mehrmals tief durch. »Wie kann das alles sein, ich weiß nichts von einer mallorquinischen Tante.«

»Ihre Mutter hieß de Martín?«

Claudia nickte. »Ja, sie hat mich bekommen, als sie mit meinem Vater noch nicht verheiratet war. Wir haben den Namen dann behalten.«

»Glauben Sie mir bitte, Senyora. Es ist alles wahr, was hier steht.« Der Advocat zupfte sich nervös am Ohrläppchen.

Claudia setzte sich aufrecht hin. Was hatte sie in den wenigen Stunden, die sie auf Mallorca war, schon alles erlebt. Sie zwickte sich verstohlen in den Finger. Dies war wohl Realität und kein Traum.

»Kommen Sie, Senyora de Martín. Ich bringe Sie zu Ihrem Anwesen.«

Die Finca war 500 Jahre alt, wie ihr der Advocat auf der etwa einstündigen Fahrt nach Artà erzählte. Das Anwesen sei tadellos in Schuss und die sanitären Anlagen seien erst vor Kurzem vollkommen saniert worden. »Das werden Sie alles gleich selbst sehen.«

Und da stand Claudia nun, das Buch in der Hand, das ihr der Advocat ausgehändigt hatte. Sie sah ein Herrenhaus, einen gepflegten Garten mit einem Pool, überall Blumen. Rote Bougainvilleen rankten an der Häuserfront empor. Als sie den Schlüssel in das moderne Schloss steckte und umdrehte, öffnete es sich geräuschlos. Langsam wanderte sie von Zimmer zu Zimmer. Ein altmodischer Sekretär erregte ihre Aufmerksamkeit. Ein Papier lag auf einer Schreibunterlage. Eine verschnörkelte Handschrift auf einem vergilbten Briefumschlag.

»Wenn Sie mich brauchen, hier ist meine Karte, Senyora de Martín.« Advocat Gutiérrez war in den Raum getreten. Er verbeugte sich, legte seine Visitenkarte auf ein kleines Tischchen. »Tag und Nacht«, sagte er noch, bevor er das Haus verließ.

Es war weit nach Mitternacht, als Claudia das Buch und den Brief sinken ließ. Es waren immer wieder Querverweise angegeben. Die ganze Zeit über hatte sie das Gefühl, dass María-Clàudia bei ihr war. Manchmal spürte sie eine sanfte Umarmung oder ein Streicheln über ihren Arm. All die Dinge, die sie auf dem Cementeri erlebt hatte, standen plastisch vor ihr. Die Mädchen der Familie de Martín waren alle María-Clàudia oder auch nur Clàudia – über Generationen hinweg – genannt worden. Das Buch behandelte ihre Familiengeschichte. Die Zeit der Pest war genau aufgezeigt und beschrieben. Claudia erinnerte sich an jede Geste, an jeden Handgriff, den sie María-Clàudia abgeschaut hatte, als sie Seite an Seite die Pestkranken und deren Tochter versorgten.

Sie stand auf, streckte ihren Rücken durch. Es brannte Licht. Hatte sie es angeknipst? In der Küche fand sie einen Kühlschrank – gut gefüllt. Das hatte sicher Senyor Gutiérrez veranlasst. Unter einer Glashaube entdeckte sie Käse, Oliven, Tomaten und Serranoschinken. In einer Brotdose fand sie Pan. Erst jetzt bemerkte sie, wie hungrig sie war. Sie goss sich ein Glas Wasser ein, nahm den Teller und machte es sich erneut auf der Couch bequem.

»Ich liebe ihn«, las sie, »auch wenn er der Sohn eines Korsaren ist. Joaquim! Er ist so zärtlich und einfühlsam. Warum dürfen wir nicht zusammen sein?«

Claudia ließ das Buch sinken. Auch noch eine Liebesgeschichte! Joaquim hatte doch María-Clàudia erstochen, sie war dabei gewesen! Sie erschrak. Was las sie da? Eilig glitten ihre Augen über den Text.

Sie kam ganz durcheinander mit den Namen Clàudia und Joaquim. Aha, María-Clàudia hatte eine Tochter namens Clàudia und die war in Joaquim verliebt. Dessen Vater hatte María-Clàudia erstochen, weil sie eine Zauberin sei, das hatte sie gesehen. Himmel, war das alles kompliziert!

Claudia ging in die Küche und brühte sich einen Kaffee auf. Sie trank ihn in kleinen Schlucken. Als sie die Terrassentür öffnete, hörte sie Vogelgezwitscher. Die Luft roch frisch. Erste Sonnenstrahlen suchten sich einen Weg. Ein Luftzug wirbelte die Blätter des Briefes durcheinander. Hatte sie die ganze Nacht gelesen? Nachgedacht? Schlüsse gezogen?

War sie in einem Tagtraum gefangen oder war es ein Albtraum?

Die letzten Zeilen im Buch gingen ihr nicht aus dem Kopf.

»Die weiblichen Nachkommen der Familie de Martín haben Visionen«, stand da. »Wir bewegen uns häufig zwischen den Welten, Erscheinungen zeigen uns oft Wege auf. Aber wir haben nie die Möglichkeit, das Schicksal zu beeinflussen oder einzugreifen.«

Das alles hier würde nun ihr gehören. Welchen Preis musste sie dafür bezahlen? Es stand eindeutig im Buch, was von ihr erwartet wurde.

Sie hatte plötzlich das Gefühl, dass sich ihr nun viele offene Fragen erschlossen. Jetzt konnte sie sich erklären, warum sie manchmal sonderbare Träume hatte. Dass sie manches einfach vorher wusste, was geschehen würde. Vielleicht war es ein Fluch, vielleicht aber auch ein Segen. Mit niemandem hatte sie jemals darüber gesprochen. Auch nicht mit ihrer besten Freundin Lina. Die Menschen würden sie als sonderlich abstempeln, das war ihr klar. Deshalb hatte sie immer geschwiegen, wenn Träume sie plagten oder sie bei manchen Menschen eine Aura erkennen konnte.

»Du weißt, was du zu tun hast?«

Sie wunderte sich nicht mehr, dass diese Stimme zu ihr sprach, die ihr so vertraut war. Claudia nickte. »Ja, unsere Familiengeschichte ist spannend. Ich weiß es jetzt. Ich werde ein Buch darüber schreiben. Auch der Mord an meiner Ur-Ur-Ahnin María-Clàudia de Martín wird zur Sprache kommen. Die Pest, die Korsaren, all das, was ich geträumt habe, ist tatsächlich geschehen. Ich nehme das Erbe an.« Claudia hatte laut gesprochen. Sie nickte zur Bestätigung. »Der Mord an María-Clàudia scheint eine zentrale Rolle gespielt zu haben. Ich werde viel recherchieren müssen.«

Claudia stieß einen tiefen Seufzer aus. Sie wusste nun, was sie tun musste.

Historischer Hintergrund

Der Zentralfriedhof von Palma
Er ist ein wunderschöner Stein-Friedhof. Es wird ausdrücklich darauf hingewiesen, dass man die Wege nicht verlassen und nicht auf Grabplatten steigen soll. 1821 wurde der Friedhof eingeweiht. Gaspar Bennazar, ein mallorquinischer Architekt, konstruierte 1926 das Gelände komplett neu. Die Gräber wurden jetzt in Reihen angeordnet. Es gibt schlichte Gräber, aber auch von reichen Mallorquinern errichtete Mausoleen, kleine Kapellen, aufwendig verziert mit gotischen Elementen. Einsam und still ist es auf dem Stein-Friedhof. Es werden keine Blumen gepflanzt, überall Steinplatten und Engel, Skulpturen, Ornamente, wohin man schaut. Die Mallorquiner haben eine andere Friedhofskultur als die Deutschen.

Puig de Sant Salvador
Vom 16. bis 18. Jahrhundert kam es immer wieder zu Korsarenüberfällen auf der Insel Mallorca. Die Mallorquiner wehrten sich, in dem sie Befestigungsanlagen errichteten und ins Landesinnere abwanderten. Eine Legende erzählt sogar, dass es 400 Bauern gelang, über tausend maurische Korsaren abzuwehren. Vor der Kirche in Felanitx sollen die Korsaren endgültig besiegt worden sein.

Der kleine Hügel mit dem Sant Salvador ist ein Wahrzeichen. Die Besucher werden durch einen wundervollen Ausblick belohnt. Um das Gelände zieht sich eine Wehrmauer. Ein strategischer Ort, der bis zur maurischen Besetzung der Insel zurückreicht.

Damals war es noch eine Moschee (Mesquita). Heute ist es eine Wallfahrtskirche, 1825 wurde mit dem Bau im Renaissancestil begonnen. Die Kirche sieht aus wie ein lateinisches Kreuz, hatte allerdings keine halbkreisförmige Altarnische. Salvador Torres malte 1892 die Kuppel aus. Sein Gemälde stellt die Glorie, eine Lichterscheinung, dar. Eine romanische Statue der Jungfrau Sant Salvador, die Schutzpatronin von Artà, kann ebenfalls bewundert werden. Die Kirche wurde einst als Pestspital benutzt. Ursprünglich gab es im 14. Jahrhundert ein Kloster. Aus Dankbarkeit, die Pest überlebt zu haben, wurde diese Kirche gebaut und über Jahrhunderte immer wieder erweitert. Die Anlage war schwer einzunehmen, konnte daher Korsarenangriffe abwehren. Heute ist sie in Privatbesitz. Die ehemaligen Mönchszellen sind saniert worden. Ein besonderes Highlight für Gäste, die dort übernachten möchten.

JAN LAMMERS

Ein wasserdichtes Alibi

Mit gesenktem Kopf stand Joan in der brütenden Mittagshitze Caimaris unter einem Schatten spendenden Johannisbrotbaum und starrte auf den verdorrten Boden des Feldes. Anstatt des allgegenwärtigen Zirpens der Zikaden vernahm er das Pochen des eigenen Blutes, das gleich einem Trommelwirbel in seinem Kopf tobte. Joans gesamte Aufmerksamkeit richtete sich auf einen eleganten Lederschuh, der inmitten von vertrockneten, herabgefallenen Hülsen unter dem Baum stand. Eigentlich hatte er ein wasserdichtes Alibi, doch die Entdeckung dieses Details konnte den von ihm akribisch ausgeführten Plan jeden Moment auffliegen lassen. Jene Unscheinbare – wie es Joan vorkam – nahezu unübersehbare Kleinigkeit drohte zu seinem eigenen Todesurteil zu werden.

Von der Handvoll Männer, die den an einem knotigen Ast hängenden Leichnam untersuchten, nahm Joan lediglich die Umrisse wahr. Er war zu nervös, sie genauer bei ihrer Arbeit zu verfolgen, da sie ohne ihr Wissen für ihn einem Schwurgericht gleichkamen, allen voran der eigens aus Inca herbeigerufene Leichenbeschauer. Doch solange dieser auch weiterhin lediglich den Körper des toten Großgrundbesitzers Barnabas Veleta untersuchen würde, wusste sich Joan vorläufig gerettet.

Je länger sein Blick unentwegt auf dem Schuh verweilte, desto erbarmungsloser wurde Joan von einer wilden Panik erfasst, seine Tat könnte durchschaut werden, sodass er ruckartig den Kopf zur Seite drehte. Wie oft war er jede auch noch so unbedeutende Kleinigkeit zuvor in Gedanken durchgegangen. Während der vielen schlaflosen Nächte des Winters 1844 hatte er voller Hass gegen Barnabas Veleta wach gelegen und hatte nach der Art und Weise gesucht, sich an dem eitlen Gutsherrn zu rächen, mit dem ihn seine Frau María betrogen hatte.

Allein schon der Name Barnabas, einer der ersten Apostel des Christentums, kam einer Verhöhnung gleich bei einer Person mit derart unbarmherzigem und unstetem Lebenswandel wie Veleta. Als ewiger Junggeselle mit zahllosen Liebschaften stets jüngerer Mägde, die er auf seinen weitläufigen Ländereien beschäftigte, herrschte er mit unberechenbarer Laune. Vor allem aber zeichnete ihn sein selbstgefälliges Auftreten aus, denn obwohl er auf jenem Landgut im tiefsten Inselinneren geboren und aufgewachsen war, wollte er unbedingt als Städter wahrgenommen werden. Deshalb bestand er darauf, von seinem Gesinde stets als »Don Barna« angesprochen zu werden, einer Kurzform seines eigenen Namens und zugleich der Spitzname der katalanischen Kondalstadt Barcelona. Auch sein Aussehen richtete er ganz und gar nach der Mode aus der entfernten Metropole: Während die Männer in der ländlichen Gegend Mallorcas die Haare kurz geschoren hatten, trug es Veleta länger und mit einem jederzeit tadellos gekämmten Mittelscheitel, ganz wie die vornehmen Städter. Und anstatt mit den auf der Insel gebräuchlichen flachen, vorne geöffneten Schuhen aus gewöhnlichem Rindsleder stolzierte er über sein Anwesen in einem mit Absätzen versehenen, stets polierten Paar, das er sich eigens vom Festland hatte kommen lassen. Aus feinstem Kalbsleder angefertigt und mit straffen Nähten verarbeitet, ließen sie auch bei Regen keinen einzigen Tropfen Feuchtigkeit nach innen gelangen.

Als einfacher Tagelöhner war Joan dem Wohlwollen seines Nebenbuhlers Veleta hilflos ausgeliefert, denn wer hätte ihm als mittlerweile über vierzigjährigen Jornaler sonst noch Arbeit gegeben? Eine Vielzahl der jüngeren und kräftigeren Männer könnte ihn mühelos ersetzen und als gealterten Landarbeiter in die Armut stürzen. Seit über zwanzig Jahren bestand nun schon dieses Dienstverhältnis, das es Joan ermöglicht hatte, seine Familie über die Runden zu bringen. Im Sommer schuftete er auf den zahlreichen Feldern von Barnabas Veleta, im Winter verdiente er sich unter anderem als Schneesammler sein Auskommen. Dabei begab er sich mit einem Dutzend weiterer Männer für ein bis zwei Wochen in die Höhenlagen des Gebirgszuges der Tramuntana, wo sie unter äußerst harten Bedingungen in einfachen Steinbaracken Unterschlupf fanden. Den frisch gefallenen Schnee schütteten sie durch kleine Fenster in die in den Boden eingelassenen, durch Trockenmauerwerk gestützten Schneehäuser, die mit Schilf abgedeckt waren. Dann stampften sie den Schnee mühselig mit den Füßen zu Eis fest, das im Frühjahr und Sommer in Blöcke geschnitten und anschließend auf dem Rücken von Mauleseln über steinerne Pfade ins Tal gebracht wurde. Dort verluden sie das seltene und wertvolle Gut auf Karren und transportierten es größtenteils nach Palma weiter, wo es in der Gastronomie und zur Behandlung in Krankenhäusern verwendet wurde.

Während dieser mehrtägigen Abwesenheiten von Joan hatte sich vermutlich auch das Verhältnis zwischen seiner Frau María und Barnabas ergeben. Wie lange jene Liebschaft bereits andauerte, wusste er zwar nicht, jedoch besaß Joan die niederschmetternde Gewissheit, dass es sich dabei um keinen bloßen Verdacht handelte. Als er sich im Herbst letzten Jahres bei der Feldarbeit in der noch immer sengenden Hitze an eine Steinmauer gelehnt und im Schatten eines Baumes ausgeruht hatte, vernahm er die entfernte Stimme von María und ab und zu auch ihr so typisches Lachen. Nachdem sich Joan ungläubig auf die Zehenspitzen gestreckt hatte, spähte er vorsichtig über die Steinmauer. Er entdeckte auf einem leicht ansteigenden Feldweg María gemeinsam mit dem Gutsherrn Barnabas, die eng umschlungen in vertrauliches Geturtel versunken waren.

Dieser Anblick der Hingabe und Selbstverständlichkeit, mit der sich seine Frau von Barnabas mit der Zunge im Ohr liebkosen ließ und sie ihm dabei zärtlich durch das elegante Haar fuhr, brannte sich unauslöschlich in Joans Inneres. Und jedes Mal, wenn er seitdem nachts stundenlang gequält wach lag und diesen Moment hinter der Steinmauer abermals durchlebte, loderte ein zuvor unbekannter Hass in ihm auf.

Joan spürte, dass er endlich handeln musste, da ihn sonst Untätigkeit und Schmerz auffressen und in den Wahnsinn führen würden, sosehr er sich dabei auch selbst um Kopf und Kragen bringen konnte. Jetzt, da seit dem Entdecken des Verhältnisses zwischen seiner Frau und Barnabas ein halbes Jahr vergangen war und der Monat Mai die ersten heißen Tage des Jahres mit sich brachte, konnte und wollte er nicht länger warten.

Von vornherein wusste Joan, dass er ein lückenloses Alibi benötigte, da nach dem Auffinden von Barnabas Veleta zweifellos ersichtlich sein würde, dass dieser ermordet worden war. Als Hauptverdächtiger – die Liaison zwischen seiner Frau und dem eitlen Großgrundbesitzer war nicht lange verborgen geblieben und mit der Zeit zu einem offenen Geheimnis geworden – würde Joan auch ohne erdrückende Beweislage zum Schuldigen erklärt werden. Lediglich ein wasserdichtes Alibi, und er musste bei dem Ausdruck in diesem Zusammenhang schmunzeln, konnte ihn retten.

Die entscheidende Idee war ihm gekommen, während er nachts ein ums andere Mal quälende Momente durchlebte, als er hinter der Mauer verborgen das Treiben des eng umschlungenen Pärchens mitverfolgen musste. Diese bodenlose Hilflosigkeit, so schwor sich Joan, sollte Barnabas am eigenen Leib erfahren. Selbst einmal stumm auf den Zehenspitzen gestreckt empfinden, wie sich das bisherige Leben in nichts auflöste: gleich den Eisblöcken, die er nachts mit Hilfe von Mauleseln aus dem Lager in der Tramuntana über waghalsige Pfade ins Tal beförderte, da sie tagsüber in der Sonne zu Wasser schmelzen und im Boden versickern würden.

Nun hing er dort wie ein nasser Sack am Baum, der schicke Barnabas, mit gefesselten Händen und einem Knebel im Mund. Eben jener Mund und jene Hände, die Joans Frau zärtlich liebkost und stürmisch begehrt hatten.

Schon auf dem Weg, als Joan nach der Entdeckung des toten Barnabas gemeinsam mit dem Leichenbeschauer in derselben Pferdekutsche von Inca nach Caimari gebracht worden war, hatte er an Händen und Beinen gefesselt lauthals seine Unschuld beschworen. Wegen einer handgreiflichen Auseinandersetzung, die er in Inca am späten Vorabend in einer Weinschenke angezettelt hatte, war er dort die gesamte Nacht über festgehalten und in den Kerker gesperrt worden.

Nachdem der Leichenbeschauer den Körper von Veleta ausführlich untersucht hatte, stellte er trocken und fachmännisch fest: »Die Totenstarre des Leichnams ist trotz der Hitze noch nicht voll ausgeprägt, sodass der Tod zweifelsfrei vor sechs bis acht Stunden eingetreten ist.«

Die Männer unter dem Baum steckten ihre Köpfe zusammen und beratschlagten flüsternd, während Joan tief durchatmete und gespannt abwartete. Schließlich bedeuteten diese Worte des Gutachters ohne jeden Zweifel, dass er unmöglich als Mörder von Barnabas Veleta in Frage kam. Denn wo hätte er während der Tatzeit in der vergangenen Nacht schon besser überwacht werden können als im Kerker von Inca?

Als Joan nun seinen Rivalen Barnabas nicht nur in der Vorstellung, sondern tatsächlich leblos vor sich vom Baum hängen sah, hatte ihn jedoch die Entdeckung des eleganten, mit Wasser gefüllten Schuhs, der direkt unterhalb der Leiche am Boden stand, augenblicklich in Angst und Schrecken versetzt. Niemand der Umstehenden hatte diesem Schuh bislang Beachtung geschenkt, während Veleta den zweiten noch immer am schlaff herabhängenden Fuß trug.

Jetzt, nach der entlastenden Aussage des Leichenbeschauers, erlangte Joan nach und nach die Sprache und auch seine Handlungsfähigkeit wieder, da sich der Befund exakt mit dem von Joan ihm säuberlich ausgearbeiteten Plan deckte. Als Einziges blieb ihm noch dieses lediglich fußgroße, zugleich aber immense Problem zu lösen, um endgültig seine Freiheit wiederzuerlangen.

Als sich Joan in der Abenddämmerung auf dem leicht ansteigenden Weg schon ziemlich weit entfernt hatte, erinnerte er sich verächtlich an den flehenden Blick von Barnabas. Hinter sich ließ er sein bisheriges Leben sowie den geknebelten und an den Händen gefesselten Gutsherrn, der auf einem etwa kniehohen Eisblock stand.

Unter einem Vorwand hatte er am Nachmittag des arbeitsfreien Sonntags den verhassten Liebhaber seiner Frau auf das Feld gelockt und in einem geeigneten Moment mit einem Stein bewusstlos geschlagen. Danach fesselte und knebelte er Barnabas und wartete, bis dieser langsam wieder zur Besinnung kam. Anschließend stellte er den noch immer orientierungslosen Veleta auf einen Eisblock, den er zuvor mit einem Maulesel mühsam aus dem Schneehaus in der Tramuntana nach unten geschafft hatte.

Wie Joan es mit seiner Erfahrung zutreffend vorausgesehen hatte, war der Eisblock in der Hitze tagsüber bereits auf etwa einen halben Meter zusammengeschmolzen; der Rest würde im Verlaufe der Nacht spurlos im Boden versickern. Anschließend legte Joan wortlos um den Hals von Barnabas eine Schlinge, die an einen starken Ast eben jenes Johannisbrotbaumes geknotet war, unter dem vor rund einem halben Jahr die verhängnisvolle Entdeckung sein Leben von einem Moment auf den anderen aus den Fugen hatte geraten lassen. Dann machte sich Joan, ohne sich umzublicken, auf dem Rücken des Maulesels nach Inca auf, wo er am späten Abend in der Weinschenke bewusst die Schlägerei anzettelte.

Ausgestreckt auf dem Boden des muffigen Kerkers malte sich Joan ein ums andere Mal genüsslich aus, wie sich sein ehemaliger Nebenbuhler auf dem schmelzenden Eisblock nach und nach auf seine Zehenspitzen streckte und dennoch hilflos hinnehmen musste, wie ihm sein Leben abhandenkam. Etwa zur gleichen Zeit, als Joan endgültig wegdöste, verlor Barnabas in der Dunkelheit den Halt und hing nach einem kurzen Zappeln als schlaffer Schatten am Baum.

Alles hatte so geklappt, wie Joan es geplant hatte.

Eigentlich.

Denn das einzige Detail, das er nicht hatte voraussehen können, war dieser verfluchte Schuh direkt unterhalb der Leiche Veletas. Joan rätselte, ob es die Agonie im Todeskampf oder doch ein finaler Seitenhieb seines verhassten Rivalen gewesen war, der während der letzten Zuckungen den Schuh vom Fuß gestreift und ihn hierdurch unerwartet in die gefährliche Lage gebracht hatte.

Wie dem auch immer sein mochte, stand der elegante, mit dem Schmelzwasser des Eisblocks gefüllte Schuh im Schatten des Baumes. Würde dies einem der umstehenden Männer auffallen und ihn stutzig werden lassen, wäre das Schicksal von Joan besiegelt.

Doch niemand schenkte diesem Umstand weitere Beachtung und nach einer ausführlichen Beratschlagung der Gruppe wurden Joan die Hand- und Fußfesseln entfernt. Augenblicklich begann er bitterlich zu weinen, ebenso wie ihm schon zuvor beim Beteuern seiner Unschuld mehrfach Tränen über die Wangen gelaufen waren. Dieses Kunststück vollbrachte Joan, indem er hasserfüllt an den Tag der Entdeckung hinter der Mauer dachte und ihm die Tränen von ganz allein in die Augen schossen. Er ließ sich vornüberfallen und stürzte zielgenau auf den Schuh von Barnabas, den er dabei umstieß. Zur Ablenkung trommelte er mit seinen Fäusten auf den Boden und bedauerte sich selbst wegen des Verlustes seines geliebten Herrn, dem er auch nach dessen Tode ewige Dankbarkeit und Treue schwor.

Als sich die übrigen Männer verständnisvoll angeblickt und Joan mitleidig dabei geholfen hatten, sich wieder aufzurichten, blieb der umgestürzte Schuh endgültig unbeachtet liegen. Während Barnabas Veletas Leichnam vom Baum geschnitten und auf einen Karren gelegt wurde, der ihn zum Begräbnis auf dem Friedhof brachte, zuckte ein für die Umstehenden verborgenes Lächeln über Joans gesenktes Gesicht.

Historischer Hintergrund

Das Sammeln und die Einlagerung des »weißen Goldes« in den Schneehäusern (Cases de neu) wurde auf Mallorca bis zu Beginn des 20. Jahrhunderts betrieben, als der zu Eis gepresste Schnee ein hochgeschätztes und teures Produkt war.

Die Arbeit der Schneesammler (Nevater) war kein eigenständiger Beruf, da jene mühselige Nebentätigkeit nur während weniger Wochen im Winter ausgeübt werden konnte. Dennoch war der gesamte Ablauf dieses 1564 urkundlich erwähnten Gewerbes streng organisiert und seit Jahrhunderten bewährt. In acht- bis zwölfköpfigen Gruppen machten sich die sonst meist als Tagelöhner beschäftigten Männer für ein bis zwei Wochen auf den beschwerlichen Weg in die Hochlagen des Gebirgszuges der Tramuntana. Die Mehrzahl der insgesamt mehr als vierzig Schneehäuser lag auf über 1.000 Meter, in deren Umfeld sich auch primitive Steinbaracken befanden, in denen die Schneesammler bei Minusgraden notdürftig Unterschlupf fanden.

Bei den mehrheitlich nach Norden orientierten Schneehäusern handelte es sich um durch Trockenmauerwerk gestützte, rechteckige Gruben. Sie ragten etwa einen Meter aus dem Erdboden heraus und waren meist mit einem Dach aus gebundenem Schilf versehen. Durch fensterartig angelegte Öffnungen wurde der Schnee ins Innere geschaufelt und von den Nevaters durch Trampeln zu Eis gepresst. Die mühevolle Arbeit begleiteten sie durch Singen des typischen Liedes Pitgen sa neu (»sie stampfen den Schnee«).

Im Frühjahr und Sommer wurde das Eis bedarfsgerecht zu »Schneebroten« (Pans de neu) geschnitten und auf den Rücken von Mauleseln auf schmalen, eigens dafür angelegten Pfaden ins Tal transportiert. Von hier aus wurde die wertvolle

Fracht auf Karren in die größeren Städte der Insel gebracht, meist nach Palma. Dort fand es vielfältige Verwendung: Auf Märkten diente es zur Frischhaltung der verderblichen Waren, außerdem wurde es zur Herstellung von Erfrischungsgetränken und Speiseeis genutzt. Im medizinischen Bereich wurde es zum Stillen von Blutungen, dem Senken von Fieber sowie zur Behandlung von Brandverletzungen herangezogen.

Mit dem Einsetzen des industriellen Zeitalters und der Möglichkeit, mit Hilfe von Elektrizität künstlich Eis zu produzieren, war dem Beruf des Nevaters der Garaus gemacht. Allerdings dauerte es bis zum Jahre 1927, als die letzte der gemauerten Tiefkühltruhen vom Netz ging und die Schneehäuser auf Mallorca endgültig ausgedient hatten. Ersetzt wurden sie durch die zentral auf der Insel gelegene Eisfabrik Son Amonda in Inca.

Noch heute sind einige der aus Natursteinpflaster angelegten, häufig über Serpentinen ins Tal führenden Transportpfade als einzigartige Wanderwege begehbar. Über sie kann man die teils aufwendig restaurierten Schneehäuser wie beispielsweise Ses cases de neu d'en Galileu in etwa vier Stunden vom Kloster Lluc aus zu Fuß erreichen.

ANNE GRIESSER

Wenn du reden könntest …

… was würdest du erzählen?

Wäre deine Stimme hoch, klar und sanft wie die einer sinnlichen Frau oder tief, warm und weise wie die eines alten Mannes? Wäre sie wild? Kriegerisch?

In welcher Sprache würdest du dich unterhalten? Welche Worte würdest du wählen? Und was hättest du zu sagen?

Würdest du der Hand Einhalt gebieten, die dich schwingt, den Mann bitten, auf seine Vernunft, statt auf die überschäumende Wut zu hören, die ihn treibt? Oder würdest du ihn anfeuern, ihn auffordern, fester zuzuschlagen, schneller und härter?

Wie viel Weisheit steckt in dir? Bist du wahrhaft klug oder umgibt dich nur eine Aura, ein flüchtiger Schein von Güte und Frieden?

Wenn du reden könntest, würdest du das Unheil mit deinen Worten verhindern?

Port de Sóller, Anno Domini 2017

Die Hand, die dich schwingt, ist braun. Sie gehört zu einem Mann mit der Statur eines Bären. Die Farbe der Hand ist jedoch nicht echt, es handelt sich um Schuhwichse. Auch das Gesicht des Mannes ist damit beschmiert. Er trägt seltsame Gewänder – Pluderhosen aus giftgrünem Vorhangstoff, ein blau-weiß gestreiftes Hemd und um den Kopf einen roten Schal mit eingewebten Goldfäden.

Um ihn herum tobt ein unerbittlicher Kampf. Andere Männer in ähnlich abenteuerlichen Kostümen dreschen mit Schwertern auf Bauern in weißen Hemden und mit Strohhüten ein. Diese wehren sich mit Mistgabeln und Knüppeln. Vom Meer her nähern sich weitere Boote. Es sind Piraten und sie führen nichts Gutes im Schilde!

Ringsum klicken die Fotokameras, Besucher des Spektakels Moros y christianos, das jeden zweiten Sonntag im Mai in Port de Sóller stattfindet, halten ihre Handys in die Höhe, um die Schlacht zu filmen. Man unterhält sich über die schönen Kostüme, bewundert die fein gearbeiteten Holzschwerter, genießt die Sonne und das laute Getöse der historischen Schlacht.

Den Mann mit der Schuhwichse im Gesicht und dem schweren alten Kelch in der Hand beachtet keiner. Er ist nur ein maurischer Pirat unter vielen, einer, der gerade dabei ist, einen Christen zu verprügeln. Später werden die beiden Versöhnung feiern, am Abend, wenn Wein und Hierbas statt Blut fließen, wenn die Christen einmal mehr gewonnen haben und sich die Feinde friedlich in den Armen liegen.

Keiner sieht die Wut des Mannes mit dem Kelch. Keiner ahnt, was gleich geschehen wird. Auch der Gegner nicht, ein Bauer mit Strohhut, der den maurischen Piraten, im wahren Leben sein bester Freund, jetzt fröhlich anlächelt. Woher soll er wissen, dass der Pirat am heutigen Morgen herausgefunden hat, dass der Bauer ihm die Freundin ausgespannt hat? Die Frau, die seine große, wahre Liebe ist? Die er heiraten will?

So groß sind die Wut und die Verletzung des Mannes mit der Schuhwichse im Gesicht, dass er den Rivalen töten will. Seine Hand hält kein Holzschwert, keinen Plastiksäbel, keinen Knüppel aus Pappe, sondern einen schweren, glänzenden Kelch, wie er in der Kirche für das Abendmahl benutzt wird. Schwer genug, um den Schädel des Feindes zu zertrümmern.

Warum kein Messer, kein Hammer, sondern ein Kelch?

Er weiß es nicht. Das Stück ist schon seit ewigen Zeiten im Besitz seiner Familie und es ist ihm heute Morgen in die Hand gefallen, einfach so, wie ein Zeichen. Also wird es die richtige Waffe sein.

Der Mann hebt den Arm und holt Schwung.

Wenn du sehen könntest ...

... was hättest du schon alles erblickt? Wären deine Augen trüb oder klar, braun, schwarz, blau oder grün? Hättest du die Welt gesehen? Die Sonne, den Regen, das Meer, die Berge, den Puig Major, der sich majestätisch im Nordwesten der Insel erhebt?

Du hättest in das Antlitz von Freude und Unheil geschaut, hättest Glück gesehen und unfassbares Leid. Auch die Schrecken des Krieges wären dir nicht fremd. Du hättest Schlachten und Gemetzel gesehen, die Farbe Rot, die Farbe des Blutes.

Wenn du sehen könntest, hättest du den Anblick ertragen?

Sóller, 11. Mai Anno Domini1561

Sie kommen an einem Samstag und sie sind schrecklich anzusehen. Immer kommen sie samstags, weil dann die Bauern auf dem Wochenmarkt in Palma und die Küstenorte den Räubern schutzlos ausgeliefert sind.

Zweiundzwanzig Schiffe nähern sich der kreisrunden Bucht. Ihre weißen Segel leuchten auf dem türkisfarbenen Meer.

Ein friedliches Bild, doch es trügt. Die roten Flaggen offenbaren die Wahrheit: Es sind maurische Piraten, die sich dem Ort Sóller nähern. Sie sind trunken vor Lust und können es kaum erwarten, sich in den Kampf zu stürzen, können die Beute schon wittern, wissen, dass sie den Bauern an Zahl und Schlagkraft weit überlegen sind. Die ersten wilden Männer springen schon aus den Booten, noch bevor diese den Strand erreichen. Jeder will vorn dabei sein. Die Ersten werden die fetteste Beute machen.

Sie sind viele, fast 1.800. Doch noch liegt ein gutes Stück Weg vor ihnen. Der Ort, den sie plündern wollen, befindet sich landeinwärts, durch felsiges Gelände, Gebüsch und Dornen führt nur ein schmaler Pfad dorthin.

In vorderster Front läuft ein junger Mann mit sehnigem Körper. Verächtlich mustert er die Landschaft, für deren Schönheit er keinen Blick übrig hat. Glauben diese dummen Inselbewohner tatsächlich, ein paar Felsen und unwegsames Gelände könne sie schützen? Nicht einmal Wehrtürme haben sie errichtet, um den Feind rechtzeitig zu erspähen.

Der junge Pirat lacht, als sie den Ort erreichen. Ein paar enge Gassen, eine Handvoll Steinhäuser. Aber alles wirkt ausgestorben, auf die 1.800 Angreifer kommen nur etwa 600 Verteidiger.

Fast enttäuscht stürzt der maurische Krieger in eines der prächtigsten Häuser des Städtchens. Auch hier: keine Gegenwehr. Kaum zieht er den Säbel, schon flüchten die Insulaner wie verschreckte Hühner. Viele Frauen sind darunter, alte Männer und Kinder. Aber auch die kräftigen Männer laufen davon. Feiglinge, allesamt!

Wütend, weil der Kampf ihm verwehrt bleibt, drischt der junge Pirat auf die Einrichtung des Hauses ein, zerstört, was ihm nichts wert ist. Später wird er den Flüchtenden folgen und sich wenigstens die Frauen nehmen.

Obwohl das Haus so prachtvoll wirkt, birgt es kaum Reichtümer. Ein paar silberne Löffel. Und einen Kelch, der die Aufmerksamkeit des Räubers weckt. Er wiegt schwer in der Hand und er glänzt verführerisch. Ist er aus Gold?

Unzufrieden mit der kargen Beute schlägt sich der Pirat in die Wildnis. Weit können die Frauen und die Alten ja nicht gekommen sein. Wo stecken sie nur?

Noch einmal betrachtet er den Kelch. Nein. Es ist kein Gold. Der Bisstest beweist es. Nur wertloser Plunder. Fort damit!

Achtlos schmeißt er das Behältnis weg und bemerkt nicht, wie es einem alten Mann vor die Füße kullert, der sich hinter einem Felsblock verschanzt.

Dem Alten gefällt der Kelch, seine Schlichtheit, seine eigentümliche Eleganz. Vorsichtig versteckt er ihn hinter einem

Felsen und beschließt, ihn zu holen, sobald der Kampf vorüber ist.

Das Blatt wendet sich.

Trunken vom Siegestaumel machen sich die Piraten auf den Rückweg zu ihren Schiffen. Nicht überall ist die Beute so karg ausgefallen wie bei dem jungen Mann. Jetzt wollen sie sich noch die Frauen holen, die ihnen zustehen.

»Vamos!«, brüllt der alte Mann hinter dem Felsen und erhebt sich drohend aus dem Hinterhalt, in den die Bauern ihre Angreifer gelockt haben. »Vertreibt sie! Tötet sie!« Sechshundert sind sie nur, darunter Frauen und Alte. Und doch siegen sie. In der Schlucht, die sie kennen wie ihre Hosentaschen. Mit dem gerechten Zorn der Opfer, die ihre Peiniger überwältigen.

Über dreihundert Piraten verlieren ihr Leben. Aber nur sechs Mallorquiner. Es ist der erste Sieg gegen die maurischen Seeräuber, den die Insulaner je erringen. Er schmeckt süß. So süß wie der Wein, den der alte Mann abends aus dem Kelch trinkt, den er hinter dem Felsen hervorgeholt hat.

Immer wird dieser Kelch ihm Glück bringen. Ihm und seinen Söhnen. Über Hunderte von Jahren bleibt er im Familienbesitz. Bis hin zu dem Mann mit der Schuhwichse im Gesicht, der ihn gegen seinen Rivalen erhebt.

Wenn du hören könntest …

… was hättest du schon alles vernommen? Den Wind, der mit den raschelnden Blättern der Steineichen spielt? Das Meer, das gegen die steilen Küsten donnert? Die sanften Wogen, die den Strand in der Bucht von Palma streicheln?

Die Alltagsgeräusche der großen Ciudad hättest du gehört, Palma, die nicht immer so hieß, sondern früher einmal Medina Mayurqa, damals in jenen Tagen, als du dort zu Hause warst. Du hättest die Karren gehört, die über die gepflasterten Gassen gezogen wurden, das Feilschen der Händler in allen erdenklichen Sprachen. Hättest du sie verstanden?

Und das Weinen, das Wehklagen der Frauen, das trunkene Grölen gieriger Soldaten? Wie hätte es geklungen in deinen Ohren?

Wenn du hören könntest, was hättest du vernommen, an jenem Silvestertag des Jahres 1229?

Medina Mayurqa, 31.12. Anno Domini 1229

Die Schlacht am Coll de Sa Batalla ist vorbei. Der König hat seine beiden Brüder verloren, Ramon und Guillem, sie sind gefallen wie viele andere Soldaten auch. Weitere Schlachten folgten, nicht weniger blutig. Aber der rechte Glaube hat gesiegt!

Drei Monate lang hat Jaume I., König von Aragon und bald auch von Mallorca, die Stadt belagert und die Mauren haben sich endlich ergeben. Jetzt hält der König inne und blinzelt gegen die Sonne an.

Sie haben ihr Lager vor den Toren von Medina Mayurqa aufgeschlagen. Es wird nur noch eine Frage der Zeit sein, bis sie die Stadt stürmen. Schon werden die Soldaten unruhig, wollen sich den Lohn für das blutige Gemetzel holen, das hinter ihnen liegt.

Wohlhabend ist sie, die Hauptstadt der Insel. Die Mauren haben sie reich gemacht, haben Handel getrieben, die Landwirtschaft zur Blüte gebracht – und natürlich haben sie fremde Schiffe gekapert, sie sind Seeräuber, es liegt ihnen im Blut. Sie hängen dem falschen Glauben an. Der König kann es in Medina Mayurqa deutlich sehen: Minarette, gezackte Turmspitzen an den prächtigen Häusern, der trutzige Almudaina-Palast in der Bucht.

Verächtlich schürzt Jaume I. die Lippen. Ihr Reichtum und ihr Gott haben sie im Stich gelassen. Jaume der Eroberer hat zum Heiligen Krieg gegen die Ungläubigen auf Mallorca geblasen und das Glück war auf seiner Seite.

Jetzt nähert sich von der Stadt her eine Menschengruppe dem Lager. Reiche Moslems, auch Frauen und Mädchen in kostbaren Gewändern sind darunter. Was wollen sie?

Der König lässt den Juden Bachiel holen, der ihm als Dolmetscher dient. Unterwürfig verneigen sich die Mauren vor dem Eroberer. Ein vornehmer Mann tritt hervor und breitet vor den Füßen des neuen Herrschers Gold und Silber aus, Schmuck und Edelsteine, Kostbarkeiten aller Art. Ein Kelch ist dabei, der verführerisch glänzt, vielleicht ist er aus purem Gold?

»Sie bitten Euch«, übersetzt der Jude, »ihr Leben zu verschonen und die Stadt vor der Plünderung zu bewahren. Dafür bieten sie Euch den Schatz, der zu Euren Füßen liegt.«

Jaume I. betrachtet sie, einen nach dem anderen. Besonders lange ruht sein Blick auf einem Mädchen, das nicht älter als 12 Jahre sein wird. »Du«, sagt der König. »Dich will ich auch.«

Das Kind zittert vor Furcht, doch es nickt tapfer und wechselt schüchtern die Seite.

Der König vertreibt die Bittsteller mit einer lässigen Handbewegung. Sein Hofstaat sammelt die Kostbarkeiten ein und bringt sie in das bewachte Zelt des Herrschers. Hoffnungsfroh ziehen die besiegten Mauren ab.

»Danke«, sagt Jaume lächelnd zu dem Mädchen, das ängstlich an seiner Seite verweilt und ihn nicht versteht. »Für eure freundliche Gabe.«

Noch am selben Tag, am Silvestertag des Jahres 1229, lässt er seine ungeduldigen Soldaten die Stadt stürmen, lässt sie plündern, morden, brennen und vergewaltigen. Acht Tage lang verwüsten sie das prächtige Medina Mayurqa.

Noch während des bösen Treibens unterzeichnet der Emir im Almudaina-Palast die Kapitulation. Und die Eroberer feiern am Neujahrstag in der Moschee einen christlichen Dankesgottesdienst.

Jaume I. reibt sich die Hände. Den Schatz kann er gut brauchen – schon vor dem Kriegszug waren seine Kassen leer. Nur den Kelch, der sich als wertlos entpuppt, schenkt er der jungen Frau, mit der er ein paar Tage das Bett teilt. Dann wird er ihrer überdrüssig und lässt sie frei. Ihr weiteres Schicksal interessiert ihn nicht. Er erfährt nie, dass sie noch ein langes und nach den schlimmen Ereignissen ihrer Jugend friedliches Leben führen wird, als Frau eines Mallorquiners, der sie in den Bergen aufliest und es später in Sóller zu bescheidenem Reichtum bringt.

Auch was mit dem Kelch geschieht, interessiert Jaume nicht mehr.

Das Geschenk des Königs wird in Sóller in Ehren gehalten. Es erhält einen bevorzugten Platz im Haus der jungen Frau und verbleibt dort, bis ein maurischer Pirat es im Jahre 1561 stiehlt.

Wenn du singen könntest …

… welche Weisen würdest du anstimmen? Würdest du melancholische, arabische Lieder summen, fremd wie der Orient, oder schwere, dunkle Choräle, wie sie in den Kirchen der Christen gesungen werden? Würdest du lustige Trinklieder schmettern, zotige Weisen, wie jede Religion und jede Sprache sie kennt? Würdest du häufig singen oder nur manchmal, zu besonderen Gelegenheiten? Wäre deine Stimme traurig oder fröhlich? Welchen Gott würdest du preisen?

Wenn du singen könntest, wäre es dir egal, für wen du singst?

Banyalbufar, Anno Domini 901

Mit großer Inbrunst breitet Isam al-Jawlani seinen Teppich aus, wendet sich nach Mekka, sinkt auf die Knie und spricht sein Gebet.

»Allah, ich danke dir.« Eine tiefe Wärme umspült sein Herz. Vor wenigen Tagen noch auf hoher See, von Stürmen gebeutelt, hat seine Flotte in einer Bucht der Insel Schutz gefunden.

»Ich danke dir, dass du mich und mein Gefolge an dieses Gestade geführt und uns Rettung gewährt hast.«

Verwunderlich ist dies freilich nicht, denn Isam al-Jawlani befindet sich auf großer Pilgerfahrt von Córdoba nach Mekka, der Schutz Allahs ist ihm deshalb gewiss.

Paradiesisch erscheint ihm die Insel. Fruchtbar und in strategisch günstiger Position. Perfekt, um Handel zu treiben – mit Waren und Sklaven.

»Allah, ich danke dir für den Traum, den du mir geschickt hast.«

In der vergangenen Nacht ist er über ihn gekommen. Wie eine Vision, eine Verheißung. Früh am Morgen hat Isam al-Jawlani dann einen Berg erklommen, den die Insulaner Teix nennen, den Eibenberg. Von dort oben hat er einen Großteil der Insel überblickt und in die Zukunft geschaut. Hat gesehen, wie er nach seiner Pilgerreise die Insel erobert, die nahezu keine Wehranlagen besitzt. Hat gesehen, wie die Berghänge zu Terrassen ausgebaut werden, wie er Wein, Zitronen, Orangen und Mandeln pflanzt. Medina Mayurqa wird er ihre Hauptstadt nennen.

Allah ist groß!

Am Abend speist er mit seinen Leuten auf dem Schiff. »In drei Jahren bin ich Gouverneur dieser Insel«, erklärt er den verdutzten Männern und nimmt einen Schluck aus dem glänzenden Kelch, der sein Glücksbringer ist, sein Talisman. Der angeblich von Jerusalem nach Kairo und über viele andere Stationen in seinen Besitz gelangt ist. Es ist etwas Besonderes an diesem Kelch, obwohl er von den Ungläubigen kommt. Isam kann es spüren.

Die Männer glauben ihm nicht.

Diese Narren! Sie werden eines Besseren belehrt. Alles, was Isam al-Jawlani auf dem Berg Teix gesehen hat, erfüllt sich. Direkt nach der Pilgerfahrt setzt er seinen Plan in die Tat um. Die Insel, seine Insel, erblüht. Allah ist gütig.

Der Talisman bleibt im Familienbesitz, bis ein ferner Nachfahre des ersten muslimischen Gouverneurs von Mallorca ihn dem christlichen Wiedereroberer Jaume I. als Friedenspfand vor die Füße legt.

Wenn du weinen könntest …

… würden deine Tränen je versiegen? Gäbe es jemanden, der sie trocknen könnte? Gäbe es einen Trost?

Jerusalem, Anno Domini 32

»Das ist mein Blut, das Blut des Bundes, das für viele vergossen wird.«

Der Mann in ihrer Mitte, der Mann, den sie lieben und um dessentwillen sie alle zwölf hier versammelt sind, dieser Mann reicht ihnen einen Kelch mit Wein und sie alle trinken daraus. Keiner spricht, ein jeder hängt seinen Gedanken nach.

Einer von ihnen behält den Kelch. Noch weiß dieser eine nicht, dass er schon am nächsten Tag darin das Blut des Mannes in ihrer Mitte auffangen wird. Des Mannes, dem er viele Jahre gefolgt ist.

Noch weiß dieser eine nicht, dass er nach dem Tod des Mannes in die Welt hinausziehen wird, um die Lehren seines Meisters zu verkünden. Weiß nicht, dass er bis nach Kairo und noch weiter reisen wird, um das zu predigen, was er glaubt.

Der Kelch wird ihn begleiten, der Kelch, der durch das Blut des Mannes in ihrer Mitte seine Kraft erlangt hat, sein Strahlen, seine Macht.

Noch weiß der Jünger nicht, dass er den Kelch in Ägypten verlieren wird, dass es dem Gefäß bestimmt ist, eine lange Reise anzutreten, um schließlich in den Händen eines gewissen Isam al-Jawlani zu landen, der Hunderte von Jahren später eine Mittelmeerinsel erobert und das Besondere an ihm erkennt.

Das alles wissen sie nicht, doch der Hauch einer Ahnung liegt schon an jenem Abend über ihnen und der eine, der den Kelch behält, erschaudert.

Wenn du handeln könntest ...

... würdest du die Tat verhindern? Dich gegen die Hand des Angreifers richten, die dich schwingt? Was wäre dein Wille?

Wenn du handeln könntest, was würdest du tun?

Port de Sóller, Anno Domini 2017

Die dunkelbraune Hand mit der Schuhwichse sinkt kraftlos nach unten. Der Mann mit der Statur eines Bären kann es nicht. Kann den Rivalen nicht erschlagen. Seine Wut verrauscht, macht der Trauer Platz, der Resignation.

Der christliche Widersacher merkt nichts von dem inneren Kampf seines Gegners. Er strahlt den maurischen Piraten, seinen besten Freund, fröhlich an und nimmt ihm den alten Kelch aus der Hand.

»Mein Freund«, sagte er. »Den nehme ich als Verlobungsgeschenk.«

Dem maurischen Bären tritt eine Träne ins Auge. Wird er nun auch noch verhöhnt?

»Du bist der Erste, der es erfährt.« Der Bauer lächelt selig. »Ich habe ein Mädchen kennengelernt, eine Studentin aus Barcelona – und sie ist die Richtige. Wir haben uns verlobt.« Voller Stolz präsentiert er den Ring an seiner linken Hand.

Was sagt er da? Eine Studentin aus Barcelona?

Der Mann mit der Schuhwichse schnappt nach Luft. Dann ist es nicht sein Mädchen, nicht seine Pilar. Dann ist alles, was er am Morgen erfahren hat, nichts als ein böses Gerücht.

»Das ... freut mich so«, stottert er. »Das ist wunderbar.«

Es wird spät an diesem Abend. Denn wie jedes Jahr feiern die Christen und die Mauren nach der Schlacht ausgiebig Versöhnung. Und besonders innig feiern ein Mann mit Schuhwichse im Gesicht und ein junger Bursche mit Strohhut, der einen glänzenden Kelch wie einen kostbaren Schatz an sich drückt.

Wenn du reden könntest ...

... würdest du dich offenbaren? Würdest du dem jungen Mann sagen, wer du wirklich bist? Würdest du ihm vom letzten Abendmahl erzählen, von deiner abenteuerlichen Wanderung? Würdest du von deiner Kraft sprechen, von deiner Fähigkeit, Glück zu schenken, Frieden und Vergebung?

Würdest du dich zu erkennen geben als der Heilige Gral, der sich nicht dort versteckt, wo die Legenden ihn suchen, sondern auf einer sonnigen Insel im Mittelmeer?

Es wird für immer dein Geheimnis bleiben. Denn reden kannst du nicht.

Historischer Hintergrund

Die strategisch günstige Lage Mallorcas machte die Insel schon seit dem frühen 8. Jahrhundert zum beliebten Angriffsziel für die arabische Flotte. Dass die seinerzeit unter byzantinischer Herrschaft stehende Insel nicht schon früher dauerhaft von den Mauren in Besitz genommen wurde, liegt vermutlich daran, dass man zeitweise Schutzgelder an die Moslems entrichtete.

Im Jahr 902 eroberte schließlich ein gewisser Isam al-Jawlani die Insel und brachte sie für über dreihundert Jahre unter maurische Herrschaft.

Haupteinnahmequelle war die Piraterie und der damit verbundene Sklavenhandel. Die Mauren bescherten Mallorca – und vor allem der Hauptstadt Palma (damals Medina Mayurqa) im 12. Jahrhundert eine wirtschaftliche Blütezeit. Sie brachten der Insel den Wein, die Zitrusfrüchte und die Mandeln, legten die heute noch vorhandenen Terrassenfelder im Westen der Insel an und errichteten prächtige Paläste. So geht der Almudaina-Palast neben der Kathedrale auf eine maurische Festung zurück – Teile des Gebäudes (einige Mauern und Türme sowie der Große Bogen beim Königsgarten) sind noch Originalbauten aus dem 12. Jahrhundert. Das bekannteste architektonische Zeugnis maurischer Kultur dürften jedoch die Arabischen Bäder in der Innenstadt Palmas sein. Auch viele der großen Landhäuser im Inselinneren haben einen arabischen Ursprung.

Da die Überfälle auf christliche Handelsschiffe unter der maurischen Herrschaft ein bedrohliches Ausmaß annahmen, war es nur eine Frage der Zeit, bis auch Mallorca im Zuge der Rückeroberung der Iberischen Halbinsel wieder in christliche Hände fiel. Am Silvestertag des Jahres 1229 stürmte Jaume I. nach etlichen blutigen Schlachten (und ohne auf die Gnaden-

gesuche der besiegten Mauren einzugehen) Medina Mayurqa und ernannte sich selbst zum ersten König Mallorcas.

Ruhe kehrte zwischen Christen und Arabern auf der Insel aber noch lange nicht ein.

Während Mallorca als Handelsstützpunkt in den folgenden Jahrhunderten an Bedeutung verlor, erlebte die Piraterie vor allem ab dem 16. Jahrhundert ihren Höhepunkt. Dem türkischen Seeräuber Chaireddin Barbarossa gelang es, eine gewaltige, gut strukturierte Piratenflotte aufzubauen. Aber auch italienische und spanische Schiffe kaperten moslemische. Der Sieg über Andersgläubige galt nicht als Verbrechen, sondern als Heldentat.

Auf Mallorca fanden die blutigsten Piratenüberfälle Mitte des 16. Jahrhunderts statt. Viele Küstenorte wurden mehrfach geplündert, die Inselbewohner standen der Übermacht meist chancenlos gegenüber. Der erste Sieg der Mallorquiner gegen die Piraten ist für das Jahr 1561 in Sóller verbrieft. Bis heute feiern nicht nur die Bewohner von Sóller diesen Tag als großes Fest – auch in vielen anderen Küstenorten gibt es in Gedenken an jene Zeit Moros-y-christianos-Feste.

Ein weiteres, bis heute sichtbares Zeugnis der Piraten-Ära sind die Atalayas (arabisch für Wachturm), die sich an den Küsten der Insel finden.

Ein Großteil der oben erzählten Geschichte basiert also auf der historisch verbrieften, bewegten Vergangenheit Mallorcas. Ob sich jedoch der legendenumwobene Heilige Gral tatsächlich auf der schönen Baleareninsel befindet, das wird wohl nicht nur sein eigenes, sondern auch das Geheimnis der Autorin bleiben.

KERSTIN LANGE

Der Stolz der Familie Sastre

Senyora María Sastre blickte nachdenklich aus ihrem Fenster. Die Berge erhoben sich am Horizont. Die meisten Menschen auf der Insel mochten das Meer, doch sie liebte die Berge. Die Strände in Palma waren ihr ein Graus. Ebenso die Touristenströme, die heuschreckenartig ihre Heimat in den Sommermonaten überfielen.

Sie fühlte ihr Alter, jeder Muskel, jedes Gelenk schmerzte. Sie schwächelte, war nur noch ein Schatten ihrer selbst. Was für ein Elend! Doch ihr Geist war wach und fit wie immer. Sie könnte noch jahrelang die Leitung der Firma halten, wenn ihr Körper mitmachen würde. Doch es war Zeit, die Verantwortung zu übergeben. Ihr ältester Sohn war bereits Mitte fünfzig, sie sollte loslassen, bevor es zu spät war. In ihrem Inneren wusste sie, warum sie all die Jahre gezögert hatte. Er war nicht perfekt für diese Rolle. Ernest war ein Erfüller. Er konnte Aufgaben übernehmen und erledigen. Ein Buchhalter, ein penibler noch dazu. Ein ehrlicher, gewissenhafter Geschäftsmann, und er würde alles so führen wie gehabt — nach ihren Wünschen. Mit ihm gäbe es keine Innovation, keine Erneuerung. Ein perfekter Verwalter. Die anderen Söhne waren keine Alternative. Elies war Maler und Lluis ein Playboy, der eine weltfremd, der andere strohdumm. Ein Künstler war in jeder Familie angesehen, als Vorzeigeobjekt für kulturelle Veranstaltungen. Man umgab sich mit einem Hauch von Bohème. Der perfekte Nachfolger wäre die Kombination aus ihren drei Söhnen. Ein Buchhalter, der auch mal neue Wege beschritt, seine Arbeit mit Visionen bereicherte und mit seinem Charme nicht nur Frauen um den Finger wickeln konnte. Leider war das nur ein Wunschtraum.

Doch was, wenn es wieder eine Krise geben würde? Wäre er derjenige, der das Familienunternehmen mit kluger Hand auf neue Pfade führen konnte?

Die Antwort lag auf der Hand. Nein, das war Ernest nicht. Sie konnte nur hoffen, dass sich die Welt nicht ändern oder sie noch sehr lange leben würde, um ihn zu beraten.

Beides unwahrscheinliche Optionen.

War Ernest so weit? Konnte er das gesamte Erbe der Familie annehmen? Oder würde die Firma nun auseinanderfallen, an einen Investor gehen, der mit der Seele des Geschäftes nichts zu tun, sondern nur seinen Aktienkurs im Blick hatte? Die Familie hatte den ersten Weltkrieg genutzt, um reich zu werden, Spanien war zum Glück neutral und konnte für alle Seiten Schuhe herstellen. Schuhe brauchte man immer!

Mühsam erhob sie sich aus dem Sessel und trat an das Gemälde von Francisco de Goya. Ihre Familie hatte schon immer einen Drang zu Besonderem. Hinter dem Bild versteckte sich der Safe, ein Ort, an dem sie Geheimnisse bewahrte. Familiengeheimnisse, von denen niemand wusste und niemals wissen durfte.

Der Code war einfach. 18 09 77. Die Tür ging auf, sie nahm das rote Buch in die Hand und begann darin zu blättern.

Hier war alles notiert. Am 18.09.1877 begann das große Familiengeheimnis, 140 Jahre zuvor.

Die Sonne brannte und Conrad schwitzte. Er war viel gelaufen, seine Füße brannten. Und das, obwohl sie in handwerklich gut gearbeiteten Schuhen steckten. Das war das Einzige, was er liebte und perfekt beherrschte: Schuhe machen. Er war ein genialer Schuhmacher und hatte vor, aus seinem Talent etwas zu schaffen. Er wollte Großes. Doch wie fing man an? Woher das nötige Geld nehmen? Ideen waren da, er hatte auch die Tatkraft und den Mut, sie umzusetzen, brauchte jedoch einen Investor. Seinen Eltern lag der Gedanke an Veränderung fern, sie mochten es, wenn alles so blieb, wie es war. Er sah noch immer ihre entgeisterten Gesichter vor sich, als er ihnen mitteilte, dass er nach London gehen würde.

»Seht Ihr denn nicht den Fortschritt? Auch wir können hier auf der Insel davon profitieren!«

Nein, sie sahen es nicht, und verstehen konnten sie es ebenso wenig. Dennoch ließen sie ihn gehen. Vielleicht in der Hoffnung, dass er reumütig zurückkommen und seine Pläne aufgeben würde.

Ein Trugschluss. Heute war er wiedergekommen. In England hatte er sich die Entwicklung der Industrialisierung angeschaut. Alles veränderte sich und er wollte ein Teil der neuen Welt sein. Und nicht im kalten, regnerischen England, sondern hier in seiner Heimat auf Mallorca in der kleinen Stadt Inca, die er so liebte. Nächtelang hatte er sich überlegt, wie er es anstellen konnte.

Bevor er nun zurück zu seiner Familie ging, wollte er seine Gedanken sammeln und Mut fassen. Er wollte seine Eltern überraschen und noch ein wenig Kraft schöpfen, um die richtigen Worte zu finden, die Idee vorzustellen und seine Familie zu begeistern. Er wusste, dass sein Vater das nicht gutheißen würde. Er hatte Conrads Ausbildung bei dem alten Schuster Didac, dem Vater seines ehemals besten Freundes Alfred, schon mit Argwohn betrachtet und gehofft, dass seine Hirngespinste verschwänden und er zur Vernunft kommen würde. Was er jetzt zu seinen Plänen sagen würde?

Und zu seinem Mitbringsel, seinem Geheimnis aus England, das am Bahnhof auf ihn wartete? Es war bereits gestern angekommen, wenn nichts schiefgegangen war. Die Revolution. Damit konnte er beginnen, seine Idee zu verwirklichen, Schuhe in Massenproduktion herzustellen. Aber dennoch in hoher Qualität für all die Menschen, die es sich leisten konnten. Handgenähte Rahmen. Seine Skizzen für die Ideen hatte er in seiner Mappe, die er bei sich trug, neben den Frachtpapieren für das wertvolle Stück.

Seine Idee nahm Formen an, alle möglichen Hindernisse, die sich dem Traum einer Fabrik in der Stadt Inca in den Weg stellten, schob er zur Seite. Rationalisierung war das Zauberwort. Die Schuhmacher würden sich vereinigen, ihre Arbeit aufteilen, um schneller produzieren zu können. Es gab so viele gute Schuhmacher in dieser Stadt. Er stellte sich vor, wie in naher Zukunft die Menschen Schuhe aus Inca kaufen würden. Inca, die Schuhstadt Mallorcas, berühmt im ganzen Land, aus seiner Vision entstanden. Es fühlte sich so richtig an und er war unglaublich stolz und voller Tatendrang.

Ein guter, prägnanter Firmenname musste her. Da stände ihm seine Verlobte Enara zur Seite, die ihn immer bei seinen Plänen unterstützen würde. Er freute sich auf die Zukunft.

Seit zwei Jahren gab es die Eisenbahnverbindung nach Palma. Der Grundstein für den Wohlstand, der in die Stadt Inca kommen würde. Damit gab es keine Hindernisse, die Schuhe zu verschicken. Von Inca nach Palma, von Palma mit dem Schiff in die ganze Welt! Er würde ein Haus errichten, das aussähe wie eins der Schlösser, die er in England gesehen hatte. In seinen Träumen sah er ein Imperium vor sich, mit ihm an der Spitze. Vielleicht würde in hundert Jahren die ganze Welt von seinen Schuhen sprechen.

Wenn er Erfolg hätte, würden ihn auch andere haben, die Stadt würde reich, er würde reich. Er sah sich schon Geld scheffeln, Münzen in der Hand halten und zählen. Er würde das Erbe an seine Kinder und Kindeskinder weitergeben. So stellte er sich seine Welt vor. Berauscht von seinen Gedanken hob er die Arme in die Höhe, um die Umgebung zu umarmen.

Ein Geräusch ließ ihn aufhorchen. Ein Tier? Ein Mensch?

»Conrad«, sagte jemand. Er drehte sich um und ein Mann stand zwei Meter von ihm entfernt, so groß wie er. Er kam ihm bekannt vor, aber erst, als er einen Schritt näher trat, erkannte er ihn. Alfred. Was wollte er hier?

Sie verband keine Freundschaft mehr, ganz im Gegenteil. Die Eifersucht hatte ihre Freundschaft beendet. Alfred war neidisch auf seine Fähigkeiten als Schuster, auf die Liebe, die Didac, Alfreds Vater, ihm entgegenbrachte. Und letztendlich hatte er versucht, ihm seine Enara abspenstig zu machen. Vergeblich, wie Conrad mit Stolz feststellen konnte. Enara liebte nur ihn. Voller Zuneigung dachte er an sie und sehnte sich danach, sie in seine Arme zu schließen.

»Was machst du hier?«, fragte Alfred. »Ich glaubte dich in England.«

»Heute bin ich angekommen. Ich genieße die reine Luft. England war stickig.«

»Man hört, in England beginnt die Zukunft.«

Stille.

»Das Zauberwort heißt Industrialisierung«, redete Alfred weiter und kam näher. »Wenn man sich hier so umschaut, glaubt man nicht, dass sich hier irgendetwas ändern könnte. Ein Paradies auf Erden.«

Conrad nickte. »Ein armes Paradies.«

»Es muss nicht arm bleiben. Die Natur ist für uns da. Zum Genießen und zum Kraftholen. Wir sollten uns die Natur untertänig machen, sie nutzen für unseren Fortschritt. Schau, hier gibt es so viel Platz, hier könnte man Fabriken bauen, hier könnte man die Zukunft beginnen lassen. Hast du solche Ideen nicht aus England mitgebracht? Zukunftsvisionen, die zeigen, wie es aussehen könnte? Fabriken neben der Eisenbahnlinie? Ich bin nicht dumm, bloß weil ich hiergeblieben bin.«

Das sind meine Pläne, überlegte Conrad. Sie hatten früher oft die gleichen Gedanken gehabt. Doch etwas stimmte nicht. Die Stimmung veränderte sich. Alfred kam näher. Unangenehm nah. Seine Augen glänzten. Conrad roch seinen Schweiß und eine leichte Alkoholfahne. Zwar wirkte er nicht betrunken, aber erregt. Wahrscheinlich hatte er den selbst gebrannten Schnaps seines Bruders getrunken. Conrad dachte mit Ekel daran, wie er ihn mal hatte probieren müssen, und spürte bei dieser Erinnerung ein Brennen in der Kehle.

»Enara hat ein Leben in einem großen Haus mit Bediensteten und eleganter Kleidung verdient, nicht wahr? Das willst du ihr bieten, du Träumer, oder?«

»Was willst du?«

»Du hast etwas Besonderes aus England mitgebracht, nicht wahr?«

Conrad staunte. Woher wusste Alfred, dass er etwas mitgebracht hatte?

»Weißt du, es gibt immer Verwandte, die gerne reden. Vor allem, wenn sie auf dem Bahnhof arbeiten. Mein Bruder hat mir erzählt, dass etwas vom Schiff mit der Eisenbahn für dich gekommen ist. Gestern schon. Etwas, das alles verändern wird. Die Papiere hat er auch gesehen. Eine Maschine, die Schuhe nähen kann.«

Conrad erschrak. Er spürte jetzt ganz deutlich, dass von seinem gegenüber Gefahr ausging. Das durfte nicht sein. Konnte nicht sein. Wie kam er aus dieser Situation heil heraus und wie konnte er Alfred beruhigen? Es war offensichtlich, dass er nichts Gutes im Schilde führte. Gott sei Dank befand sich die Nähmaschine in Sicherheit, die Frachtpapiere in seiner Mappe.

Er musste nur diese Gefahr umgehen. Alfred bestechen, ihm notfalls Geld bieten.

Conrad hatte Angst, doch er versuchte, sie nicht zu zeigen. »Willst du Geld?«

Alfred lachte. »Du willst Nähfabriken bauen! Eine gute Idee, Conrad, aber nicht für dich. Sondern für mich. Ich werde Enara zur Frau nehmen, ich werde Schuhe fertigen. Eine Fabrik bauen, Inca in der Welt als die Schuhstadt bekannt machen.«

Die Faust traf Conrad völlig unvorbereitet auf der Nase. Er schnappte noch nach Luft, als ihn der zweite Schlag traf. Er verlor das Gleichgewicht. Er fiel, konnte seine Mappe nicht mehr festhalten. Einen halben Meter von ihm entfernt lagen seine Habseligkeiten. Er wollte sich aufrichten, zurückschlagen. Doch da kamen die Tritte in Bauch, Rücken, am Kopf, schnell hintereinander, voller Hass und Wut. Er kroch im Sand, versuchte immer wieder aufzustehen — vergeblich. Um den Tritten auszuweichen kroch er weiter. Bis seine Hand ins Leere griff, der Abgrund war nah.

»Bitte, Alfred«, sagte er und versuchte seinem Gegner ins Gesicht zu schauen. Seine Lider schwollen an, er sah nur noch undeutlich, schmeckte Blut, ein Zahn wackelte. »Alfred, ich bitte dich. Es gibt genug für uns zwei.«

Alfreds Stimme klang unnachgiebig und voller Triumph. »Niemals werde ich teilen. Nichts. Nicht Enara, nicht den Wohlstand. Bei meinem Vater hast du das Handwerk gelernt. Der Schuster bin ich, du bist Bauer wie dein Vater. Wie sagt man in England? Goodbye!«

Conrad spürte den nächsten Tritt. Er griff erneut ins Leere. Ein letzter Versuch, sich aufzurichten, alle Kräfte zu sammeln. Einem weiteren Stoß konnte er wieder nicht ausweichen und spürte, wie er für einen Moment schwerelos in der Luft hing, bevor ihn der Abgrund in die Tiefe zog.

Alfred zögerte nicht. Er schaute sich um, ob ihn niemand beobachtete, und nahm alles an sich, die Mappe mit den Skizzen, das Geld, die Frachtpapiere. Er lächelte, während er an die Zukunft dachte. Was für ein trauriges Ende für Conrad. Er hatte die Reise nach England und seine Rückkehr gut überstanden, um dann hier an seinem Lieblingsplatz abzustürzen. Was für ein schreckliches Schicksal. Alfred hatte die Frachtpapiere, und wie er Conrad kannte, wusste sonst niemand, was er mitgebracht hatte. Und falls doch, fiel ihm schon eine passende Ausrede ein. Wie immer bisher.

Senyora Sastre stöhnte auf und ließ das Buch sinken. Ihr Herz schmerzte immer öfter, so wie jetzt. Die Tabletten halfen nicht mehr. Viel Zeit blieb ihr nicht. Sie klappte das Buch zu, hielt es an ihre Brust und schloss die Augen. Es gab nur den einen Weg. Ihr Sohn würde mit diesem Erbe nicht umgehen können. Niemals. Ein Schwächling wie er würde das Unternehmen in den Untergang treiben. Schlechte Presse war der Anfang vom Ende. Bis jetzt bedrohte nichts den guten Leumund der Firma Sastre, Gerüchte konnten sie nicht gebrauchen. Man war das Vorzeigeunternehmen der Schuhbranche, fertigte sogar nicht in den üblichen Billigländern.

Der Kamin im Zimmer war praktisch.

Mühsam stützte sich die Senyora auf die Armlehnen und hievte sich aus dem Sessel. Das Erbe wog schwer.

Streichhölzer, Anmachholz; die Glut war schnell entfacht. Das Feuer loderte. Nur einen kurzen Moment zögerte sie, dann warf sie das Buch hinein und sah zu, wie Flammen es umarmten und auffraßen.

Die Geschichte der Familie Sastre hatte mit Alfred, einem Dieb begonnen, ihrem Großvater. Das durfte niemand erfahren, es war jetzt nicht mehr wichtig. Das Hier und Jetzt zählte. Vielleicht der richtige Zeitpunkt, um mit der Vergangenheit abzuschließen und Geschichte neu zu schreiben. Sie holte tief Luft und ein stechender Schmerz in der linken Brust ließ sie zusammensacken. Nicht jetzt, dachte sie, ich bin noch nicht so weit.

Sie blickte in die Flammen, versuchte sich hochzuziehen – vergeblich. Sie ließ sich auf den Boden nieder, fasste mit der Hand erneut an ihr Herz. Der Schmerz war unbeschreiblich. Ihr Blick hing an den Flammen.

Das Buch war beinahe vollständig verbrannt. Sie schloss die Augen. Es war vorbei.

Historischer Hintergrund

Die Stadt Inca gilt als das Herz der Schuhindustrie Mallorcas. Als die Eisenbahnverbindung Inca – Palma 1875 fertiggestellt wurde, brachte das den Aufschwung. Die Schuhmacher vereinigten sich und folgten dem Prinzip der Rationalisierung. Für die einzelnen Arbeitsschritte gab es eigene Fabriken. In einer wurden nur die Sohlen gefertigt, in der nächsten die Rahmen. So stellte man schneller her und garantierte dennoch hohe Qualität. Es zahlte sich aus: Nach Inca kam Ruhm und Wohlstand.

Weltbekannte Marken haben hier ihren Ursprung und immer noch ihren Firmensitz, auch wenn heute in anderen, günstigeren Ländern produziert wird.

Neben Wein und Oliven sind Schuhe das wichtigste Handelsgut. Noch heute ist die Stadt berühmt für die vielen Lederwaren, die man auf den Märkten kaufen kann.

BRUNO WODA

Auf zum Cappuccino!

Wir saßen im Cappuccino Gran Café in Palma bei Café solo und Mandelkuchen. Gundula verabschiedete sich, ihr Flug nach Hause stand an. Mein Kollege Joan und ich wollten uns morgen hier wieder treffen, um ein Projekt durchzusprechen. Als er aufbrach, erinnerte ich ihn: »Bis morgen elf Uhr, zum Cappuccino!«

Er schmunzelte: »Du weißt, was das früher bedeutete – Anar en es Caputxins? Morgen kläre ich dich auf!«

Ein älterer Herr, der am Nebentisch saß, hatte unser Gespräch wohl mitgehört. Er lächelte und winkte mir zu.

»Ihr Freund kennt offensichtlich die Bedeutung des Sprichwortes und die Geschichte Palmas. Was ich Ihnen gleich erzählen möchte, das weiß er sicher nicht. Setzen Sie sich doch zu mir.«

Der Ober trug mein Gedeck zum Tisch des Mannes, den er mit »Doctor – todo bien?«, ansprach.

Das schüttere Haar des Mannes glänzte silbergrau. Er lud mich zu einem weiteren Kaffee ein.

»Ich will nicht aufdringlich sein, Ihr Gespräch war unüberhörbar; ich bekam fast alles mit. Mir scheint, Ihr Projekt befasst sich mit der Vergangenheit Mallorcas?«

Ich nickte, betrachtete ihn neugierig. Ein Typ, der jemanden zum Reden suchte, schien er nicht zu sein.

»Ich recherchiere zu den Kapuzinern in Deutschland, in Spanien und jetzt hier in Palma, zur Fraternitat caputxina de Mallorca«, erklärte ich mich.

»Und was ist der Anlass Ihrer Recherchen?«

»In Deutschland gab es wiederholt Berichte über Missbrauchsfälle durch Priester oder andere Mitglieder dieses Ordens.«

»Ach ja, wissen Sie Genaueres?«

Ich erwähnte das Buch des heute fast 60-jährigen Daniel Pittet, der sich seinen Leidensweg von der Seele geschrieben hatte.

»Pittet, junger Ministrant in einer Freiburger Kirche, wurde von einem Kapuziner-Priester vergewaltigt. Er habe seinem Peiniger damals sogar verziehen, weil er so einfühlsam über die Mutter Gottes predigen konnte, dass den Leuten die Tränen liefen. Dabei wusste er, dass er nach der Messe von dem Pater wieder vergewaltigt würde.«

»Warum hat er es nicht gemeldet oder sich gewehrt?«

»Er habe es fast wie eine Liturgie empfunden. Dann redete er sich ein, was ein Priester tut, muss richtig sein. Lange soll er unter Depressionen gelitten haben. Jahrzehnte später entschloss er sich, alles aufzuschreiben und zu veröffentlichen. Das Manuskript gelangte zu Papst Franziskus.«

»Und, wie reagierte der Papst?«

»Er versprach, ein Vorwort für das Buch zu verfassen.«

Der alte Herr zog ein Taschentuch aus der Jacke. Behutsam tupfte er sich die Augen ab.

Mein Bericht schien ihm nahezugehen, deshalb wechselte ich das Thema.

»Morgen will ich die Església«, ich nahm meinen Merkzettel zur Hand und las, »Conventual dels Frares Menors Caputxins besuchen. Das soll nicht weit weg sein vom Plaça d'Espanya?«

»Si, gehen Sie doch zur Vesper um acht Uhr. Das bringt Sie in Stimmung für Ihr Projekt – meine Geschichte vielleicht ebenfalls.«

Dann begann er zu erzählen.

»So um 1820 wurde einer unserer Vorfahren, er war noch ein Kind, ins Kapuzinerkloster hier in Palma aufgenommen. Die Familie war stolz darüber. Zunächst. Dann wurde er vermutlich ebenfalls von einem Frare missbraucht. Anfangs wagte er nicht, sich zu offenbaren. Dann hielt er es nicht mehr aus und gestand seinem Vater, sein hochgeachteter Bruder und Lehrmeister und er, sie hätten etwas Ungeheuerliches getan und würden schrecklich büßen müssen. Sie hätten ihr Keuschheitsversprechen gebrochen. Sie könnten mit dieser Sünde nicht weiterleben. Kurz darauf erfuhr der Vater, dass sein Sohn im Kloster verstorben war. Von einem zweiten Todesfall zur gleichen Zeit hörte man nichts. Offensichtlich wurde sein Sohn zu sexuellen Handlungen verführt, die er aus Lust oder gar Liebe erwiderte.«

»Fast wie im Fall Daniel Pittet, unterbrach ich, »allerdings tragischer oder sträflicher.«

»Ob es tatsächlich einen Selbstmord oder Mord gab, blieb unerforscht», berichtete der alte Herr. »Die Kapuziner hielten sich bedeckt. Was heute, wie bei Ihnen zuhause, gelegentlich ans Tageslicht kommt, ist hier ebenfalls lange Zeit, vielleicht unter dem Deckmantel falsch verstandener christlicher Nächstenliebe, verborgen geblieben.«

»Tja, die katholische Kirche hat den Schutz der Täter höher gehalten als die Fürsorge um die Opfer.«

»Und ein Mörder, auch ein Selbstmörder, hätte nicht auf geweihtem Boden beerdigt werden dürfen.«

Es müsste doch im Archiv des Klosters Daten zu Mitgliedern des Ordens geben, dachte ich mir und fragte: »Haben der Vater oder andere Familienangehörige denn nicht den Abt um Klärung gebeten?«

»Offenbar nicht. Mit dem Regierungsdekret von 1835 drohte ja vielen Klöstern die Schließung. Ob die Orden mit der Dokumentation ihrer Personaldaten aktuell und offen waren, mag fraglich, vielleicht sogar für ihr Überleben nützlich gewesen sein.«

Der alte Mann wollte das nicht weiter erläutern, sondern kam zur Familiengeschichte zurück.

»Der Vater des toten Jungen hat allen Familienmitgliedern und Nachfahren ans Herz gelegt, jedes Jahr an dessen Todestag zur Vesper in die Konventskirche des Ordens zu gehen.

Wir beten dazu immer sieben Ave María. Sozusagen als Fürbitte, dass der Junge und sein Mönchsbruder am Jüngsten Tage mit Gottes Gnade in sein Reich aufgenommen werden. Wir haben uns verpflichtet, dieses Vermächtnis zu erfüllen. Die Aufteilung des Familienvermögens ist daran geknüpft und testamentarisch verbrieft. Es umfasst Ländereien und beachtliche Geldanlagen. Wenn einer von uns Hinterbliebenen stirbt, fällt sein Anteil auf die Überlebenden. Jeder darf seinen Teil aber anderen vermachen, dem Staat, der Kirche, sozialen Institutionen oder einem Fremden, dem wir unsere Geschichte anvertrauen und die Fortführung unseres Vermächtnisses zutrauen.«

Er schien sich über mein Interesse zu freuen und fuhr erleichtert fort: »Meine Familie ist am Aussterben. Meine Schwester hat wie ich keine Kinder, lebt allein in Südamerika und musste in ein Hospiz aufgenommen werden. Mein jüngerer Bruder verprasst sein Familienerbe. Wie oft musste ich seine Schulden aus meiner Tasche begleichen. Er lehnt es ab, zum Gebet in die Konventskirche zu kommen, und er lästert, es sei Unfug. Wie gesagt, wir haben keine Kinder, mein Bruder, wie er versichert, ebenfalls nicht. Meine Tage sind gezählt.«

Der alte Herr lehnte sich zurück. Ich nippte an meiner Espressotasse. Plötzlich fasste er sich ans Herz und nahm einen Schluck Wasser.

»Mein Bruder weiß, dass ich mich nicht aufregen darf. Er kostet das aus, macht mir Vorwürfe, ich wäre an seinem Unglück schuld. Weiß, dass er damit meinen Tod riskiert.«

Der Mann bat den Ober um ein neues Glas Wasser. Als es serviert war, zog er ein Pillendöschen aus der Jackentasche und entnahm ihm zwei ovale Tabletten. Ich blickte diskret zur Seite, dachte darüber nach, was er mit Unglück meinte. Er schien meine Gedanken zu erraten.

»Mein Bruder hatte es auf eine reiche Frau abgesehen, er behauptete, sie hätten sogar heiraten wollen. Sie war fünf

Jahre älter. Ich wusste das alles nicht. Sie wurde meine Geliebte. Er wirft mir vor, sie habe ihn auf mein Drängen verlassen. Ich hätte ihn demütigen wollen. Aber so war es nicht.«

Er zog erneut das Taschentuch aus der Jacke, schnäuzte sich und schien wieder gefasster.

»Mein Tod würde die finanziellen Engpässe meines Bruders lösen.«

Der Ober blieb hinter dem Doctor stehen. Ob er alles mitbekommen hatte? Ich schaute auf meine Armbanduhr.

Der alte Herr deutete mir an, dass es nicht mein Schaden sein solle, wenn ich zur Vesper in die Kapuzinerkirche ginge. Er komme dort auf mich zu. Und nach der Abendmesse wolle er mir gerne einen konkreten Vorschlag unterbreiten, bei einem Sopar. Er würde seinen Notar dazubitten.

Er verabschiedete sich mit festem Händedruck und einem Blick in meine Augen, dem ich mich nicht verschließen konnte.

Es saßen nur wenige Kirchgänger in den Bänken, kaum Touristen, wie mir schien. Im Altarraum zündete ein fülliger Mönch in der Kapuzenkutte des Ordens die Kerzen an. Er mühte sich redlich ab. Die beiden siebenarmigen Kerzenleuchter rechts und links vom Altar waren doppelt mannshoch. Vor dem mittigen Wandgemälde hinter dem Altartisch hing eine Christusfigur am Kreuz in einer Art vergoldeter Kanzel. Ein zweiter Bruder, dürr von Gestalt, kam hinzu und nahm auf einer Bank links des Altars Platz. Als der Füllige seine Aufgabe erledigt hatte, setzte er sich zu seinem Ordensbruder. Ein junger Priester trat an den Altar. Die beiden Frares standen auf. Der Priester murmelte ein paar Worte in das heilige Buch am Altar und blickte prüfend, dann freundlich auf die Besucher. Die Mönche stimmten ein Lied an. Der Dicke sang mit kräftiger Stimme zur Melodie, die ich mit dem Text O when the Saints go marching in kannte. Die ganze Messe erschien mir wie eine Pflichtübung für die Mönche.

Für mich, nach dem Gespräch mit dem alten Herrn im Café Cappuccino, bedeutete sie mehr.

Ich nahm an der Kommunion teil und betete nach Empfang der Hostie ein Vaterunser und sieben Gegrüßet seist du Maria.

Meine wundersame Bekanntschaft aus dem Grand Café Cappuccino sah ich nicht unter den Besuchern der Vesper. Vielleicht würde mein Gebet an seiner Statt angenommen, dachte ich.

Dann hörte ich ein Räuspern in der Bank hinter mir. Eine mir fremde Stimme zischte etwas, vielleicht auf Mallorquí, mir aber unverständlich. Während diese Person eindringlicher sprach, klang das Räuspern der anderen immer aufgeregter.

Erst zu Ende der Messe drehte ich mich um und fand die Bankreihen bereits leer.

Von draußen drang das schrille Signal einer Ambulància herein und übertönte den Klang der Kirchenglocken. Ich ließ die anderen Besucher an mir vorbei die Kirche verlassen, überlegte noch, wie ich jetzt meinen Doctor finden könnte, und ging nachdenklich ins Freie.

Vor der Kirche sah ich, wie zwei Sanitäter die Trage mit einem reglosen Körper in den Wagen schoben. Als sie für einen Moment in Schräglage kam, glaubte ich darauf meinen älteren Herrn Doctor aus dem Café Cappuccino zu erkennen.

Er lag da wie tot. Unter den Betroffenen oder nur neugierigen Gaffern fiel mir ein Gesicht auf. Das zufriedene Grinsen des Mannes fand ich unangemessen. Er sah meinem Doctor ähnlich, nur jünger schien er mir.

Die Sirene der Ambulància erlosch. Die Glocken der Kirche klangen umso eindringlicher.

Auf das Abendessen mit meinem geheimnisvollen Herrn Doctor musste ich wohl verzichten. Ich hätte noch so viel mehr von seiner Geschichte erfahren wollen und weshalb er einen Notar dazu gebeten hätte.

Mein Weg sollte mich im nächsten Jahr zur gleichen Zeit wieder hierher führen, das wurde mir klar, ins Grand Café auf einen Cappuccino und dann zur Vesper in die Konventskirche.

Um zu beten, dass Gottes Gnade beiden gelten möge: Tätern und Opfern.

Historischer Hintergrund

Das Kloster der Frares Menors Caputxins wurde 1870 in ein Gefängnis umgewandelt. Aus dieser Zeit stammt wohl die Drohung: »Wenn du böse bist, kommst du zu den Caputxins.« Erst etwa 100 Jahre später, als es zu klein wurde, überließ man es wieder dem Orden. Heute befindet sich das Gefängnis in einem modernen Komplex an der Straße von Palma nach Sóller.

Die Kapuziner sind ein selbstständiger Zweig des Franziskanerordens. Sie engagieren sich in der Bildung, in der Seelsorge, für Notleidende und Bedürftige.

So verteilen sie in dem kleinen Vorraum des Konvents vor dem Kloster an der Kreuzung zum Bastió d'en Sanoguera täglich das sogenannte Pa de Sant Antoni, mehrere hundert Bocadillos, Brote belegt mit Schinken, Thunfisch, Sobrassada oder Käse, dazu ein Getränk. Oft bildet sich eine lange Schlange Bedürftiger zur Essensausgabe. Ein buntes, manchmal fröhliches Treiben.

Quellenangaben:
Jan Lammers: Unser kleiner Felsen Mallorca, 2. Auflage, 2017
Daniel Pittet: Pater, ich vergebe Euch, Herder Verlag, 2017

TATJANA FLADE

Das Judenfeuer

1691

Die letzten Sonnenstrahlen brachten das Meer zum Glitzern. Isabel warf einen sehnsüchtigen Blick hinaus auf das blau schimmernde Wasser. Könnte sie doch einmal auf einem Schiff über das Meer reisen und ein fernes Land sehen. Ein Traum nur.

Außer sie würde mit einem Kaufmann von weither verheiratet. Aber das bedeutete dann wohl, dass sie ihre Familie nie wiedersehen konnte, wenn sie einmal in einem anderen Land lebte. Es sollte Länder geben, die viel dunkler und kälter waren als Mallorca, Städte, die weit weg vom Meer lagen. Nein, sie liebte das Meer und wollte es sehen. Sie liebte den frischen Wind, der von der See kam, das beruhigende Geräusch der Wellen, die am Strand aufliefen, und den Geschmack von Salz in der Luft. Isabel stand auf und richtete den bodenlangen Rock. Der Wind spielte mit den langen, dunklen Locken und den Bändern ihres Haares. Sie nahm den kleinen Korb und schlug den Weg nach Hause ein. In den engen Gassen der Stadt stand noch die Hitze des Tages, gespeichert und abgestrahlt von den Häusern. Isabel träumte vor sich hin wie eigentlich immer. Sie dachte sich Geschichten aus wie die vom wilden Drachen, der wunderschöne Jungfrauen in schrecklicher Gefangenschaft hielt, in feuchten, gruseligen Verliesen, bis er sie verschlang. Wie oft hatte die Mutter schon geschimpft, wenn Isabel sich in den Weiten ihrer Fantasie verlor. Gerade sah sie den Ritter heranreiten. Seine Rüstung glänzte golden in der Sonne, seine Lanze hielt er kampfbereit, denn er war gekommen, um den Drachen zu besiegen. Isabel stolperte. Fast wäre sie der Länge nach hingeschlagen, aber eine starke Hand griff nach ihr und hielt sie fest.

»Vorsicht, edles Fräulein.«

Isabel drehte sich um. Ein Ritter in goldglänzender Rüstung war das nicht, aber fast. Sie spürte, wie ihr die Röte in die Wangen stieg, und senkte schnell den Kopf, nur um von unten einen Blick zu riskieren. Der Fremde trug die Kleidung eines ehrbaren Kaufmanns. Fremd war er auf jeden Fall, denn nicht nur hatte er ungewöhnlich helle Haare und blaue Augen, sondern er hatte auch mit Akzent gesprochen. Sie schätzte ihn auf vielleicht zwanzig Jahre. Sein Blick ruhte auf ihr, dann lächelte er ein wenig verlegen.

»Wer seid Ihr?«, fragte Isabel neugierig. Seine Verlegenheit machte ihr Mut.

»Ich heiße Hendrik van Emden. Mein Vater ist ein Kaufmann aus Amsterdam. Wir handeln mit Gewürzen und haben hier ein Kontor. Und wer seid Ihr?«

»Isabel. Mein Vater ist auch ein Händler, aber in Palma. Wo ist Amsterdam?«

»Das ist in den Niederlanden. Man segelt mehrere Tage über das Meer, um dort hinzukommen. Aber ich bin schon seit fast zwei Jahren im Kontor meines Vaters.«

Isabel gefiel sein sanfter Akzent, er klang reizvoll und interessant. Überhaupt gefiel ihr seine Stimme und sie hätte noch gern mit ihm gesprochen. Aber die Schatten waren schon lang geworden. »Ich muss nach Hause«, sagte sie mit leisem Bedauern.

»Vielleicht können wir uns ein anderes Mal wiedersehen?« Hendrik zog fragend die Augenbrauen hoch und sie sah die Hoffnung in seinen blauen Augen. »Wohnt Ihr hier in der Nähe, Fräulein Isabel?«

»Ja, ich gehe am Nachmittag übrigens gerne am Meer spazieren«, verriet sie.

»Gut zu wissen, ich auch«, antwortete er und seine Augen glänzten. »Vielleicht sollte ich Euch nach Hause begleiten?«

»Ich weiß nicht ... besser nicht«, erwiderte Isabel.

Wenn die Dienstmagd sie mit dem Fremden sah, würde sie es sofort ihrer Mutter, allen Nachbarn und wahrscheinlich auch dem Hund erzählen. Hendrik winkte ihr zum Abschied zu und sie winkte zurück. Sie sah noch, dass er stehen blieb und ihr nachschaute.

Sie hatte gut daran getan, sich nicht begleiten zu lassen, denn die Magd kam gerade aus der Tür. Isabel huschte ins Haus. Es war still. Vater und Bruder waren um diese Zeit noch im Geschäft am Hafen, die Mutter ruhte sicher im Schlafzimmer. In den vergangenen Wochen hatte sie sich nicht wohlgefühlt, oft über Kopfschmerzen geklagt.

Sie sah ihre Mutter erst später beim gemeinsamen Abendessen. Vater und Bruder waren vom Kontor gekommen und hatten wie immer den Duft nach Gewürzen mitgebracht, den Isabel so sehr mochte. Sie schnupperte, denn mal duftete es mehr nach Zimt, mal mehr nach Koriander oder nach Kardamom. Heute kitzelte Pfeffer in Isabels Nase. Sie schaute zum Vater und erschrak. Er hatte Schatten unter den Augen und sah müde, fast grau aus. Als hätte er Isabels beunruhigten Blick bemerkt, sah er von seinem Teller auf.

»Ich mache mir Sorgen«, sagte er. »Es liegt etwas in der Luft.«

»Was ist los?«, fragte Isabel.

»Die Stimmung dreht sich«, meinte ihr Bruder. Manel war groß und breitschultrig, er kam gar nicht nach dem schmalen Vater. Er war fünf Jahre älter als sie und mit der schönen Emília verlobt. »Die Leute tuscheln, aber sie schweigen, wenn wir näherkommen.«

»Aber warum?« Isabel schaute mit großen Augen von einem zum anderen. Mutter, Vater und Bruder tauschten einen Blick.

Der Vater seufzte schließlich. »Es gibt etwas, das du noch nicht weißt, denn du bist noch so jung. Aber nun ist die Zeit gekommen, dass wir dich einweihen müssen.«

Isabels Herz schlug schneller und sie presste ihre Handflächen aneinander. Ihre Eltern und Manel hatten ein Geheimnis vor ihr. Eigentlich hatte sie nur damit gerechnet, dass Vater ihr bald sagen wollte, welchen der Söhne seiner Geschäftspartner oder Freunde sie heiraten werde, aber das klang nun gar nicht nach der Ankündigung einer baldigen Verlobung. Sie sah ihren Vater fragend an.

»Wir sind Xuetes.«

Isabel zuckte zusammen. »Was?« Natürlich hatte sie von den zwangskonvertierten Juden gehört, die ihren Glauben heimlich lebten, und denen die Inquisition auf der Spur war.

Ihre Mutter legte Isabel den Arm um die Schultern und drückte sie sanft. »Hab keine Angst.«

»Es ist ohnehin an der Zeit, das Versteckspiel zu beenden und zu seinem Glauben zu stehen«, sagte Manel stolz. »Ich habe die Heimlichtuerei satt. An unserem Glauben ist nichts Verwerfliches. Warum sollen wir ihn nicht leben wie die Christen ihren auch?«

»Sprich nicht so, das ist gefährlich«, warnte der Vater. »Du weißt, dass Rabbiner Rafel Valls und andere bereits in Gefangenschaft sind und ihnen der Prozess gemacht wird. Und es ist noch nicht einmal zwanzig Jahre her, dass die Inquisition Juden verbrannt hat. Ich weiß es noch wie gestern, wie Alonso López gebrannt hat.«

»Warum wusste ich nichts davon?«, fragte Isabel mit zitternder Stimme.

»Aus demselben Grund, weil es zu gefährlich ist«, erklärte der Vater. »Manel weiß es auch erst, seit er fünfzehn Jahre alt ist.«

Isabel schaute zu ihrem großen Bruder. Er hatte die Arme vor der Brust verschränkt und starrte störrisch vor sich hin. Ich bin vierzehn, dachte sie. »Was bedeutet das alles?«

»Es bedeutet, dass wir vorsichtig sein müssen, dass wir vielleicht fliehen müssen.«

»Aber wohin?«

»An einen anderen Ort, an dem wir nicht verfolgt werden«, sagte der Vater. Seine Stimme klang bitter.

»Ich sehe gar nicht ein, dass wir fliehen müssen. Wir haben niemandem Unrecht getan«, warf Manel trotzig ein. »Warum sollen wir alles, was wir uns erarbeitet haben, zurücklassen und irgendwo von vorn anfangen?«

»Aber hier kann es passieren, dass sie uns alles nehmen, einschließlich unseres Lebens«, flüsterte die Mutter.

»Die Menschen, die heute vor dem Inquisitionsgericht stehen, wollten vor drei Jahren flüchten«, wandte Manel ein. »Ihr Fluchtversuch hat sie nicht gerettet.«

Isabel brach in Tränen aus. Der Traum von einer Reise auf einem Schiff war zu einem Albtraum geworden.

Bleiben oder die Flucht wagen? Beides war gefährlich und der Ausgang ungewiss. Isabel wusste nicht, ob sie sich auf die Seite des Vaters oder auf die ihres Bruders schlagen sollte. Wenn sie durch die Gassen und an den Gärten vorbei zum Meer lief, schien es ihr, als wären die Farben schal und blass geworden. Sie sah Schatten, wo vorher keine waren, und hütete sich vor den Blicken anderer. Der Vater begann mit heimlichen Vorbereitungen für eine Flucht, aber Manel sagte, er wolle lieber hoch erhobenen Kopfes sterben, als feige zu fliehen. Vielleicht komme es nicht so weit, vielleicht sei die Inquisition satt, wenn sie die Gefangenen verurteile. Vielleicht. Isabel klammerte sich an dieses eine Wort. Sie saß an ihrem Lieblingsplatz am Meer und schaute hinaus auf das Wasser. Heute war der Himmel grau und der Wind peitschte die Wellen auf. Isabels Gedanken drehten sich im Kreis und sie bemerkte Hendrik van Emden erst, als er direkt vor ihr stand und sie ansprach.

»Fräulein Isabel, welche Freude, Euch hier zu sehen.« Er strahlte sie an, freundlich und offen, und die Verzweiflung griff nach Isabels Herz. Sie wollte etwas sagen, ihn begrüßen, aber die Worte blieben ihr im Halse stecken. Sie nickte nur und schluckte an ihren Tränen. Hendrik van Emden sah sie überrascht an.

»Was ist geschehen? Ihr seid traurig?«

Er war ein Fremder und wer weiß, womöglich war er auch ein Gegner. Allerdings kam er aus Amsterdam und wenn der Vater von der Flucht sprach, war Amsterdam einer der Orte, die er erwähnte.

»Ich möchte Euch nicht zu nahe treten, aber wenn ich Euch in Eurem Kummer helfen kann, tue ich es gerne«, sagte Hendrik leise und setzte sich zu ihr, nicht zu nah, aber nah genug, dass sie den vertrauten Geruch nach Gewürzen wahrnehmen konnte. Der Duft nach Muskat und Nelken war tröstlich und aufwühlend zugleich.

»Erzählt mir von Amsterdam«, flüsterte Isabel.

Er zog fragend die Augenbrauen hoch, aber er kam ihrem Wunsch nach. »Amsterdam ist eine wunderbare Stadt, durchzogen von Kanälen, ganz anders als hier. An diesen Grachten stehen schmale, hohe Häuser, und es ist wunderschön, wie sie sich im Wasser spiegeln. Im Winter frieren die Kanäle zu und man kann auf … auf …«, er suchte nach einem Wort, das er nicht fand. »Man kann jedenfalls auf dem Eis durch die Stadt gleiten.«

»Das Wasser wird zu Eis?« Isabel staunte. »Und auf was gleitet man?«

»Dafür gibt es spezielle Schuhe, mit einer Schiene darunter«, erklärte er.

»Aber ist es nicht schrecklich kalt?«

Hendrik lachte. »Man kann sich warm anziehen und sich am Abend am Kachelofen wärmen.«

»Vermisst Ihr Eure Heimat?«, fragte sie.

Er schwieg und sah auf das Wasser hinaus. »Ja. Natürlich. Ich denke oft an Amsterdam und an meine Familie dort. Aber hier gefällt es mir auch sehr gut. Hier gibt es so viele Gärten und Blumen. Selbst im Winter wird es hier nie so kalt wie bei uns und der Sommer ist viel heißer, manchmal zu heiß für mich. Das Licht hier ist anders, weicher, wenn Ihr versteht, was ich meine.«

Isabel verstand es nicht, denn sie kannte kein anderes Licht, aber sie nickte zustimmend. »Wie lange werdet Ihr noch bleiben?«

»Vielleicht noch ein paar Monate. Mein Vater wird entscheiden, wann er mich ins Haupthaus zurückholt und wann mein Bruder das Kontor übernehmen wird. Jeder Sohn soll einmal im Handelshaus im Ausland arbeiten, um alle Facetten kennenzulernen.«

»Kennt Ihr das Handelshaus Aguiló?«, fragte sie.

»Selbstverständlich.«

»Das ist das Handelshaus meines Vaters«, verriet sie.

»Lluis Aguiló ist also Euer Vater! Ich kenne Manel Aguiló gut, er muss Euer Bruder sein«, meinte Hendrik. »Er hat mir nie gesagt, dass er eine so hübsche kleine Schwester hat.«

Isabel spürte, wie ihre Wangen heiß wurden. Schnell suchte sie nach einer Frage, um von sich abzulenken. »Hat Manel Euch auch schon einmal nach Amsterdam gefragt?«

»Nein, nicht so direkt. Aber Euer Vater hat sich erkundigt. Er wollte wissen, wie es dort aussieht. Wieso ist das wichtig für Euch?«

»Vielleicht müssen wir von hier fort.« Es platzte aus ihr heraus, ohne dass sie es eigentlich wollte, und erschrocken schlug sie die Hand auf den Mund, aber die Worte waren draußen und Hendrik hatte sie gehört. Er schaute Isabel nachdenklich an.

»Euer Vater wirkte bedrückt auf mich in letzter Zeit und auch Manel war nicht so wie sonst. Sagt mir, was passiert ist, vielleicht kann ich Euch helfen.«

Isabel schüttelte heftig den Kopf. Tränen schossen ihr in die Augen. Was hatte sie getan, einem Fremden etwas erzählt, der am Ende einen Fluchtplan verriete. Dann würde es ihnen genauso gehen wie Rafel Valls, Caterina Tarongí und ihrem Bruder, denen die Todesstrafe drohte. Isabel sackte schluchzend in sich zusammen. Sie spürte eine zögerliche Berührung an ihrer Schulter.

»Weint nicht. Isabel, bitte, hört auf zu weinen.«

Sie richtete sich auf und wischte sich entschlossen über die Augen. »Hendrik van Emden, es tut mir leid. Ich will Euch nicht in etwas hineinziehen. Bitte vergesst, was ich gesagt habe, und bitte sprecht mit niemanden darüber, mit niemanden.« Sie sprang auf und lief davon.

»Isabel. Wartet!« Sie hörte ihn rufen, aber sie rannte weiter. Doch der lange Rock war hinderlich beim Laufen, und so dauerte es nicht lange, bis der niederländische Kaufmann sie eingeholt hatte und sich ihr in den Weg stellte. Keuchend blieb sie stehen.

»Isabel, hört mir zu«, bat er. »Ich verspreche Euch, ich verrate Euch nicht. Und wenn es in meiner Macht steht, helfe ich Euch. Ich möchte Euch wiedersehen.«

Isabels Herz schien für eine Sekunde auszusetzen und schlug dann umso heftiger weiter. »Eure Worte bedeuten mir viel«, wisperte sie. »Aber ich muss nun nach Hause. Sonst machen sich meine Eltern Sorgen. Es ist eine schwierige Zeit.«

Sie musste mit Vater, Mutter und Manel über Hendrik van Emden reden. Aber vielleicht war es ihnen nicht recht, dass sie mit ihm gesprochen hatte. Isabel kauerte in ihrem Bett und konnte nicht einschlafen. Ihre Gedanken drehten sich im Kreis, immer und immer wieder. Wenn sie die Augen schloss, sah sie den niederländischen Kaufmann vor sich. Und dann wieder das große Kreuz. Auf der rechten Seite rankte sich ein Olivenzweig, aber auf der linken drohte ein Schwert. Das Zeichen der spanischen Inquisition. Isabel fröstelte, obwohl es im Zimmer nicht kalt war. Dann hörte sie das Klopfen. Laut und fordernd dröhnte es durch das Haus. Isabel erstarrte vor Angst, wagte es nicht, sich zu bewegen. Es polterte, dann stieß Manel die Tür zu ihrem Zimmer auf.

»Isabel, schnell, wir müssen fliehen, wir müssen zum Geheimgang.«

Er riss sie aus ihrer Starre und sie sprang auf. »Wo ist Vater, wo ist Mutter?«

»Ich schaue gleich nach ihnen, aber erst musst du dich verstecken. Komm mit.«

Sie warf ihr Kleid über.

Im Dunkeln schlichen sie nach unten und Isabel lauschte ängstlich auf die Geräusche. Da war Vaters feste Stimme, aber fremde, harte Stimmen schnitten ihm das Wort ab. Manel schob Isabel durch die Hintertür nach draußen. Es war eine sternenklare Nacht und das kalte Licht des Mondes erhellte die schmale Gasse. Manel sah sich kurz um, dann zog er seine Schwester mit sich. Irgendwo klirrte es laut in der Nacht und Isabel zuckte zusammen. Kam das aus ihrem Haus?

»Hier«, flüsterte Manel und führte sie zu einem Schuppen. Die Tür knarrte, als er sie öffnete. Hastig zog er sie hinter ihnen zu, dann begann er, Säcke beiseitezuräumen. Isabel half ihm, die Säcke waren erstaunlich leicht. Unter ihnen kam eine Bodenklappe zum Vorschein. Manel zog sie hoch und im schwachen Mondlicht, das durch das einzige Fensterchen hereinfiel, sah sie eine Treppe. »Das ist ein Geheimgang, er führt zum Hafen. Lauf und versteck dich«, befahl Manel.

»Was ist mit dir?« Sie sah ihn angsterfüllt an.

Manel presste die Lippen zusammen. »Ich muss zu Vater und Mutter.«

»Ich auch!«

»Nein. Wenigstens du musst flüchten.«

»Aber wohin?« Isabel zitterte.

»Versteck dich bis zum Morgengrauen. Dann geh zu unserem Lager und suche Albert. Er ist Vater treu ergeben. Er wird dir helfen.«

Isabel nickte. Ihr Bruder umarmte sie und strich ihr über die Haare. »Bring dich in Sicherheit, das ist das Beste, was du für uns alle tun kannst.«

Nachdem Manel die Bodenklappe über ihr geschlossen hatte und sie auf der stockdunklen Treppe saß, konnte Isabel die Tränen nicht mehr zurückhalten.

Sie wusste nicht, wie lange sie geweint hatte, aber ihre Wangen waren heiß und brannten. Schließlich tastete sie sich vorwärts, Schritt für Schritt. Sie erreichte den Boden und ging weiter, immer an der rauen Wand entlang. Es roch muffig und ein wenig feucht im Gang, aber es war genug Luft zum Atmen da. Obwohl sie vorsichtig war, stolperte Isabel ein paarmal und schlug sich die Knie an. Der grobe Stein zerkratzte auch ihre Hände, aber sie biss die Zähne zusammen. Irgendwann endete der Weg und sie ertastete eine Treppe. Isabel stieg vorsichtig nach oben, bis es nicht mehr weiterging. Ihre Hände glitten über rissiges Holz, fanden einen Knauf. Mit angehaltenem Atem drehte Isabel den Knauf und die Türe öffnete sich. Zuerst sah sie nichts, dann begriff sie, dass es Blätter waren, die den Weg versperrten. Wilder Wein hing wie ein Vorhang vor ihr. Es war noch dunkel draußen. Isabel schloss die Geheimtür hinter sich und schlüpfte durch den Blättervorhang auf die Gasse. Sie atmete tief ein, die frische Luft tat gut. Sie sah sich um und dann wusste sie, wo sie war, nicht weit vom Hafen und in der Nähe vom Gewürzhandel des Vaters.

Isabel wartete bis zum Morgengrauen am Strand. Sie sah, wie der Hafen zum Leben erwachte und die Fischer frühmorgens auf das Meer hinausfuhren. Es schien ein Tag wie jeder andere und doch war nichts wie vorher. Wie Manel es sie geheißen hatte, ging sie zum Geschäft des Vaters. Albert war Vaters Buchhalter und kam immer als einer der Ersten. Er erschrak sichtlich, als er sie sah.

»Isabel?« Er schaute sich unruhig um.

»Manel hat gesagt, ich soll mich an Euch wenden. Ihr müsst mich verstecken.«

Albert wich ihrem Blick aus. »Das kann ich nicht.«

»Aber Manel sagte doch …«

»Euer Vater ist ein guter Dienstherr und ich kenne Euch, seit Ihr klein wart, aber ich habe auch eine Familie, an die ich denken muss. Wenn die Inquisition Euren Vater und Bruder festgesetzt hat, gibt es nichts, was ich tun könnte, ohne mich selbst in Gefahr zu bringen.« Er sprach leise und sah weg. »Bitte, Isabel, geht.«

Die Angst schnürte ihr die Luft ab, aber gleichzeitig kochte eine ungeahnte Wut in ihr hoch und gab ihr Kraft. Isabel warf den Kopf zurück. »So ist das also. Mein Vater und mein Bruder haben Euch vertraut, aber in der Not lasst Ihr uns im Stich.« Sie wandte sich ab.

Es gab nur noch eine Hoffnung. Was war, wenn auch diese zerbrach? Daran wollte Isabel nicht denken. Sie beobachtete das Kontor van Emdens von einer Nische aus und als niemand zu sehen war, lief sie hinüber und klopfte. Hendrik öffnete die Tür und zuckte zusammen, aber Isabel spürte sofort, dass er um sie besorgt war und nicht um sich selbst.

»Kommt herein. Was ist geschehen?« Er schob Isabel schnell ins Haus.

»In der Nacht kamen Männer zu unserem Haus und mein Bruder hat mich durch einen Geheimgang fortgeschickt. Ich sollte zu Albert, dem Buchhalter meines Vaters, aber er wies mich ab. Er sagte, wenn die Inquisition unsere Familie festsetzt, könne er nichts für mich tun. Ich weiß nicht, wohin.« Erst als sie es aussprach, wurde ihr die Ausweglosigkeit ihrer Situation richtig bewusst und sie begann erneut zu weinen.

»Inquisition?«, wiederholte Hendrik. »Warum? Was wollen sie von Euch und Eurer Familie?«

»Wir sind konvertierte Juden«, flüsterte sie. »Ich wusste es bis vor Kurzem selbst nicht. Meine Eltern hatten es auch vor mir geheim gehalten.«

»Es hat sein Gutes, dass der Katholizismus bei uns seinen Einfluss verloren hat«, murmelte Hendrik. »Ich bringe Euch in Sicherheit, auf einem Schiff nach Amsterdam.«

Seine Worte ließen Isabels Herz schneller schlagen, aber ihre Sorge blieb. »Was ist mit meiner Familie?«

»Ich muss versuchen herauszufinden, was mit ihnen passiert ist. Wenn sie auf freiem Fuß sind, könnt Ihr mit ihnen zusammen fliehen.« Er sagte nicht, was wäre, wenn sie eingesperrt waren, aber Isabel wusste es ohnehin.

»Ihr bleibt vorerst hier«, bestimmte er. »Niemand weiß, dass wir uns kennen, nicht wahr?«

Sie schüttelte den Kopf. »Ich habe es niemandem erzählt, nicht einmal Manel.«

Hendrik van Emden wies ihr eine kleine Kammer in seinen Wohnräumen zu. »Bleibt hier und verhaltet Euch ruhig. Niemand wird Euch hier suchen.«

Der Tag erschien Isabel unendlich lang und sie grübelte vor sich hin. Hendrik kam erst zurück, als sich draußen die Dunkelheit über die Stadt senkte, und er brachte niederschmetternde Neuigkeiten. Vater, Mutter und Manel waren in Haft genommen worden, jetzt beriet die Inquisition, ob sie angeklagt werden sollten oder nicht. Hoffentlich hütete Manel seine Zunge, dachte Isabel. Und in zwei Tagen sollte das Autodafé für Caterina Tarongí, ihren Bruder Rafel und Rafel Valls stattfinden. Sie musste dorthin, selbst wenn es gefährlich war. Vielleicht konnte sie etwas über Vater, Mutter und Manel erfahren.

Die zum Tode Verurteilten trugen Büßerhemden und standen auf den Scheiterhaufen, gefesselt an einen großen Holzpfahl. Isabel schauderte, aber sie konnte den Blick nicht von Caterina Tarongí wenden. Ihre langen, dunklen Locken fielen ihr auf die Schultern, stolz hatte sie den Kopf gehoben, ebenso wie ihr Bruder und Rafel Valls neben ihr. Soeben hatte der Inquisitionsrichter das Urteil verkündet. Seine Stimme donnerte über den Platz, und die Menschenmenge trug seine Worte weiter an diejenigen, die wie Isabel hinten standen, flüsternd, rufend, staunend. Zum Tode verurteilt durch Verbrennen wegen Häresie. Die Worte liefen wie eine Welle von vorn nach hinten, aber sie verloren ihren Schrecken nicht. Isabel zog ihren Umhang enger um sich und die Kapuze tiefer ins Gesicht. Hier durfte sie niemand erkennen. Hendrik van Emden stand neben ihr und schüttelte den Kopf, aber er schwieg. Isabels Blick glitt über die dicht gedrängten Zuschauer. Es waren mehr, als sie zählen konnte. Und wieder sah sie zum Scheiterhaufen, konnte sich nicht abwenden. 37 Todesurteile waren ergangen, aber nur Caterina und die zwei Männer standen lebend auf den Scheiterhaufen. Als die Flammen hochloderten, schrie die Menge auf und Isabel wurde es schwarz vor den Augen. Sie sank zu Boden, doch starke Arme fingen sie auf. Hendrik van Emden trug Isabel fort, bahnte sich einen Weg, bis sie in einer Seitenstraße allein waren. Er fächelte Isabel Luft zu, bis sie die Augen aufschlug. Für einen Moment wusste sie nicht, wo sie war, aber der Brandgeruch, den der sanfte Wind mit sich trug, brachte die Erinnerung zurück. Tränen stiegen ihr in die Augen und liefen ihr über das Gesicht.

»Droht Vater, Mutter und Manel das gleiche Schicksal?«, fragte sie.

»Ich weiß es nicht«, sagte Hendrik leise. »Aber nicht alle werden verurteilt und nicht alle hingerichtet. Es gibt Hoffnung. Wenn sie freikommen, können sie dir folgen. Lass uns gehen. Unser Schiff nach Amsterdam wartet.«

Historischer Hintergrund

Juden wurden auf Mallorca seit dem Ende des 14. Jahrhunderts verfolgt und zwangskonvertiert. Viele der Konvertierten, die sogenannten Kryptojuden, übten ihren ursprünglichen Glauben heimlich aus. Die Kryptojuden weihten ihre Kinder aus Sicherheitsgründen erst im Jugendalter in ihre religiösen Praktiken ein. Es kam jedoch immer wieder zu Verfolgungswellen, zunächst 1488 bis 1544 mit dem Beginn der Spanischen Inquisition auf Mallorca und dann wieder 1673 bis 1695. Im 17. Jahrhundert wurden viele Kryptojuden Händler und Kaufleute und nahmen so Kontakt zu jüdischen Gemeinschaften im Ausland auf, unter anderem in Amsterdam. 1675 wurde Alonso (Isaac) López, ein junger konvertierter Jude aus Madrid, auf Mallorca bei lebendigem Leibe verbrannt.

Immer wieder wurden Mitglieder der heimlichen jüdischen Gemeinde verhaftet, verurteilt und ihr Vermögen wurde beschlagnahmt. Im März 1688 versuchte eine große Gruppe Konvertierter mit einem Schiff nach Amsterdam zu flüchten. Wegen eines Unwetters brachen sie die Reise ab und wurden festgenommen. Die Inquisition verurteilte im Jahr 1691 in vier Prozessen insgesamt 88 Personen, von denen 37 hingerichtet wurden.

Drei – der religiöse Führer der Konvertierten Rafel Valls sowie die Geschwister Rafel Benet und Caterina Tarongí – wurden bei lebendigem Leibe öffentlich in der Nähe der heutigen Plaça Gomila (als El fogó dels jueus, das Judenfeuer, bis heute bekannt) vor etwa 30.000 Zuschauern verbrannt. Danach gab es nur noch einzelne Prozesse, allerdings waren die Zwangskonvertierten (Xuetas bzw. Xuetes) weiterhin gesellschaftlich benachteiligt und wurden bis in die Neuzeit diskriminiert.

JAN LAMMERS

Bühnengeflüster

Inutil, inutil, inutil ... IN-U-TIL !!!

Was für ein erbärmlicher TAU-GE-NICHTS!

Veronica kochte vor Wut. Und das nicht nur innerlich, ihr Gesicht war hochrot angelaufen. Dieser Giovanni hatte es doch tatsächlich geschafft, bis heute – fast ein Jahr nach der Eröffnung des Teatre Principal 1857 – auch nicht eine einzige Aufführung ohne ihre Hilfe als Souffleuse zu meistern. Unglaublich, heute war ihm in der Rolle von Shakespeares Macbeth sogar die Anfangszeile des tyrannischen Königs von Schottland entfallen.

»Solch einen Tag, so schön zugleich und hässlich, sah ich noch nie«, murmelte sie unbewusst vor sich hin.

Giovanni, Giovanni, allein schon der pathetische Name dieses Möchtegern-Verführers brachte Veronica zur Weißglut. Noch viel mehr störte sie allerdings seine notorische Textunsicherheit. Und nicht, dass er immer an ein und derselben Stelle stocken würde, nein, wie nach Vorsatz schien sich der gealterte Schönling jedes Mal eine andere Stelle auszusuchen, an der ihm der Text entfiel. Veronica hingegen konnte es sich nicht erlauben, auch nur einen Moment lang unkonzentriert zu sein, stattdessen musste sie die mehr als zwei Stunden dauernde Aufführung mit höchster Aufmerksamkeit verfolgen. Notgedrungen hing sie Giovanni förmlich an den Lippen, denn für jeden seiner Fehler würde sie als Souffleuse verantwortlich gemacht werden.

Warum suchte man eigentlich die Ursache hierfür nicht zuallererst einmal bei dem vom übermäßigen Alkoholgenuss bereits deutlich gezeichneten Giovanni, dachte sich Veronica verärgert. Schließlich ließen seine ungesunde rote Gesichtsfarbe sowie zahlreiche geplatzte Äderchen auf der fleischigen, knolligen Nase keinerlei Zweifel über seinen unsteten

Lebensstil aufkommen. Ihrer Überzeugung nach konnte er die Anstellung am Theater nur aufgrund von Gefälligkeiten erhalten haben, da er nicht einmal in der Lage war, sich ein paar Zeilen fehlerfrei zu merken. Sie selbst musste den Text in jedem Moment parat haben und dabei während der gesamten Aufführung geduldig in dem im Bühnenboden eingelassenen Souffleurkasten sitzen.

Wehmütig dachte sie zurück, als Königin Isabel II. nach der Premiere im November des letzten Jahres neben den Schauspielern auch das Personal wie Bühnen-, Kostüm- und Maskenbildner vor das tosende Publikum gebeten hatte. An jenem Abend hatte Veronica das erste Mal den lange vermissten Respekt gefühlt, welcher endlich auch ihr entgegengebracht wurde, der sonst nur den eitlen Schauspielern mit ihrem aufgesetzten Lächeln zuteilwurde. Den wohlverdienten Applaus des ausverkauften Hauses trübte lediglich das hämische, wie es Veronica vorkam, betont langsame, herablassende Klatschen von Giovanni, der sie in diesem Moment irritierte. Bei diesem einen Mal der Wertschätzung war es allerdings geblieben, und obwohl Veronica auch weiterhin bei jeder Aufführung im Gegensatz zu Giovanni ihre Arbeit fehlerfrei vollbrachte, blieb ihr die gebührende Anerkennung versagt.

Außerdem war Veronica in ihrem Loch – wie sie den Souffleurkasten abschätzig nannte – von den anderen Bühnenarbeitern und Schauspielern getrennt. Eine Art Gemeinschaftsgefühl empfand sie einzig und allein, wenn vor dem Beginn der Aufführung alle gemeinsam einen großen Kreis bildeten und sich gegenseitig molta Merda wünschten. Dieser derbe Ausdruck, der nichts anderes als viel Scheiße bedeutet, beschwor eine möglichst große Anzahl an Pferdeäpfeln vor dem Theater. Da die gehobene Gesellschaft der Stadt mit Kutschen zum Teatre Principal gelangte, ließ sich an dieser Duftnote der Erfolg der jeweiligen Vorführung sowie der Tageserlös durch den Verkauf der teuren Logen ablesen.

Veronica wusste ganz genau, dass sie selbst das Zeug zur Schauspielerin hatte, doch als sie sich vor einem Jahr zu den Proben gemeldet und vorgesprochen hatte, wurde sie mit der fadenscheinigen Begründung abgelehnt, trotz ihrer tadellosen Textsicherheit nicht über die nötige Ausstrahlung auf der Bühne zu verfügen. Wie unberechtigt dieser Vorwurf ihr gegenüber war, zeigte allein schon die Tatsache, dass Giovanni vom Publikum trotz seiner vom Alkohol unsicheren und stockenden Aussprache gefeiert wurde. Sein angebliches Charisma war Veronica bis heute verborgen verblieben, nicht hingegen der Spuckeregen, der aufgrund seiner feuchten Aussprache im Souffleurkasten auf sie niederging.

Dank ihrer Textsicherheit war Veronica allerdings die Beschäftigung als Souffleuse angeboten worden, die sie nach reichlichem Überlegen schließlich angenommen hatte. Zwar empfand sie dies zweifellos unter ihrer Würde, allerdings war sie fest davon überzeugt, durch diese Anstellung schon nach kurzer Zeit ihr wahres Potenzial beweisen zu können. Und tatsächlich hatte Veronica vor einigen Monaten kurzfristig einspringen müssen und die Rolle der Lady Macbeth übernommen. Der ihr zugedachte Applaus fiel allerdings sehr dürftig aus, was sie auf ihre fehlende Bekanntheit schob, schließlich war gegen den Ruf eines Giovanni schwer anzukommen.

Doch heute war der Tag gekommen, an dem sie endlich den Mut gefasst hatte und Giovanni zur Rede stellen wollte. Veronica war es satt, ihm immer nur aus der Bedrängnis zu helfen, und nach unzähligen Aufführungen sollte er sich doch gefälligst bei der Theaterleitung für sie einsetzen und ihr endlich zu einer angemessenen Rolle verhelfen.

Nach dem Ende der Vorstellung beobachtete Veronica aus dem Souffleurkasten argwöhnisch, wie sich Giovanni auf der Bühne gönnerhaft vor dem tosenden Publikum verbeugte. Der Applaus schien nicht enden zu wollen und ganz offensichtlich störte sich niemand an seinem leichten Schwanken, ebenso wie ihm die heutigen vier Stocker nachgesehen worden waren.

Anschließend wartete Veronica geduldig, bis er in seiner Garderobe die Besuche der zahlreichen Verehrerinnen verabschiedet hatte. Sie wusste, dass Giovanni stets als Letzter das Theater durch einen Hinterausgang zu verlassen pflegte, nicht ohne sich vorher mit ein oder zwei Flaschen Wein gestärkt zu haben. Dass niemand zu Hause auf den ewigen Junggesellen wartete, war für Veronica nicht weiter verwunderlich. Wer sollte es schon mit einem solch eitlen Pfau aushalten!

Sie hatte all ihren Mut zusammengenommen und sich heute fest vorgenommen – am 12. Juni 1858, dem Tag ihres dreißigsten Geburtstags –, das neue Lebensjahrzehnt mit erhobenem Kopf zu beginnen und endlich zu erlangen, was ihr zustand. Während des Wartens schossen Veronica viele ärgerliche Gedanken über Giovanni durch den Kopf, was wohl daran liegen mochte, dass sie ihn schon vor der Aufführung in einem billigen Weinausschank nahe des Theaters entdeckt hatte.

Und siehe da, prompt war ihm der Einsatz zu seinem Auftritt nicht eingefallen. »Solch einen Tag ...«, flüsterte sie ihm zu.

»Solch einen Tag, so schön zugleich und hässlich, sah ich noch nie«, beendete Giovanni unsicher den Satz, nicht ohne seinem langsamen Sprechen den Eindruck gewollter Bedächtigkeit zu vermitteln.

Nachdem einige Minuten vergangen waren, seit die letzte Besucherin Giovannis Garderobe verlassen hatte, und auch sonst keine Stimmen mehr im Theater zu vernehmen waren, klopfte sie hastig an und trat ohne eine Antwort abzuwarten ein.

»Ja bitte?« Giovanni drehte sich im weichen Licht einiger Öllampen zu ihr um und sprach mit bereits deutlich schwerer

Zunge: »Eigentlich hatte ich gedacht, dass schon alle meine Bewunderinnen hier waren. Hm, aber gut, kommen Sie ruhig näher.«

Giovanni winkte sie gönnerhaft herbei und hob eine Flasche hoch, die er gegen das Licht hielt. »Auch schon wieder leer«, murmelte er zu sich selbst.

»Machen Sie sich es nur bequem, ich hole noch kurz eine neue Flasche Wein«, sagte Giovanni und ging auf den Flur.

Veronica schaute sich in der Garderobe um, die diesen Namen eigentlich gar nicht verdient hatte. Es handelte sich lediglich um ein muffiges Kämmerlein, in dem eine Vielzahl an leeren Flaschen auf einem kleinen Tisch nahe der Wand stand. Die Wände waren mit vergilbten Stoffen verkleidet, die größtenteils schon in Fetzen herunterhingen. Verdreckte Blätter mit unterstrichenen Textstellen waren achtlos über den gesamten Boden verstreut.

Als die Kammertür mit einem kaum vernehmbaren metallenen Geräusch ins Schloss fiel, schreckte Veronica hoch. Vertieft in ihre Betrachtung hatte sie nicht bemerkt, dass Giovanni wieder zurückgekehrt war.

»Ich schenke Ihnen gern ein Glas Wein ein und Sie dürfen alle Fragen an mich stellen, die Ihnen zum Theater auf der Seele brennen, oder auch zu meiner Wenigkeit«, bemerkte er eher gelangweilt als wirklich interessiert und setzte sich.

Veronica war noch immer wie vor den Kopf gestoßen. Sie konnte kaum glauben, was sie soeben gehört hatte. Erkannte dieser widerliche Pfau sie wirklich nicht oder tat er nur so? Als Veronica antwortete, vernahm sie die eigene Stimme zu ihrem Erstaunen ebenso leise wie beim Soufflieren. Allem Anschein nach hatte sich dieser Automatismus aufgrund der zahllosen Aufführungen bei ihr eingeschlichen, sobald sie sich an Giovanni richtete: »Ich weiß zu diesem Thema mehr als genug, ich bin eigentlich nur gekommen, um ...«

»Das tut mir natürlich leid, dass Sie so heiser sind, wohl von der Feldarbeit oder dem zugigen Wind auf dem Marktplatz. Wissen Sie, so etwas könnte ich mir gar nicht erlauben, die Stimme ist schließlich mein Kapital.«

In Veronica schoss eine brodelnde Wut hoch. Seit fast einem Jahr saß sie viele Abende nur wenige Meter von Giovanni entfernt, aber dieser erkannte sie weder als Person noch an ihrer Stimme wieder. Ohne nachzudenken nahm sie kurzerhand eine der herumstehenden Öllampen zur Hand und zog sie dem verdutzten, vom reichlichen Alkohol zur Abwehr viel zu langsamen Giovanni über den Kopf. Bewusstlos kippte er vom Stuhl und lag blutend in der Mitte der Garderobe.

Jetzt herrschte endlich Ruhe. Veronica trat einen Schritt zurück und überlegte, was zu tun sei. Am liebsten hätte sie ihm den Korkenzieher in die Zunge gedreht, doch dazu fehlte ihr der Mut.

Stöhnend kam Giovanni langsam wieder zu sich und hob mühsam seinen blutüberströmten Kopf. Sichtlich verwirrt setzte er – diesmal ganz ohne Veronicas Hilfe zu benötigen – zum letzten Vers des ersten Aktes an.

»Ich bin entschlossen, und all meine Sehnen spannen sich zu dieser Tat des Schreckens an. Komm, lass uns den blut'gen Vorsatz mit der schönsten Larve bedecken! Falsche Freundlichkeit verhehle das schwarze Werk der heuchlerischen Seele!«

Veronica handelte in Trance, als hätte Giovanni ihr das Stichwort zum weiteren Vorgehen gegeben. Sie bedeckte seinen Körper mit der Bekleidung des Schottenkönigs Macbeth, nahm den Glasaufsatz von einer Öllampe ab und hielt die Flamme an das Leinen. Mit einem leichten Knistern begann die Kleidung zu brennen und Veronica verspürte eine angenehme Wärme im Gesicht, die sie augenblicklich nach hinten springen ließ. Angewidert betrachtete sie Giovanni dabei, wie er mit der letzten ihm verbleibenden Kraft die Flammen zu löschen versuchte. Doch seine verzweifelten Bemühungen waren vergeblich. Schon begann es, süßlich nach verbranntem Fleisch zu riechen und eine kleine Stichflamme entzündete sein schütteres Haar. Ohnmächtig vor Schmerz sackte Giovanni gegen die Wand und in Windeseile hatten die herunterhängenden Stoffreste Feuer gefangen. Veronica wartete einige Zeit, bis sie sicher war, dass die gesamte Garderobe Feuer gefangen hatte und so die Spuren ihrer Tat verwischen würde.

Schnell entwickelte sich in der kleinen Kammer starker Rauch und Veronica tastete sich zum Ausgang vor. Als sie die Klinke nach unten drückte, bemerkte sie zu ihrem Entsetzen, dass die Tür zum Flur verriegelt war. Giovanni musste sie wohl mit unlauteren Absichten versperrt haben, als er mit der Flasche Wein zurückgekommen war. Nun wurde ihr klar, dass das metallene Geräusch, welches sie gehört hatte, nicht das Einrasten der Tür, sondern das Vorschieben eines verborgenen Riegels gewesen war. Panisch glitten ihre Hände über das Schloss und versuchten, den verhängnisvollen Mechanismus zu entdecken.

Doch vergeblich, der in Sekundenschnelle immer stärker werdende Rauch raubte Veronica den Atem. Während sie besinnungslos zusammensackte, schossen ihr Lady Macbeths letzte Worte durch den Kopf: »An die Pforte wird geklopft! Kommt! Kommt! Gebt mir Eure Hand! Geschehene Dinge sind nicht mehr zu ändern.«

Historischer Hintergrund

Das Teatre Principal wurde in Palma am 27. August 1667 als »Haus der Komödien« (Casa de les Comèdies) mit Platz für rund achthundert Zuschauer eingeweiht. Knapp fünfzig Jahre später funktionierten es die Truppen von Philipp V. im Zuge des Spanischen Erbfolgekriegs zur Waffenkammer um.

Danach verfiel das Gebäude immer mehr, bis an gleicher Stelle am 19. November 1857 mit der Teilnahme der Königin Isabel II. und der Prinzessin von Asturien das Teatre de la Princesa eingeweiht wurde. Die Innengestaltung war das Werk des Franzosen Félix Cagé, von dem auch die Dekoration des Gran Teatre del Liceu in Barcelona stammte, dem größten Opernhaus der katalanischen Hauptstadt.

Nur ein Jahr später, am 12. Juni 1858, zerstörte nach der Vorführung von William Shakespeares Werk Macbeth ein verheerendes Feuer das Teatre de la Princesa komplett. Der Brandkatastrophe zum Trotz wurde die Rekonstruktion des Gebäudes beschlossen, die nach denselben Plänen erfolgte, sodass das Theater im September 1860 wiedereröffnet werden konnte, diesmal unter dem Namen Teatre del Príncep d'Astúries und unter der abermaligen Präsenz der Königin Isabel II.

Im Zuge der Spanischen September-Revolution von 1868 erhielt es schließlich seinen heutigen Namen. Nach etlichen Umbauten und umfangreichen Modernisierungsmaßnahmen finden aktuell wieder achthundert Zuschauer im Teatre Principal Platz, das sich nach einem kurzen Abschnitt unter privater Führung abermals in öffentlicher Hand befindet.

SABINE GIESEN

Wie in alten Zeiten

Bernd legte die Hände um den Hals seiner Frau, drückte zu und spürte die Kraft, die durch seine Finger floss, um Trude den Atem zu nehmen. Er blickte in ihre geöffneten Augen, die ihn entsetzt anstarrten. Sie krallte sich mit ihren dünnen Fingern in seine Unterarme in dem verzweifelten Versuch, sich aus der Falle zu befreien.

»Bernd!«

Jäh aus seinem Tagtraum gerissen wand er seinen Kopf der schrillen Stimme entgegen. »Ja, mein Schatz.«

Er sah seine Frau an, die ihm vorwurfsvoll eine leere Sprühflasche entgegenhielt.

»Du wolltest doch eine Flasche aus der Praxis mitbringen.«

Im Stillen schalt er sich einen Dummkopf. Die nun folgende Litanei hätte er vermeiden können, wenn er das Desinfektionsspray nicht vergessen hätte.

»Es tut mir leid. Ich …«

»Ja, ja, immer tut es dir leid«, unterbrach ihn seine Frau brüsk. »Es kratzt schon im Hals und ich fühle mich fiebrig.«

Trude griff sich an ihr Herz, holte tief Luft und seufzte. Dann ging sie demonstrativ mit unsicheren Schritten Richtung Bett.

»Mein Herz. Ich muss mich hinlegen. Hoffentlich ist wenigstens das Bett sauber.« Mit zwei Fingern schlug Trude die Bettdecke um und betrachtete eingehend das weiße Laken. Ein spitzer Schrei entfuhr ihr und sie richtete vorwurfsvoll ihren Zeigefinger auf ein dunkles Haar, als würde es sie jeden Moment anspringen und zubeißen.

»Ich habe es gewusst! Was kann man in solch einem Schuppen auch erwarten?« Ihre Stimme war kurz vorm Umkippen.

Bernd sah sich um, betrachtete den kombinierten Schlaf- und Wohnraum, der mit erstklassigen Möbeln ausgestattet war. Schuppen war eindeutig nicht die richtige Bezeichnung für das Vier-Sterne-Hotel, in dem die Veranstalter des Ärztekongresses für ihre Teilnehmer in Palma de Mallorca Zimmer gebucht hatten.

»Beruhige dich, Schatz, dein Herz«, besänftigte er seine Frau, ohne sich wirklich Sorgen zu machen. Ihre Herzschwäche war schon so lange Bestandteil seines täglichen Lebens, ohne dass es tatsächlich Anhaltspunkte für eine ernsthafte Erkrankung gab. Er maß ihr keine Bedeutung mehr bei.

Bernd folgte schweigend dem Telefongespräch seiner Frau mit der Rezeption, zuckte bei jedem Kraftausdruck, den Trude gebrauchte, zusammen und hoffte inständig, dass es bald Zeit war, zur ersten Veranstaltung aufzubrechen.

»Ich hab gedacht, ich seh nicht richtig. Aber du bist es!«

Bernd schaute zu dem Mann, der neben ihm im Hörsaal saß und vor seinem geistigen Auge stiegen Bilder aus längst vergangenen Tagen auf.

»Wann haben wir uns das letzte Mal gesehen?«, überlegte Hans laut.

»1997. Ärztekongress Marburg«, erinnerte Bernd.

»Oh ja. Ich weiß. Dieser Mainhard. Dem habe ich es gezeigt!« Hans lachte laut auf bei der Erinnerung an das verdatterte Gesicht des Kollegen, nachdem er festgestellt hatte, dass er im verkehrten Zimmer im verkehrten Hotel aufgewacht und seine Kleidung verschwunden war. In Hans' persönlichen Top Ten rangierte der Streich, den er Mainhard gespielt hatte, auf Platz drei.

Bernd musste ebenfalls grinsen. »Dabei war das noch nicht mal dein bester Scherz. Denk nur mal an Professor Zinger ...«

Die beiden Männer versanken grinsend in die Erinnerung an ihren Professor für Anatomie aus der gemeinsamen Studienzeit und wie sie sich für seine bloßstellende und beleidigende Art gerächt hatten.

»Und wie ist es dir in den letzten Jahren so ergangen? Bist du noch mit«, Hans dachte angestrengt nach, »Trude zusammen?«

»Ja«, seufzte Bernd auf. »Wir haben geheiratet und unsere Tochter studiert Medizin.«

»Wow. Darauf hätte ich nicht gewettet.«

Bernd schaute seinen Jugendfreund erstaunt an. »Bitte?«

»Ich dachte immer, dass Trude nur mit dir zusammen war, um nicht jeden Tag eine Arztpraxis aufsuchen zu müssen.« Hans lachte, als habe er einen besonders guten Witz gerissen.

Bernd öffnete den Mund, setzte zu einer Erwiderung an und schwieg. Er dachte an seine Frau, die sich auf das unter ihrer strengen Aufsicht neu bezogene Bett gelegt und sich jammernd mit Taschentüchern, Tabletten, Wadenwickeln und einer Schlafmaske für die Augen ausgerüstet hatte. Nur zu gerne hatte er das Zimmer verlassen, damit seine Frau ihren »grippalen Infekt« auskurieren konnte.

Trudes Angst vor Viren und Bakterien hatte sich im Laufe der Jahre zu einer Manie entwickelt. Die Vorliebe seiner Tochter für Filme wie Outbreak, Resident Evil, The Walking Dead und ähnliche Endzeitthriller war vermutlich ein stummer Protest gegen Trudes übertriebene Putz- und Hygienemaßnahmen gewesen.

Er erinnerte sich an den Vortrag eines Kollegen am Vorabend, der über die Gefahr einer Epidemie in der heutigen Zeit gesprochen hatte. Als Einleitung hatte er eine mallorquinische Überlieferung aus dem 15. Jahrhundert genutzt, die aufzeigen sollte, wie der schwarze Tod über die Insel gebracht worden war.

Wie sein neues Paar Schuhe, das er für den Kongress erstanden hatte, drückte ihn die Erkenntnis, dass er Trudes Spleen schon viel zu lange erduldete. Er hatte sich mit ihrem

Meckern und Jammern abgefunden. Geduldet und erduldet. Stumm und ergeben gelitten.

Ein Lächeln zog über sein Gesicht, als er seinen Studienkollegen Hans ansah. »Sollen wir nochmal die alten Zeiten aufleben lassen? Ich hätte da eine Idee.«

Erwartungsvoll starrte Hans ihn an. »Ich bin zu allen Schandtaten bereit!«

Am übernächsten Tag lieh Bernd einen Mietwagen und überredete Trude zu einem Ausflug über die Insel. Mittags kehrten sie nach Palma zurück. Bernd hielt in der Nähe des Meeres an und führte seine Frau an verlassenen und teilweise zerfallenen Gebäuden vorbei zu einer Kaimauer, die brüchig und teilweise eingestürzt war.

»Und was willst du mir hier zeigen?« Missbilligend sah Trude Bernd an und bemühte sich, mit ihren Schuhen nicht in Matsch oder von der Gischt gebildete Pfützen zu treten.

»Ich bin verwirrt«, gestand Bernd grummelnd ein. »Hier soll eine spanische Bar sein, die fantastische Tapas anbietet. Ein Geheimtipp, den ich gestern von einem Kollegen bekommen habe.«

Er sah sich um und suchte verzweifelt nach einem Gebäude, das annähernd ein Restaurant sein könnte. Trude schüttelte den Kopf.

»Bestimmt hast du wieder alles falsch verstanden.«

»Habe ich nicht«, widersprach Bernd seiner Frau energisch und holte einen zerknüllten Zettel aus seiner Hosentasche. Dabei fiel der Autoschlüssel heraus.

»Hier steht es. Wir sind am richtigen Ort und die Straße …« Bernd verstummte.

»Ich wusste es doch gleich. Dafür habe ich mich aus dem Auto gequält. Und die Luft ist gar nicht gut für meine Atemwege. Schau dich doch um. Überall Unrat und Müll.« Trude räusperte sich. »Ich will zurück ins Hotelzimmer. Und im Übrigen liegt der Autoschlüssel auf dem Boden.«

»Oh.« Bernd bückte sich. Gerade als er sich mit dem Schlüssel in der Hand aufrichten wollte, hielt er inne. »Was ist das denn?«

»Was willst du denn jetzt schon wieder?«, murrte Trude.

»Da liegt was.« Bernd zeigte auf seine Entdeckung, die nur wenige Schritte entfernt nahe der zerfallenen Kaimauer lag.

Sie begaben sich zu dem Fund und betrachteten den mit Schimmelflecken übersäten Stoffbeutel nachdenklich. Der mit einer Schnur zu schließende Beutel war geöffnet und hatte einen Teil des Inhalts freigegeben.

»Sind das Münzen?«, fragte Trude.

»Du hast recht. Und die glitzern wie …«, brach Bernd ab.

»Gold.« Trude schob ihn beiseite und hockte sich vor den Fund. Sie kniff die Augen zusammen und starrte auf die Münzen. Dann setzte sie ihre Lesebrille auf. »Das ist eine alte Prägung.« Jetzt war sie nicht mehr aufzuhalten, zog aus ihrer Tasche ein Tuch heraus und hob damit den fleckigen Beutel auf.

»Sieh nur, die Risse und Flecken auf dem Stoff.« Vom Gedanken an einen wertvollen Fund getrieben holte Trude eine der Münzen mit spitzen Fingern aus dem Beutel. »Das ist Gold!«, raunte sie Bernd fassungslos zu.

Er beobachtete, wie der Stoffbeutel mit den Münzen ohne geringstes Zögern in Trudes Handtasche verschwand. Kein Gedanke an Dreck und Schimmel, Viren und Bakterien, Krankheit und Leiden.

Über Bernds Gesicht zog ein breites Grinsen. Der Teufel hatte die Gier in die Welt gebracht. Und seine Frau erlag dem Fluch.

Am Abend trafen Bernd und Trude Hans zum Essen.

»Bernd hat mir erzählt, dass ihr einen Schatz gefunden habt?«

Trude blickte ihren Mann verärgert an. »Na ja, Schatz ist übertrieben. Es ist nur ein Säckchen mit alten Münzen.

Wahrscheinlich nicht besonders wertvoll«, versuchte sie ihren Fund zu verharmlosen.

»Und wenn doch?«, hakte Hans nach.

Unsicher blickte Bernd seine Frau an.

»Wir suchen noch nach einem Fachmann, der sich mit Münzen auskennt. Dann sehen wir weiter.«

»Ich gestehe, dass Bernd mir schon davon berichtet hat«, klärte Hans Trude auf, die ihrem Mann einen ihrer Warte-nur-bis-wir-alleine-sind-Blicke zuwarf.

»Und die gute Nachricht ist, dass ich jemanden kenne, der sich mit alten Münzen auskennt und von dieser Insel stammt. Ah, da kommt er schon.« Hans winkte einem älteren Spanier in einem blauen Anzug zu, der gerade das Restaurant betreten hatte.

Der Mann eilte auf sie zu. »José Enrique Gonzáles«, stellte er sich Bernd und seiner Frau vor und begrüßte Hans wie einen alten Freund. Dann nahm er Platz.

»Entschuldigen Sie, wenn ich direkt zum Grund unseres Treffens komme«, wandte er sich an Trude. »Ich habe nicht viel Zeit. Könnte ich die Münzen sehen?«

Für einen Moment zögerte sie, doch dann nahm sie eine der Münzen, die sie aus Angst vor Diebstahl nicht im Hotel gelassen hatte, aus ihrer Handtasche.

José griff nach der Münze, holte ein Etui aus der Innenseite seiner Jacke und entnahm eine Lupe. Er sah sich die Vorder- und Rückseite der Münze an. Dann griff er nach einer kleinen Flasche, die mit Flüssigkeit gefüllt war, und einem Läppchen. Schließlich rieb er beide Seiten der Münze mit der Säure ab. Nachdenklich runzelte er die Stirn und räusperte sich schließlich.

Als er wieder aufblickte, sah er in die interessierten Gesichter seiner Tischgenossen.

»Wo haben Sie die Münzen gefunden?«

Bernd erläuterte es ihm.

»Lagen die Münzen offen herum?«

»Nein«, erwiderte Bernd. »Sie befanden sich in einem Stoffbeutel.«

»Den würde ich gerne auch sehen«, forderte José Trude auf.

Sie zog den Beutel mit den restlichen Münzen mit zwei Fingern aus ihrer Handtasche, hielt ihn aber fest.

José hatte bereits die Hand ausgestreckt, um den Beutel entgegenzunehmen. Nach wenigen Sekunden zog er die Hand zurück und blinzelte nervös.

»Ich sehe, es ist ein alter Beutel. Er scheint sehr lange im Sand und Geröll gelegen zu haben.«

Hans nickte seinem Bekannten zu. »Und die Münzen?«

Beschwichtigend hob José die Hände. »Alt, sehr alt! Ich würde sagen, 15. Jahrhundert.«

Trude konnte ihre Ungeduld nicht mehr verbergen. »Wie viel sind sie wert?«

»Sehr viel. Und ich rede nicht nur vom reinen Goldwert.«

Trude entfuhr ein lauter Seufzer und über ihr Gesicht breitete sich ein zufriedener Ausdruck.

»Aber es gibt da etwas, das Sie wissen sollten«, warf José geheimnisvoll ein.

Er sah Bernd, Hans und Trude der Reihe nach an.

»Dies muss das von Boga vergrabene Säckchen sein, das laut einer Legende fünftausend Mallorquinern den Tod gebracht hat.«

Es dauerte einige Sekunden, bis die Worte in Trudes Bewusstsein vorgedrungen waren. »Was?«

»Es gibt eine Überlieferung, nach der ein Seemann namens Boga 1493 einen Stoffbeutel mit Geld in einem Erdversteck verborgen hat«, fuhr José fort.

»Na und«, unterbrach Trude ungeduldig.

José seufzte. »Die Besatzung des Schiffes, auf dem Boga angeheuert hatte, stand unter Quarantäne, weil man vermutete, dass sie den Pesterreger an Bord hatte. Boga hatte wohl Angst, dass sein Schatz verloren gehen könne, und hat sich heimlich von Bord geschlichen, um das Geld zu vergraben. Nach der

Isolation hat er das Säckchen ausgegraben. Und der schwarze Tod verbreitete sich in Windeseile über Mallorca. Man sagt, dass der Erreger in dem Geldsäckchen noch aktiv war und dieser Boga damit die Katastrophe ausgelöst hat.«

Trude verlor jegliche Gesichtsfarbe und rückte ihren Stuhl vom Tisch ab. Bernd und Hans sahen José an.

»Faszinierend«, rief Bernd begeistert aus.

»Was redest du da?«, blaffte Trude ihren Mann an. »Dieses Geld ist …«

»Verpestet?«, half ihr Hans weiter.

Trude konnte ihre Empörung und ihren Ekel bei dem Gedanken an die Auswüchse der Pest nicht verbergen. Im Geiste sah sie sich schon im Bett liegen, von Fieberschüben und Schüttelfrost gebeutelt und mit zu riesigen Beulen angeschwollenen Lymphknoten.

»Das ist doch nur eine Überlieferung«, versuchte Bernd seine Frau zu beruhigen. »Eine Erzählung. Ein Mythos. Davon abgesehen würde ein Pesterreger niemals Hunderte von Jahren überleben.«

»Es tut mir leid«, mischte sich José wieder in das Gespräch ein. »Jetzt komme ich mir vor wie ein Boga.« Er lächelte um Verzeihung bittend.

Verständnislos sahen ihn Trude, Hans und Bernd an.

»Als Boga bezeichnen wir jemanden, der besonders böse Absichten hat. Also so wie jener Seemann, der die Pest auf die Insel brachte.«

Trude räusperte sich. »Auf eine Entschuldigung kann ich verzichten.« Sie sah ihren Mann an. »Was willst du jetzt unternehmen, um festzustellen, ob ich mich infiziert habe?«, blaffte sie Bernd an.

»Schatz. Du kannst dich nicht infiziert haben«, versicherte Bernd seiner Frau.

»Rede keinen Unsinn. Du bist der Arzt, aber ich weiß genau, dass auch heutzutage noch Menschen an der Pest erkranken«, beharrte Trude.

Seufzend sah Bernd Hans und José mit einem um Entschuldigung heischenden Blick an. »Ich denke, wir sollten unser Gespräch jetzt beenden. Meine Frau und ich werden zum Hotel zurückkehren.«

Als das Ehepaar das Restaurant verlassen hatte, sah Hans José an und lachte laut auf.

»Bernd hat mir erzählt, dass seine Frau neurotisch und unter Zwängen leidet, dass sie aber so verdreht ist …«

José nickte zustimmend. »Sie befürchtet tatsächlich, sich an der Pest angesteckt zu haben. Und alles nur wegen einer uralten Überlieferung. Das ist tatsächlich irre.«

»Und jetzt erzählst du mir, wo du diese Münzen und dieses fiese Stoffsäckchen aufgetrieben hast.«

Trude lag im Bett und stöhnte gequält vor sich hin. Sie hatte Bernd nicht abgenommen, dass ihre Ängste unbegründet seien. Dafür fühlte sie sich zu schwach. Ihr wurde abwechselnd heiß und kalt und sie bekam kaum Luft. Ihr Puls raste. Wozu hatte sie einen Arzt geheiratet, wenn er sich nicht um sie kümmerte? Ihre Beschwerden einfach abtat und sie nicht ernst nahm.

»Bernd!«, rief sie mit krächzender Stimme nach ihrem Ehemann.

Er erhob sich schwerfällig von seinem Sessel und trat neben das Bett. »Ja, mein Schatz. Was kann ich für dich tun?«, fragte er mit tonloser Stimme.

»Mein Herz rast«, erklärte Trude.

Bernd atmete tief durch und holte seine Arzttasche, die er immer und überall mit sich führte. Nachdem er seine Frau untersucht hatte, gab er ihr ein Medikament und sie schlief schließlich ein.

Mitten in der Nacht wurde Bernd von einem Schrei und einer Hand, die sich in seine Schulter krallte, aus einem Traum gerissen, in dem er von mehreren Schönheiten verwöhnt wurde. Noch vom Schlaf gefangen, brauchte er mehrere Sekunden, bis er merkte, dass es seine Frau war, die ihn mit weit aufgerissen Augen anstarrte, bevor sie wie ein Luftballon, dem die Luft ausging, in sich zusammenfiel.

»Mein Beileid.« Hans drückte seinem Freund die Hand.

»Danke, Hans. Nett, dass du zur Beerdigung gekommen bist. Du kanntest Trude ja kaum.«

»Na ja«, druckste Hans herum. »Ich hatte schon ein schlechtes Gewissen wegen unserem Streich am Abend ihres Todes.«

Bernd legte seinem Kumpel die Hand auf die Schulter. »Brauchst du nicht. Trude hat sich die letzten Jahre immer wieder über ihr Herz beklagt und nie konnte eine Diagnose gestellt werden. Irgendwann habe ich nicht mehr reagiert. Meine Kollegen hatten mich sowieso schon mit mitleidigen Blicken bedacht.«

»Trotzdem. Ich werde nie wieder jemanden auf den Arm nehmen«, versicherte ihm Hans und verabschiedete sich.

Bernd blickte ihm nachdenklich nach.

Diesmal hatte es das Schicksal gut mit ihm gemeint. Wenn er Hans nicht getroffen, wenn er nicht von der alten Legende gehört und er nicht die Idee mit dem Streich gehabt hätte …

Trude würde noch leben.

Vielleicht.

Historischer Hintergrund

»Schwarzer Tod« heißt die Pest, die verstärkt ab dem Spätmittelalter immer wieder auftrat. Der Krankheitserreger gelangte meist auf dem Seeweg auf die Insel, sodass pestverdächtige Schiffsbesatzungen unter Quarantäne gestellt wurden.

Nach der Überlieferung hat der unter Quarantäne gestellte Seemann Boga im Jahre 1493 seinen Geldbeutel in einem Erdversteck verborgen. Nach der Abschirmung grub Boga den Beutel aus und soll dadurch den schwarzen Tod über Mallorca gebracht haben, weil der Pesterreger in dem Geldbeutel noch aktiv war. Das kostete weit über 5.000 Menschen das Leben.

Seither wird jemand auf Mallorquí als Boga bezeichnet, wenn er durch besonders niederträchtige Absichten auffällt.

Mit der Entdeckung des Pesterregers und der Einführung der Antibiotika ist die Pest behandelbar. Sie tritt heute nur noch selten auf.

ANETTE SCHWOHL

Zu hoch hinaus

Der Sturm peitschte das Meer zu riesigen Wogen auf. Das Boot flog über Berge und stürzte durch Täler. Alle an Bord kotzten sich die Seele aus dem Leib und unter Deck war der Gestank unerträglich geworden. Das Stöhnen und Schreien der Passagiere und das Ächzen der Planken war unaufhörlich aus allen Ecken des Schiffs zu hören. Erbrochenes, Pisse und Angstschweiß mischten sich zu einer Glocke von bestialischem Mief. Einige hielten sich auf Deck auf. Das Boot, klein wie eine Nussschale, sauste immer wieder durch ein Wellental und die Brecher fegten mit aller Macht über die Bretter. Mancher der Reisenden war so geschwächt, dass ihn das gewaltige Wasser einfach mit von Bord riss, hinein ins dunkle Meer.

Am Morgen des dritten Tages endlich erblickten sie den Küstenstreifen der Insel. Und als ob die letzten Tage nicht gewesen wären, brach die Sonne durch die dunkle Wolkendecke. Während sie gemächlich an der Südküste Mallorcas entlanggesegelten, verschwand auch die letzte Wolke und die Insel erschien wie ein jungfräuliches Eiland aus dem blauen, ruhigen Meer vor ihren Augen.

Allmählich erhob sich über dem Felsen vor ihnen das Ziel ihrer beschwerlichen Reise, die im Bau befindliche Kathedrale. Wie zum Zeichen und zum Trost für die Ankommenden: Gott ist mit Euch.

In ihrem Fall war er das sicherlich auch gewesen. So manches Mal hatte Benedikt gefürchtet, dass Gott sie alle verlassen hätte und sie in die Tiefe gerissen würden. Und in einem schwachen, ungläubigen Moment hatte er sich das sogar gewünscht. Er sehnte sich danach, dass diese Qual endlich ein Ende nähme. Einmal aber gab es da auch einen anderen Moment. In dem konnte er sich nicht gegen die Vorstellung wehren, wie es wäre, sein Freund, aber auch Konkurrent Adalbert würde von Bord gespült werden. Dann, wie im Reflex gegen seine unredlichen Gedanken, griff er nach Adalbert an seiner Seite und hielt ihn gegen die Wassermassen fest.

Nun, beim Blick hinauf zur Baustelle, war er glücklich, endlich angekommen zu sein, und überwältigt vom Anblick des Kirchenbaus. Das Sonnenlicht hatte alle Zweifel und sündhaften Gedanken aus ihm herausgesogen.

Benedikt und Adalbert waren als Baumeister vom Bischofssitz in Köln gesandt worden, um den Bau der Kathedrale von Palma zu studieren. Der Kölner Dom stand nun seit Jahrzehnten als nicht fertiggestellter Koloss am Rhein und immer wieder gab es die Vision, den Bau endlich zu vollenden. Die Bauhütte war verwaist zurückgeblieben, das Werkzeug verrottet; die Taue waren vermodert, die Gerüste zusammengebrochen und die Ratten vom Rhein hatten alles fest im Griff. Benedikt und Adalbert räumten erst einmal auf und studierten im Archiv des Bischofs die alten Baupläne und Zeichnungen – zumindest das, was schriftlich festgehalten worden war.

Sie hörten Berichte von reisenden Baumeistern, dass die Kathedrale auf Mallorca kurz vor ihrer Fertigstellung stand und durch seine moderne Bauform Furore machte.

Der Bischof schickte sie gemeinsam auf die Reise, wobei es klar war, dass nur einer von ihnen die Baustelle des Kölner Doms würde übernehmen können.

Sie hatten es geschafft. Erhaben stand die Kathedrale aus goldschimmerndem Kalksandstein auf ihrem Felsen und hieß sie nun willkommen. Überall war Baulärm zu hören, das Klopfen auf Stein, das Quietschen von Seilen, das Getrampel auf den Brettern der Gerüste, und unter alles mischte sich das Schreien und Rufen der Arbeiter.

Das alles waren Geräusche, die Benedikts Herz weit und groß werden ließen. Hier ging etwas aufwärts, im wahrsten Sinne des Wortes. Die schmalen, spitz zulaufenden Fenster und die schlanken Säulen hüllten die Kirche in ein vornehmes Gewand.

Als Benedikt mit unsicheren Schritten den festen Boden betrat, durchströmte eine Welle des Glücks seinen Körper. Daran hatte er kaum noch geglaubt. Er ließ sich auf die Knie sinken und dankte Gott, dass er überlebt hatte. Neben ihm auf dem schroffen Felsen ließ auch Adalbert seinen schweren Körper nieder, faltete seine Hände vor der Brust und murmelte ein Gebet.

Wie aus dem Nichts stand mit einem Mal ein Mönch neben ihnen. Er öffnete einen Sack, in dem wiederum viele kleine Säckchen enthalten waren.

»Ihr tut gut daran, Gott zu danken, dass Ihr die Seefahrt überlebt habt. Dies Glück wird nicht jedem zuteil.«

Er legte Benedikt väterlich die Hand auf die Schulter. Der drückte sich vom Boden ab und stand auf. Der Mönch machte einen Schritt auf Adalbert zu und half diesem, sich zu erheben.

»Oh je, Ihr seid ganz blass. Die Seekrankheit steckt Euch sicher noch immer in den Knochen.«

Benedikt und Adalbert blickten sich an und nickten.

Der Mönch griff in seinen Beutel und holte eins der Säckchen heraus.

»Hier, nehmt diese Medizin. Das wird Euch bald auf die Beine helfen und Ihr werdet wieder Appetit bekommen, auch wenn Ihr Euch das jetzt noch nicht vorstellen könnt.« Der Mönch grinste spöttisch.

Dankbar wollte Adalbert nach dem Säckchen greifen, doch da zog der Mönch es schnell zurück.

»Na, na, nicht so voreilig, Ihr Herren. Erst einmal müssen wir uns über den Preis einigen.«

Benedikt legte ihm eine Münze in die ausgestreckte Hand, die sich schnell um das Geld schloss, und im Gegenzug erhielt er das Säckchen.

»Es ist ja nicht für mich.« Der Mönch biss auf die Münze, um zu prüfen, ob sie echt sei. »Ich brauche das Geld für unseren Orden, wir sind auf Almosen angewiesen, seitdem dieser Kirchenbau hier«, er wies auf die Kathedrale hinter sich, »alles verschlingt.«

Ein sehniger alter Mann stürzte von Weitem auf sie zu und fuchtelte mit den Armen. Seine Augen sprühten vor Zorn. Er brüllte wie ein Löwe.

Bevor der Alte sie erreichen konnte, zog der Mönch die beiden hastig mit sich fort.

»Lasst uns schleunigst hier verschwinden. Der alte Vigo ist verrückt.«

»Wie ist Euer Name und woher kommt Ihr, da Ihr so gut unsere Sprache sprecht?« Benedikt deutete auf sich und seinen Freund. »Benedikt und Adalbert.«

»Ich bin Jaume. Viele Jahre bin ich für meinen Orden in Eurem schönen Land gewesen, das so reich an Kultur ist, und freue mich immer, wenn ich Eure Sprache höre.«

Sie gingen ein paar Schritte gemeinsam.

»Jaume, sagt, kennt Ihr jemanden, der uns eine Herberge für ein paar Wochen gibt?«

»Aber ja, in der Tat. Ich führe Euch dorthin.« Er ging voraus und die beiden Baumeister folgten ihm. Sie durchkreuzten die kleine Stadt und auf der anderen, vom Meer abgelegenen Seite, blieb Jaume vor einem Haus mit dunklen, geschlossenen Fensterläden stehen und klopfte donnernd an die Tür. Niemand rührte sich.

»Es ist Siesta. Da wollen die meisten Menschen hier nicht gestört werden. Zu heiß, um zu arbeiten.« Er klopfte noch einmal, diesmal noch lauter. Einer der Fensterläden im ersten Geschoss öffnete sich knarrend und ein runzliger alter Frauenkopf zeigte sich.

Jaume und das Mütterchen palaverten mallorquinisch, bis die Frau ihren Kopf wieder hinter dem sich schließenden Fensterladen verschwinden ließ und kurz darauf die Haustür öffnete. Sie ließ die beiden ein und schlurfte voran, um ihnen ihre Kammer zu zeigen.

»Wenn es Euch recht ist, hole ich Euch später wieder ab«, rief der Mönch den Baumeistern hinterher.

Benedikt und Adalbert schluckten ihre Kräuter mit dem letzten Wasser aus ihren Lederbeuteln, legten sich auf ihr Lager und schliefen augenblicklich ein.

Die Sonne stand schon tief, als Benedikt erfrischt die Augen öffnete. Er fühlte sich erholt und hatte tatsächlich Hunger. Sein Freund neben ihm schlief noch tief und fest. Aus seinem schweren Leib dröhnten regelmäßige Grunzer. Sollte er ihn wecken oder sich lieber allein auf den Weg machen? Sich einen Vorsprung verschaffen?

Er rüttelte seinen Freund wach, bis sich dieser reckte und streckte und wohlig gähnte.

»Das ist ja ein wahres Wundermittel, was dieser Mönch uns da verkauft hat.« Adalbert nahm das Säckchen, schnupperte daran und zuckte die Achseln. »Keine Ahnung, was darin war, aber es war gut.« Er grinste breit und stand auf.

In der Kammer stand nun eine Schüssel und eine Karaffe mit Wasser. Sie rochen an sich und stellten erst jetzt fest, wie der Gestank der Reise sich auf ihrer Haut und in ihrer Kleidung festgesetzt hatte. Welch eine Labsal ihre Waschung nun war.

Als sie erfrischt vor die Tür traten, saß der Mönch bereits auf der Bank vor dem Haus und ließ sich die Abendsonne auf seinen runden Bauch scheinen.

»Kommt, ich lade Euch zu einem Krug Bier ein. Ihr seht aus, als hättet Ihr Hunger und Durst.«

Mit forschem Schritt gingen sie gemeinsam in den Stadtkern von Palma und kehrten in die nächstgelegene Bodega ein.

Benedikt war die Aufdringlichkeit des Mönchs lästig. Er wollte lieber gleich zur Kathedrale und im letzten Tageslicht schon die ersten Studien betreiben. Andererseits, Durst und Hunger hatte er durchaus.

Kaum saßen sie und hatten Bier, Brot, in Öl eingelegtes Gemüse und Wurst vor sich, begann der Mönch zu erzählen: Die Kathedrale wurde zu Ehren der Heiligen María errichtet, nachdem Aragons Flotte bei der Überfahrt zur Eroberung Mallorcas mit einem furchtbaren Sturm zu kämpfen gehabt hatte. König Jaume I. – ja, er heiße ebenso wie der König – hatte der Heiligen María diese Kathedrale versprochen, wenn sie ihm denn das Leben retten würde. Das neue Gotteshaus, so wie sie es jetzt sahen, wurde auf den Resten einer Moschee errichtet. Der Mönch hielt es für Teufelswerk. Viel zu sehr nach der neuen Zeit gebaut. So viel Licht gehöre nicht in ein Haus Gottes. Eine Kirche solle dem Menschen zeigen, dass er im Angesicht Gottes klein und voller Sünden sei.

Benedikt wollte zurück in die Herberge, doch Adalbert zog ihn wieder auf die Bank.

»Sagt mir, Mönch, was war in dem Säckchen drin? Was hat uns so gut schlafen lassen?« Adalbert nahm einen großen gierigen Schluck von seinem Bier.

Der Mönch zuckte nur mit den Schultern und grinste breit. »Nehmt es mir nicht übel, aber das ist mein Geheimnis.«

Adalbert ließ sich das restliche Bier in den Schlund rinnen, donnerte den Krug auf den Tisch und wischte mit dem Handrücken über seinen Mund. »Habt Ihr auch etwas gegen Höhenangst?«, er zog den Wirt an seinem Kittel heran und bestellte noch drei Humpen. Benedikt allerdings wehrte ab. »Wenn ich noch mehr trinke, komme ich morgen nicht aufs Gerüst.«

»Na, deswegen trinke ich doch«, entgegnete Adalbert, »... damit mich die Angst da oben nicht verrückt macht.« Er lachte tief und sein ganzer Körper erbebte.

»Das ist aber ungewöhnlich, dass Ihr als Baumeister unter Höhenangst leidet«, stellte der Mönch fest.

»Da sagt Ihr was.« Adalbert griff nach dem Humpen, den der Wirt vor ihn auf den Tisch gestellt hatte, und ließ gleich wieder einen großen Schluck in sich hineinlaufen. »Ich versuche es immer wieder, aber immer wieder scheitere ich. Sobald ich hinuntergucke, denke ich, ich falle.«

»Ich schaue, wie ich Euch helfen kann ... wenn Ihr es mir denn gut bezahlt.« Jaume grinste, stand auf und steckte seinen Kopf zwischen sie. »Ihr wisst ja ... nicht für mich persönlich.«

Als er verschwunden war, sagte Benedikt zu Adalbert: »Ich traue dem Mönch nicht. Der ist verschlagen.«

»Er will doch nur das Beste für seinen Orden.« Adalbert lallte schon.

»Wer's glaubt ...« Benedikt schüttelte gedankenverloren den Kopf.

So gut Benedikt tagsüber geschlafen hatte, so unruhig schlief er des Nachts. Adalberts Schnarchen war durch das viele Bier unerträglich geworden. Immer wieder warf er seinen massigen Leib von einer Seite auf die andere.

Als sie morgens aus der Haustür traten, saß der Mönch bereits wieder vor der Tür. Benedikt wurde es allmählich unheimlich, dass er sie auf Schritt und Tritt verfolgte.

Kurz angebunden grüßte er ihn und wollte schnell an ihm vorüberziehen. Doch schon hatte der Mönch Adalbert beim Rock gepackt und hielt eins seiner Säckchen in die Luft. Adalbert war noch unsicher auf den Beinen und starrte auf den Beutel wie auf ein Pendel, das der Mönch vor seinen Augen hin und her baumeln ließ.

»Das wird Euch gegen Eure Höhenangst helfen, teurer Freund ... wenn ich Euch denn Freund nennen darf.«

»Aber sicher dürft Ihr das.« Adalbert wollte nach dem Säckchen greifen, doch der Mönch drückte es wieder an sich. »Erst Eure Spende, dann die Ware.«

Benedikt wollte seinen Freund mit sich fortziehen, doch der blieb störrisch, kramte in seinem Beutel nach Geld und bezahlte den Mönch.

»Auch für Euch habe ich etwas.« Nun hielt er Benedikt ein Säckchen hin. »Es hilft Euch gegen Müdigkeit.«

»Ich bin nicht müde!«, entgegnete Benedikt trotzig. Er vergrub seine Hände in der Rocktasche.

»Falls Ihr es aber werdet, nehmt davon und schon fühlt Ihr Euch frisch und munter. Wirkt innerhalb kürzester Zeit.« Er stopfte es Benedikt in die Rocktasche. »Ich schenke es Euch.«

Das machte Benedikt erst recht misstrauisch und er blickte den Mönch mit gerunzelter Stirn an.

»Vertraut mir, ich bin der Heilkundige meines Klosters und habe den Kräutergarten unter meiner Obhut.«

»Gut. Und nun lasst uns ziehen«, sagte Benedikt unwirsch.

Und tatsächlich verschwand Jaume in die entgegengesetzte Richtung.

Schon von Weitem lockte die beiden das Donnern, Dröhnen und Rufen auf der Baustelle an. Am Brunnen vor der Kathedrale füllte Adalbert seinen Lederbeutel mit Wasser und setzte sich auf einen der Steinquader, um seine Kräuter einzunehmen.

»Geh du dort ruhig allein rein und orientiere dich. Wenn du zurückkommst, werde ich mit dir gemeinsam das Gerüst im Fluge erklimmen.« Adalbert lachte und öffnete sein Kräutersäckchen. Benedikt schüttelte über so viel Unvernunft den Kopf und stapfte durch die Steinbrocken hindurch zum Eingang der Kathedrale. Er war überwältigt von der Größe und Helligkeit der Kirche. Ein unendlicher Raum, der sich in alle Richtungen ausdehnte. Er spürte die Erhabenheit Gottes. Die zarten Säulen aus hellem Stein ließen die Gewölbe über ihm gleichsam schweben. An zwei sich gegenüberliegenden Seiten sah er riesige Rosetten aus buntem Glas. Gott musste fröhlich sein, wenn er so etwas erschaffen ließ. Dass dies hier dem Mönch, der offenbar dem traditionellen Glauben frönte, Angst machte, konnte er sich durchaus vorstellen. Da hatten er und Adalbert eine Menge zu lernen.

Er lief hinaus. Er musste seine Begeisterung mit Adalbert teilen. Der empfing ihn in ausgelassener Stimmung und ließ sich bereitwillig von seinem Freund mitziehen.

Und tatsächlich nahm Adalbert behände das Gerüst und schwang sich Meter um Meter in die Höhe. Das Mittel schien gut zu wirken.

Als sie durch eins der Fenster hinausblickten, sahen sie, dass die Sonne östlich der Kathedrale stand. Plötzlich legten die Arbeiter ihre Werkzeuge nieder und stumm strömten sie in die Kathedrale. Zu ihnen gesellten sich Frauen und Kinder und bald war der Innenraum voller Menschen.

Dann geschah das Wunder: Das Kirchenschiff wurde plötzlich von Tausenden bunter Lichter durchflutet, die sich mit dem Lauf der Sonne bewegten. Eine riesige Rosette schickte das bunt gebrochene Sonnenlicht auf ihre Reise auf jede Säule, in jede Apsis, in jeden Winkel des Gotteshauses. Wer bis bislang noch nicht glauben konnte, der tat es jetzt. Die Menschen fielen auf die Knie und ein tiefes Gemurmel erfüllte den Kirchenraum; die Gebete der Gläubigen, die der heiligen María huldigten.

Adalbert stöhnte und fasste sich an die Brust. Benedikt dachte, er wäre ebenso ergriffen von diesem Lichtspektakel wie die Menge unten im Kirchenschiff und musste lachen, denn so theatralisch hatte er seinen Freund noch nie erlebt. Adalbert packte Benedikt am Arm, ließ ihn wieder los und drehte ausgelassen Pirouetten auf den Brettern. Benedikt wurde wütend, wie der Freund, der sonst auf keine Leiter steigen konnte, hier oben in schwindelerregender Höhe so töricht sein konnte und sein Leben aufs Spiel setzte.

»Adalbert!« Benedikt schrie ihn an.

Der aber schien ihn nicht zu hören und tanzte mit ausgebreiteten Armen über das Gerüst.

Benedikt versuchte nach ihm zu greifen, doch Adalbert wehrte ihn ab. Er lachte wie irre und schlug nach ihm.

»Ich werde der größte Baumeister aller Zeiten sein und der Kölner Bischof wird mich fürstlich entlohnen. Und Du, mein lieber langweiliger und fürsorglicher Freund, Du wirst leer ausgehen.« Wieder lachte er und sein Lachen hallte durch die Kirche wie das Lachen des Teufels.

Was war mit Adalbert geschehen? Benedikt war entsetzt.

Die Menge unten verharrte mitten im Gebet und einer nach dem anderen hob den Kopf und blickte nach oben.

Adalbert lallte, lachte, tanzte und schlug um sich. Benedikt musste ihn zur Vernunft bringen, bevor er sie hier oben beide in Gefahr brachte. Er schlug ihm mit der Faust hart ins Gesicht, sodass Adalbert augenblicklich zu Boden ging und drohte, vom Gerüst zu rutschen. Er schrie um Hilfe und Benedikt überlegte einen kurzen Moment. Dann jedoch packte er Adalbert unter den Achseln und half ihm wieder auf die Beine. Das Gerüst schwankte bedenklich. Kaum stand Adalbert, schlug er auf Benedikt ein, so dass diesmal er niederstürzte. Benedikt schüttelte sich und sprang sofort wieder auf die Füße. Die Bretter unter ihnen knarrten. Fäuste flogen, Füße traten und Flüche gellten durch die Luft. Dann verknäulten sich die beiden ineinander, wie um sich gegenseitig zu verschlingen, aber auch, wie um sich aneinander festzuhalten. Die Menge unter ihnen schrie auf. Die bunten, sich bewegenden Lichter um sie ließen die beiden Männer auf dem Gerüst die Orientierung verlieren. Plötzlich löste sich Adalbert aus der Umklammerung und stürzte aus gewaltiger Höhe in die Tiefe. Unten schwärmte die Menge schreiend auseinander, als der massige Leib auf den Boden klatschte. Dann war es einen Moment still, als ob die Zeit angehalten worden war. Auf dem hellen Stein breitete sich allmählich das Blut aus, das dem Toten nun aus Nase, Mund und Ohren rann.

Fassungslos stand Benedikt oben auf dem Gerüst und konnte nicht glauben, was gerade geschehen war. Hatte er etwa seinen Freund in den Tod geschickt?

Jetzt musste er schnell handeln. Das Durcheinander unten nutzte er, um eilends vom Gerüst abzusteigen. Er wollte um keinen Preis die Beute des Mobs werden, die sich nun von dem toten Leib Adalberts löste. Die Köpfe hoben sich und vereinzelt hörte er: »Ahí arriba, ahí está él!«, bis mit einem Mal die Menge wie wild geworden brüllte und mit ihren Blicken das Gerüst absuchte.

Dann setzte sich die Meute in Bewegung. Mit gehetzten Blicken stets nach hinten, sprang Benedikt kreuz und quer über Haufen von Steinen, Sand, Balken und Tauen, bis er schließlich seinen Verfolgern entkommen konnte. Mit letzter Kraft schaffte er es in die Bauhütte. Niemand war da. Was sollte er tun? Er war erschöpft, brauchte aber einen klaren Kopf. Er griff nach dem Säckchen in seinem Rock und gerade, als er sich den Inhalt in den Schlund schütten wollte, schlug ihm eine Hand den Beutel aus den Fingern.

»Seid Ihr von Sinnen?«, der vom Baustaub verdreckte Alte blickte ihn wütend an. Es war der vermeintlich verrückte Vigo.

Benedikt wurde panisch und wollte die Flucht ergreifen, als der Alte ihn am Rock zu packen bekam und ihn niederrang.

»Wenn Ihr das schluckt, seid Ihr des Todes.«

Benedikt schlug um sich, doch die sehnigen Arme des Alten hielten ihn fest wie in einem Schraubstock.

»Ihr habt das Säckchen vom Mönch Jaume. Ich erkenne es.«

Benedikt beruhigte sich und setzte sich auf.

Der Alte lockerte seinen Griff und stellte sich als Bauleiter der Kathedrale vor. Benedikt erzählte ihm, was geschehen war. Er musste sich jemandem anvertrauen, zu viel strömte auf ihn nieder.

»Ihr seid nicht schuld am Tode Eures Freundes. Es gibt hier einige, die den Bau als Teufelswerk ansehen. Ein besonderer Gegner ist der Mönch, von dem Ihr Eure Medizin habt.«

Benedikt sackte in sich zusammen und griff sich in die Haare. »Das mag ich nicht glauben! Dieser lebenslustige Gefährte ... Adalbert ... vergiftet!«

»Ja, so ist es. Es gehen etliche meiner Arbeiter auf sein Konto. Er verspricht ihnen Kraft und Stimulanz, um die anstrengende Arbeit hier durchzuhalten, und dann werden sie verrückt oder sterben gar stattdessen.«

Der Alte half Benedikt, sich zu erheben, und reichte ihm einen Becher voll Wasser und einen irdenen Krug. »Hier, nehmt einen Schluck vom Branntwein. Das hilft besser als Eure Kräuter.«

Sogleich nach dem ersten Schluck entspannte sich Benedikt.

»Ruht Euch einen Moment aus, bis der Pöbel sich aufgelöst hat, und dann führe ich Euch über die Baustelle.«

Benedikt blieb einige Monate in der Lehre des Baumeisters und erlebte im Jahre 1601 die feierliche Weihung des Hauptportals der Kathedrale.

Historischer Hintergrund

Die Kathedrale des Lichts in Palma
Den stärksten Eindruck hinterlässt die Kathedrale von Palma durch ihr Spiel mit dem Licht. Riesige, aus über tausend verschiedenfarbigen Glasscheiben zusammengesetzte Rosetten schmücken den Kirchenbau und schicken das bunte Licht in jeden Winkel des Gotteshauses. So nennt man sie denn auch die Kathedrale des Lichts. Das größte Lichtspektakel aber kann der Besucher zu einer Zeit erleben, wenn kaum ein Tourist auf der Insel ist: im Februar und November jedes Jahres, wenn die Morgensonne im richtigen Winkel durch die Rosette an der Ostfront ihr Licht auf die gegenüberliegende Wand schickt. Dann sieht man einen kurzen Moment lang zwei leuchtend bunte Rosetten direkt untereinander. Das farbige Licht der Rosette im Westen und darunter die Lichtspiegelung der Rosette im Osten. Fantastisch!

Was schon die zwei Baumeister in der Geschichte fasziniert hat, ist die geringe Scheu vor Modernität, die die Kathedrale von Palma so besonders macht.

Den am Ende über achthundert Jahre dauernden Bau einer der größten Kirchen des Abendlandes zeichnen immer wieder moderne Bau- und Dekorationselemente aus.

Wie überall in Europa konnte nur gebaut werden, wenn genügend Geld vorhanden war, und so zieht sich die Baugeschichte der Kathedrale von 1230 bis 1904. In provenzalischer Gotik begonnen, ergänzte man sie bald durch lombardische Einflüsse, bis sie schließlich unter Antoni Gaudí mit Jugendstilelementen vollendet wurde.

Aber damit nicht genug: 1914 hat der mallorquinische Künstler Miquel Barceló seine über fünfzehn Tonnen schwe-

re Keramik zum biblischen Thema der Speisung der Fünftausend in die Wände der Petruskapelle eingearbeitet. Auf dreihundert Quadratmetern sieht der Besucher die »aufbrausende Flut von Fleisch und Frucht«, wie es in der ZEIT hieß, neben dem Hauptchor.

Wer also in Palma ist, darf auf keinen Fall den Besuch der Kathedrale verpassen. Es wird empfohlen, sich genügend Zeit zu nehmen, sonst erschließt sich das Wunderbare des Gotteshauses nicht.

KERSTIN LANGE

Die dunkle Seite des Geldes

Das Meer war an diesem Morgen ruhig. Leise plätscherten die Wellen gegen den Bug. Joan schaute auf das Wasser und genoss den Moment der Stille. Er hatte sich schnell an das Leben auf dem Schiff gewöhnt und mochte das leichte Schaukeln. Sogar bei härterem Seegang behielt er mittlerweile ohne Schwierigkeiten das Gleichgewicht und konnte sogar essen. Wenn er an die ersten Tage zurückdachte, schien es ihm wie ein Wunder. Ihm war sterbensübel gewesen und er hätte den Tod als Erlösung empfunden.

Letztendlich war es ganz allein seine Schuld, dass er hier, umgeben von Wasser, meilenweit weg von zu Hause war. Seine Abenteuerlust und ein Streit mit seinem Vater hatten ihn in den Hafen Palmas getrieben. Das Betrachten der Schiffe wirkte magisch auf ihn und weckte ein sehnsüchtiges Gefühl nach Abenteuer in ihm. Neidisch schaute er auf die Karavellen und ihre Segel, die fremden Menschen, und genoss die einzigartige Atmosphäre. Dabei spürte er den Drang, ferne Länder zu bereisen, andere Sprachen lernen zu können. Die Aussicht, noch Jahre im engen und kleinen Studierzimmer von einem Hauslehrer gelangweilt zu werden, schien ihm unerträglich. Vielleicht liebten ihn seine Eltern – sie verstanden es aber perfekt, dies zu verbergen. Stattdessen nutzte sein Vater den Stock, um ihn zur Vernunft zu bringen, seine Mutter beließ es beim Beten und Weinen.

An jenem Tag reichte ihm das Betrachten der Schiffe nicht mehr. Er war neugierig, wie es an Bord aussah. Sein Blick fiel auf den Namen des vor ihm liegenden. San Juan. Ein Zeichen, dachte er und es gelang ihm, ungesehen an Bord zu kommen. Begeistert schaute er sich alles an, immer darauf achtend, dass ihn niemand entdeckte. Die Matrosen waren so vertieft in ihre Arbeitsabläufe, dass sie ihn kaum beachteten. Ein neuer Schiffsjunge war nichts Ungewöhnliches. Obwohl er auf seine Schritte achtete, stolperte er plötzlich und stieß sich den Kopf an einem Balken. Ohnmächtig brach er zusammen. Als er erwachte, befand er sich auf dem Meer, Kurs Marokko. Zum Glück war der Kapitän ein netter Mann, der ihm glaubte, dass er nicht absichtlich als blinder Passagier an Bord der San Juan gekommen war. Zwar gab es ein ordentliches Donnerwetter, doch die Mannschaft des Handelsschiffes konnte zwei zusätzliche Hände gut gebrauchen.

Anfangs konnte Joan es kaum glauben. Er war auf einem Schiff mit Kurs auf die Küste Afrikas. Mallorca – Marokko und zurück. Weit weg von zu Hause. Das, was er sich immer erträumt hatte. Aber die harte Arbeit holte ihn schneller in die Realität, als ihm lieb war. Die Worte seiner Mutter drangen an sein Ohr. »Hüte dich vor Wünschen, sie können in Erfüllung gehen!«

Das Leben auf dem Schiff war ganz anders als sein normales behütetes Alltagsleben. Die meisten Matrosen machten ihm Angst. Sie sahen so anders aus als die Menschen, mit denen er sonst zu tun hatte. Selbst der Kapitän war mit seiner dunklen Stimme furchteinflößend. Joan redete sich ein, dass er tief im Inneren ein gutes Herz hatte, denn manches Mal beschützte er ihn vor den derben Späßen der Seemänner. Kapitän Erasme war ein harter, aber gerechter Mann.

Die Matrosen waren ein wilder und bunt zusammengeworfener Haufen, die unglaubliche und grausame Geschichten erzählten. Der Geruch, der von ihnen ausging, war gewöhnungsbedürftig, doch Joan liebte die Zeit, die er auf Deck verbringen konnte. Hin und her gerissen zwischen Angst und Faszination lauschte er dem Seemannsgarn. Gab es tatsächlich Erwachsene, die kleiner als Kinder waren, aber nicht wie Kinder wirkten?

Die Geschichten von Seeungeheuern, die aus den Tiefen des Meeres Schiffe auf den Grund zogen, erschreckten ihn besonders. Täglich suchte er ängstlich das Wasser ab, doch zum Glück hatte er bis jetzt nichts entdeckt.

Als sie in Marokko ankamen, sah er tatsächlich kleine Erwachsene und bekam einen riesigen Schreck. Wenn sie existierten, gab es auch Seeungeheuer, was die Rückreise in seinen Augen noch gefährlicher machte.

Zu gerne wäre er an Land gegangen, um sich alles genauer anzuschauen. Doch das hatte ihm Kapitän Erasme verboten. »Zu gefährlich, mein Junge. Du bleibst an Bord und putzt das Deck.«

Joan hatte wirklich vor zu gehorchen. Doch etwas in ihm wehrte sich. Er wollte nur ganz kurz ... In Palma hatte man ihn auch nicht erwischt, er wusste, wie man unentdeckt blieb. Er sah, wie der Matrose Boga von Bord ging, und beschloss, ihm zu folgen. Dann wäre er in Begleitung, auch wenn dieser davon nichts wusste.

Nach der langen Zeit an Bord war es ungewohnt, wieder festen Boden unter den Füßen zu spüren, und er schwankte ein paarmal, bis er mit leichten Schritten laufen konnte.

Das Gedränge und die Lautstärke am Hafen waren unbeschreiblich. Joan wusste nicht, wo er zuerst hinschauen sollte. Er verstand kein Wort und den Matrosen schien es untereinander ebenso zu gehen, denn sie sprachen immer lauter in der Hoffnung, so doch ihren Wünschen Ausdruck zu verleihen. Nach kurzer Zeit reichte es Joan und er schlug den Weg zurück zum Schiff ein. Die kleinen Straßen schienen wie ein Labyrinth, alles sah gleich aus.

Obwohl er glaubte, die richtige Richtung eingeschlagen zu haben, verlief er sich. Die Gassen wurden leerer und leiser, die plötzliche Ruhe wirkte unheimlich. Hier gab es keine Kneipen, keine spielenden Kinder. Nur Häuser, an deren Fenster Frauen standen, die für Joans Verständnis sehr wenig Kleidung trugen. Manches Mal ging eine Tür auf, ein Mann torkelte heraus und verabschiedete sich lautstark.

Joan gefiel das nicht. In der Hoffnung, zurück zum Anlegeplatz zu gelangen, lief er in eine Seitenstraße. Ein vergeblicher Versuch. Ein paar Meter vor ihm tauchte eine Gestalt auf, und als sie das Gesicht zur Seite drehte, erkannte Joan Boga. Zum Glück, dachte er erleichtert. Er würde dem Matrosen unauffällig folgen und so zurück zum Schiff gelangen. Doch Boga verhielt sich merkwürdig. Immer wieder schaute er sich um, als warte er auf jemanden. Um nicht entdeckt zu werden, blieb Joan an einem Hauseingang stehen, abwartend, was geschehen würde.

Eine Tür ging auf und ein Mann trat laut singend heraus.

Als er einige Schritte gegangen war, holte Boga ihn ein und stellte ihn zur Rede. Joan verstand nur Bruchstücke des Streits.

»Betrogen.«

»Das hast du dir so gedacht!«, hörte er Boga sagen. »Nicht mit mir.« Die Stimmen wurden immer aggressiver und Boga streckte den Kontrahenten mit einem Faustschlag zu Boden. Joan unterdrückte einen Aufschrei, seine innere Stimme warnte ihn, Bogas Aufmerksamkeit zu wecken. Der Matrose kniete neben dem Mann, der besinnungslos auf dem Boden liegen blieb, zog einen glänzenden Gegenstand aus seiner Weste und stach damit zu. Joan sah ungläubig zu, drängte sich noch enger an die Hauswand, um nicht entdeckt zu werden.

Aus den Augenwinkeln sah er, wie Boga die Jacke des Mannes durchsuchte und ein Säckchen an sich nahm. Noch einmal schaute sich Boga um und verschwand lautlos in der nächsten Gasse.

Joans Herz schlug ihm bis zum Hals und die Angst hielt ihn im Bann. War er Zeuge eines Mordes geworden? Was sollte er tun? Er hörte Stimmen und seine Gedanken überschlugen sich. Er musste hier weg. Wenn man ihn mit dem Toten finden würde ... Er durfte das nicht zu Ende denken. Auch wenn sich weder ein Messer noch das Diebesgut in seinem Besitz befand, wusste er nicht, ob man ihn nicht als Komplizen verhaften würde. In einem fremden Land ganz allein, wer wusste schon, was die mit Kindern anstellten? Er hatte schreckliche Angst und wollte wieder nach Hause.

Langsam schlich er sich aus dem Versteck, nahm die nächste Abbiegung in der Hoffnung, die richtige Richtung einzuschlagen. Er lief, ohne sich umzusehen, und langsam füllten sich die Gassen wieder, die Hektik und das Gewirr an unterschiedlichen Sprachen nahmen zu. Erleichtert atmete er auf, als er die ersten Masten der im Hafen liegenden Schiffe sah.

Wieder gelangte er unbemerkt an Bord. Boga war schon da und nichts an seinem Verhalten verriet, was vor wenigen Minuten passiert war. Was konnte er tun, fragte sich Joan wieder und wieder. Ein Verbrechen war geschehen und er war Zeuge. Doch wer war er, dass er Anklage erheben konnte? Sein Wort würde gegen das eines Matrosen stehen. Wer würde ihm glauben? Egal von welcher Seite er es betrachtete, er musste das Geschehen für sich behalten und schweigen.

Als die San Juan wieder in See stach, gab es genug zu tun, um sich abzulenken. In ein paar Tagen wäre er wieder bei seiner Familie. Die zu erwartenden Stockhiebe von seinem Vater würde er dankbar annehmen. Boga ging er so weit wie möglich aus dem Weg. Sobald der in Joans Nähe kam, verließ er seinen Platz, um woanders eine Arbeit zu finden.

Würde ihn der liebe Gott bestrafen, weil er schwieg? Was würde passieren? Ein Seeungeheuer, das die San Juan in die Tiefe zog? Ein Sturm, der das Schiff zum Kentern brachte? Seine Furcht hielt ihn vom Schlafen ab und er weinte vor Heimweh. Am Tag war er fahrig und unkonzentriert und machte Fehler, die ihm mehr als einmal eine Ohrfeige einbrachten. Zum ersten Mal in seinem Leben spürte er Angst und wusste keinen Ausweg. Er sehnte sich nach seinem Zuhause, dem eintönigen Alltag, von dem er noch vor Kurzem genug hatte.

Die Bedrohung kam leise und unscheinbar. Ein Matrose wurde krank und brachte Unruhe auf das Schiff. Joan verstand nicht, warum die Mannschaft so aufgeregt war, warum man den Kranken isolierte und sich nicht um ihn kümmerte. Joan belauschte Gespräche, dass man ihn – noch lebend – über Bord werfen wollte. Zu Tode erschrocken lief Joan zum Kapitän und erzählte ihm davon.

»Morgen werden wir in Palma anlegen«, sagte dieser und legte ihm väterlich die Hand auf die Schulter.

»Der Matrose kann alles Mögliche haben. Vielleicht ist es harmlos, vielleicht auch nicht. Aber ich bin verpflichtet, den Fall zu melden. Und wir werden 40 Tage in Quarantäne bleiben müssen.«

Joans Aufregung wich grenzenloser Enttäuschung. »Gilt das auch für mich? Ich muss 40 Tage hier an Bord bleiben? Darf nicht zurück zu meinen Eltern?«

Erasme schaute ihn ernst an. »Du wirst die Krankheit nicht in dir haben, weil du keinen Kontakt mit dem Matrosen hattest. Aber die Gesetze gelten auch für dich. Ich kann nicht anders handeln.«

Joans Enttäuschung war riesig. Er war fast zu Hause, beinahe hatte er es geschafft, und jetzt schien ihm sein Elternhaus weiter entfernt als je zuvor.

Was für ein Desaster! 40 Tage mit den Matrosen auf engstem Raum. Auf dem Meer war das kein Problem. Es gab genug Arbeit, die ablenkte, der Wind und das Wasser gaben einem ein Gefühl von Freiheit. Notfalls starrte man auf das Meer, um Ungeheuer zu sichten – er war noch nicht überzeugt, dass es sie nicht gab. Doch wie wäre das in Quarantäne? Wie verbrachte man die Zeit? Irgendwann gab es nichts mehr zu flicken, zu reparieren und zu putzen. Kartenspielen und andere Glücksspiele? Mit einem Haufen Männer, die sich nach weiblicher Gesellschaft sehnten? Das sagten sie immer wieder, und auch wenn Joan ihre Witze und Bemerkungen nicht verstand, hatte er in Marokko und bei seinen heimlichen Hafenstreifzügen einiges gesehen.

Was ihn noch mehr erschreckte, war, dass Boga seine Nähe suchte. Egal wo sich Joan befand, Boga war nie weiter als einen Schritt entfernt. Wenn er die Töpfe schrubbte oder den Boden wischte, stand er wie aus dem Nichts auf einmal hinter ihm und sprach ihn an. Es fiel kein abfälliges Wort, stattdessen lobte er ihn, seine Arbeit und Geschicklichkeit, was Joan einen Schauer nach dem anderen bescherte.

Hatte er Joan doch auf dem heimlichen Landausflug erkannt? Wusste Boga, dass er einen Zeugen hatte?

Joans Instinkt warnte ihn vor Boga. Er spürte Angst in sich aufsteigen, wenn er seine Blicke auf ihn richtete. Er vermied es, allein mit ihm zu sein, und schaute sich aufmerksam um, um zu prüfen, ob die Luft Boga-rein war, bevor er seinen Standort wechselte.

An diesem Morgen war er nicht aufmerksam genug. Kaum trat er aus dem Schatten des Mastes, stand Boga hinter ihm. »Da bist du ja.«

Wie immer flüsterte er beinah und verlieh damit seinem Auftreten ein zusätzliches Grausen.

»Ihr sucht mich?«, fragte Joan und überwand sich, ihm fest in die Augen zu sehen.

»Ja.«

»Ich habe gerade überhaupt keine Zeit ...«, sagte er und wollte umkehren, doch Boga hielt ihm am Arm fest. Losreißen war unmöglich, sein Griff glich Schraubstöcken.

»Es geht um die Quarantäne. Du willst doch zu deinen Eltern, nicht wahr? Ich habe dich nachts weinen gehört. Was bist du doch für ein lieber Sohn.«

Joan wehrte sich nicht mehr. In den letzten Tagen hatte er so viel an seine Mutter gedacht und gehofft, dass bald alles wieder gut werden würde. Das Heimweh hatte ihn fest im Griff und die Vorstellung, 40 Tage ... Er durfte nicht daran denken, sonst schossen ihm erneut die Tränen in die Augen. Das sollte dieser Fiesling auf gar keinen Fall sehen.

»Was würdest du sagen, wenn ich dir einen Weg aufzeige, wie du flüchten kannst? Du bist klein genug, es gibt Wege. Offiziell bist du ja gar nicht an Bord.«

Joan horchte auf, sein Herz begann heftiger zu schlagen. Sollte es möglich sein?

»Du willst doch schnell wieder nach Hause. Das Segeln ist vorbei. Mit einem Haufen wildgewordener Männer auf dem Schiff, man weiß nie, was passiert. 40 Tage, abgeschottet von der Außenwelt. Wir Alten sind daran gewöhnt. Du hingegen ... «

Seine Worte klangen verschlagen und bedrohlich. Joan verstand überhaupt nicht, was Boga von ihm wollte. Aber er verspürte Angst. Die Angst verstärkte Joans Heimweh. Der Duft seiner Mutter drang in seine Nase, er roch Vaters Tabak so real, als ständen seine Eltern neben ihm.

»Warum sagt Ihr das alles?«, wagte Joan zu fragen. War das ein Spiel, dessen Regeln er nicht verstand? Er wartete auf Bogas Spott, auf ein Lachen; auf etwas, das diese seltsame Situation erklärte. Boga war bekannt dafür, Späße auf anderer Leute Kosten zu machen. Doch die nächsten Worte überraschten ihn.

»Du musst mir nur einen kleinen Gefallen tun. Ich habe etwas, das du an einem Ort vergraben musst, den ich dir noch nenne. Tust du das nicht oder entwendest du etwas davon, trifft dich die Strafe Gottes. Ich komme hier nicht weg, bin für die Zeit der Quarantäne gefangen. Aber du nicht, du kannst nach Hause.«

Verwirrt blickte Joan ihn an. Er würde alles tun, um nach Hause zu kommen. »Was ist das?«, fragte er.

»Ich habe ein heimliches Geschäft in Marokko getätigt. Der Kapitän sieht so etwas nicht gerne, und die anderen Matrosen sind Verbrecher. Die Gefahr, dass sie es mir entwenden, ist groß. Dann bin ich meines Lebens nicht mehr sicher. Das willst du doch nicht, oder?«

Joan nickte, ohne es zu merken. Ein Kopfschütteln wäre angebrachter gewesen.

»Das Versteck ist sicher, das kennt außer dir und mir niemand. Deshalb werde ich merken, wenn etwas fehlt. Und wenn das so ist, dann werde ich dich finden.« Die Drohung war unmissverständlich.

»Ich ...«, begann Joan.

»Du kannst nach Hause. Völlig ungefährlich für dich. Tust du es?«

Hatte er eine andere Möglichkeit? Gab es Alternativen?

Er sah sich um, niemand war in der Nähe. Boga reichte Joan ein Säckchen. »Hier, das vergräbst du unter dem Olivenbaum am dritten Haus hinter der Kathedrale.« Joan sah ihn erschrocken an. Er hielt das Diebesgut in den Händen, das Boga dem Mann in Marokko gestohlen hatte. Ein brutaler Mörder stand ihm gegenüber, der ihn zum Komplizen machte. Aber war er das nicht ohnehin? Weil er geschwiegen hatte? Würde ihn auf jeden Fall der Zorn Gottes treffen? Was sollte er nur tun?

»Was, wenn mich jemand beobachtet?«

»Du bist ein cleveres Bürschchen.«

Boga hatte keine Ahnung, dass er einen Zeugen für seine brutale Tat hatte. Und das war gut so. Wer weiß, was er mit Joan gemacht hätte?

Boga kam mit einem Mord davon, es gab keine Beweise, und er würde mit dem Diebesgut belohnt werden. Blutgeld. Schlechtes Geld. Nach der Quarantäne wäre es in seinem Besitz. Einen Moment überlegte Joan, ob er irgendetwas anstellen sollte, damit Boga das Geld auf gar keinen Fall bekommen würde. Doch dann verwarf er den Gedanken. Er würde ihn finden und seine Rache wäre sicher fürchterlich. Sollte er mit diesem verdammten Geld glücklich werden. Früher oder später würde Boga seine Strafe bekommen, davon war Joan überzeugt.

Historischer Hintergrund

Mallorca wurde im Mittelalter immer wieder von Pestwellen heimgesucht. 1493 überrollte die größte Pestwelle Mallorca, die über 5.000 Menschen das Leben kostete. Man hatte die Quarantäne eingeführt, weil man hoffte, damit die Krankheiten von der Insel fernhalten zu können.

Einer Legende nach hatte der Seefahrer Boga Münzen vor der Quarantäne vergraben. Als er sie nach 40 Tagen ausgrub, waren die Pesterreger an ihnen noch aktiv, und damit verbreitete sich die Krankheit sehr schnell.

Man sagt, daher rührt das Sprichwort: »Més dolent que sa pesta d'en Boga.«

Ob ein Junge namens Joan eventuell darin verwickelt war, ist jedoch nicht überliefert. Vielleicht war er der Übeltäter?

BRUNO WODA

Belladonna

Atropa Belladonna: Jetzt habe ich es verstanden.
Zu spät – ich werde sterben.
Vielleicht findet sie mich und nimmt mich auf in ihren Armen
– ein letztes Mal – zum ersten Mal.

Noch bleibt Zeit, alles zu begreifen:

Eine Madame aus Frankreich sei auf der Kartause eingetroffen, hieß es. Zwei Kinder und einen Mann habe sie dabei. Sie hätten die vierte Zelle mit drei kleinen Räumen belegt.

Die geschwätzige Maria Antonia, sie wohnt in der Zelle nebenan, hat sich der Madame als Haushälterin angeboten, sie soll vom Festland hierhergekommen sein wie ich.

Der Mann der Madame hustet ständig. Der Junge sieht ebenfalls nicht gesund aus.

Die Klosterapotheke blieb nach der Auflösung des Ordens noch in Betrieb. Der ehemalige Apotheker-Mönch träumt gerne von der Zeit, die er hier mit seinen Ordensbrüdern verbrachte. Seinen Beruf konnte er behalten und die Apothekenräume. Manchmal legt er seine alte Kapuzenkutte an und singt allein für sich wie früher zur Messe. Wenn man die Glocke an seiner Tür klingelt, weil Medizin nötig ist, schlüpft er eiligst aus seiner Kutte, wirft sie unter das Bett und öffnet in schwarzer Hose, Strümpfen und kurzer Weste. Er lebt sehr zurückgezogen.

Ich arbeite gelegentlich für ihn. Dabei soll ich mich unauffällig verhalten, dann beschäftigt er mich weiter, versprach er. Er kann meine Hilfe gut gebrauchen. Wir beide unterhalten uns nur über unsere Arbeit. Er ist dankbar, dass ich etwas Latein verstehe und seine Aufträge gewissenhaft erledige. Seit Madame, er nennt sie gerne so, Medizin bei ihm holt, spricht er gelegentlich von ihr.

Sie scheint sehr klug und weit herumgekommen zu sein.

Und sie ist wunderschön.

Ich habe einen Zugang zu dem kleinen Rosengarten vor ihrer Zelle gefunden. Schon gefährlich, wenn man unachtsam ist. Man stürzt mehrere Meter nach unten. Aber ich kann von dort ins Zimmer der Madame sehen.

Sie hat volles, schwarzes Haar, das ihre hohe Stirn frei lässt. Und ebenso dunkle, sanfte Augen mit einem Blick, der mich wahnsinnig macht.

Ich hoffe so sehr, dass ich ihr auffalle und ihr Interesse finde. Tagelang habe ich sie beobachtet, sehne mich so nach ihr.

Sie scheint gern mit ihren Kindern in den verlassenen, halb zerfallenen Klosteranlagen herumzutollen. Das eine ruft sie Solange. Es trägt Hosen. Die Leute im Dorf finden das unpassend, Mädchen tragen doch Röcke.

Nach einigen Tagen hörte man aus einem Raum ihrer Zelle zauberhafte Klänge eines Instrumentes, kraftvoller, als ich sie meiner Gitarre entlocke. Von einem Piano, einem Klavier aus Frankreich, wie der Apotheker mir erklärte.

Der schwächliche, oft hustende Mann, den sie mitgebracht hat, kann so wunderschön spielen. Ich glaube, ich bin eifersüchtig. Ich habe den Eindruck, dass sie jetzt meist seiner Musik lauscht, weil sie die Kinder allein herumstreunen lässt, seit das Klavier hier ist.

Vielleicht könnte sie mein Gitarrenspiel ebenso fesseln?

Den kalten Nebeln und dem häufigen Regen um diese Jahreszeit gelingt es nicht, mein Verlangen abzukühlen. Wenn sie am Fenster erscheint, beginnt mein Blut zu kochen.

Der Mann am Piano scheint ernsthaft krank zu sein. Er ruht auf seiner Liege, steht auf, schlägt ein paar Töne auf dem Klavier an; sie wachsen zu einem herrlichen Satz von Melodien. Dann bricht er ab, hustet und schleppt sich zurück zur Liege.

Als sie kürzlich in die Apotheke kam, hörte ich sie von ihm sprechen: »Unser Kranker.« Den Jungen konnte sie ja nicht meinen, der tobte mit der Schwester durch die Kartause.

Für den Apotheker darf ich gelegentlich Pflanzen sammeln, die er zu Destillaten oder Elixieren verarbeitet. Früher, vor Auflösung des Klosterordens, halfen ihm sicher seine Mönchsbrüder. Jetzt kommt die Madame aus Frankreich öfter hierher, um Rat und etwas zur Heilung ihres kranken Begleiters zu holen. Ich glaube, der Apotheker will sich wichtig tun, weil er manchmal so eine Mischung aus Mallorquí und Französisch mit ihr spricht. Sie sagt wiederholt mon malade und blickt traurig, wenn sie über ihren Mann spricht. Er soll jünger sein, tuschelt man im Dorf.

Beim Apotheker besorgt sie sich Benzoeharz und Eibischabkochung. Guimauve, verlangte sie bei ihrem ersten Besuch. Ich lauschte im Laboratorium ihrer Stimme und vergaß die Welt um mich. Der Apotheker rief mich: »Bring Madame meine Medizin!«

Dabei hatte ich die Abkochung angefertigt, nicht er.

»Zur Linderung von Hustenanfällen«, erklärte ich ihr.

Der Apotheker schickte mich zurück ins Labor. Sie hatte mich angelächelt.

Ich bin ihm aber dankbar, dass er mir vertraut, Pflanzensäfte abzupressen, Aufgüsse und Abkochungen herzustellen. Nur an die Tollkirsche lässt er mich nicht heran. Sie wächst in seinem Apothekengarten in einem abgegrenzten Beet. Er hat mich vor der Giftigkeit der Beeren gewarnt. Ich glaube, wenn sie reif sind, zählt er sie täglich.

Neulich warnte er: »Wer mehr als acht Tollkirschen isst, verliert den Verstand – Auszüge der Pflanze können sexuell erregend wirken und das Bewusstsein erweitern, je nach Dosierung.« Er hob den Zeigefinger: »Der Saft der Beeren ist sehr giftig. Nimmt man zu viele ein, kann das zu Tobsucht und Tod führen.« Er hatte seinen gesprächigen Tag. »Die Tollkirsche hat ihren Namen Atropa Belladonna nach der

Schicksalsgöttin Atropa, die den Lebensfaden der Menschen abschneidet.« Er erkannte wohl mein Interesse und fuhr fort: »In der Antike soll die Tollkirsche als Mordgift verwendet worden sein. Stark verdünnt erweitert ihr wässriger Auszug lediglich die Pupillen, macht die Augen der Frauen schön, daher Belladonna.«

Ich dachte, also eine Pflanze für jeden Zweck – die Dosis macht das Gift. Diesen Lehrsatz hatte mir der Apotheker früh beigebracht. Es ist ganz praktisch, wenn man mehr weiß, als die anderen glauben.

Meinem Apotheker werde ich nichts antun. Und wenn er Madame noch so verzückt anhimmelt. Sie macht sich nichts aus ihm, glaube ich. Und er gibt mir ja Arbeit. Im Grunde verstehen wir uns ganz gut.

Ob er es bemerkt hat, dass ich in Madame verliebt bin, dass ich sie begehre? Schon zweimal hat er es abgelehnt, dass ich die Belladonna-Tropfen in die Zelle zu ihr bringe. Sie benutzt sie angeblich, um schöne große Augen zu haben. Er selbst bestellt Madame immer in seine Offizin, er könne die Apotheke nicht allein lassen. Und sie scheint gerne dorthin zu kommen, zuletzt öfter ohne ihre Kinder. Ihr kranker Mann verlässt seine Zelle ohnehin nie.

Das hallende Gewölbe ihrer Zelle bebt fast von den wundervollen Klängen, die der kranke Mann dem Klavier entlockt.

Was kann ich Madame bieten, mein Gitarrenspiel, meine Jugend? Meine Liebe?

Beim Apotheker beschwerte sich Madame neulich, dass es im Winter hier so feucht und kalt sei und dass sie mit den Menschen nicht warm werde.

Zum Sakristan hörte ich sie gestern sagen, wie sehr sie in Valldemossa und seine Bewohner verliebt sei. Er hat es bestimmt auf sich bezogen, eitel, wie er ist.

Sie scheint eine sehr impulsive, verwöhnte Frau zu sein, ein wenig launenhaft auch, denke ich. Die Männer um den

Finger zu wickeln, versteht sie. Ich liebe sie so. Sie wird bestimmt meine Liebe erwidern. Ich hab sogar ein Liedchen für sie komponiert, wollte es ihr zur Gitarre singen.

Aber der Sakristan drängt sich Madame richtig auf, kommt sich wohl besonders wichtig vor, weil er immer noch die Schlüssel der Kartause verwaltet wie vor der Auflösung des Ordens. Er gibt sich gerne weltmännisch, trägt meist eine europäische Hose, was den Mädchen im Dorf vielleicht gefällt. Man munkelt, er habe ein junges Mädchen, Tochter von Sommergästen, verführt und geschwängert.

Der Madame glaubt er auch zu gefallen. Er hat ihr einen großen, geschnitzten Eichenstuhl geliefert, aus der alten Kapelle. Er ist von Ratten angenagt, durchzogen mit Gängen von Holzwürmern. Sie scheint von dem Stuhl angetan. Der Sakristan denkt wohl, sie sei ihm jetzt verpflichtet.

Um ihn wird es nicht schade sein. Er hat es verdient. Er wird dann keine mehr gegen ihren Willen schwängern.

Neulich, als Madame wieder Eibischsaft holte – den durfte ich herstellen – sagte sie zum Apotheker: »Mon cher pharmacien«, er blickte geschmeichelt. Als ob das schon was bedeutete, bei einer Madame aus Paris.

Dem Sakristan hatte sie erzählt, dass ihr Begleiter ein berühmter Komponist sei. Seinen Vornamen habe ich mir gemerkt: Frédéric.

Gestern kam der Sakristan zu mir und zog mich vertraulich zur Seite. Er wollte einen Liebestrank, der die Dame seiner Gelüste gefügig mache und ihm Kraft für eine lange Nacht verleihe. Ich würde mich doch auskennen. Den Apotheker könne er nicht fragen, der fühle sich ja immer noch als gottesfürchtiger Kartäusermönch und würde dann vielleicht im Dorf verbreiten, dass er hinter Madame her sei. Aber die sei verrückt nach ihm, das habe er längst erkannt. Die habe an so einfachen Menschen hier kein Interesse. Er sei das, was sie brauche.

So was von Einbildung. Ich konnte den Sakristan von Anfang an nicht leiden. Weil er hinter jedem Rock her war. Und sonst auch ein fieser Mensch.

Ich nahm sein Silbergeld dafür an. Ich hatte nicht vor, ihn zu verraten, nein, mein Vorhaben zielte viel weiter. Ich wollte die Beeren der Atropa nicht stehlen, ich würde sie mit seinem Geld bezahlen.

Der Sakristan bestand darauf, ich solle ihm die Medizin in den alten Teil des Klosters liefern. Ich habe noch seinen Befehlston im Ohr, als ob ich sein Knecht wäre: »Bring mir die beiden Fläschchen, wenn die Sonne in den Bergen verschwindet. Es darf dich niemand sehen.«

Er hatte schlau den Tag gewählt, weil im Dorf eine Hochzeit gefeiert wurde. Da würden wohl alle hingehen.

Ich hatte ihn genau eingewiesen. Er sollte erkennen, dass ich ihm etwas zu sagen hatte: »Die Flasche mit dem Etikett und der Einnahmevorschrift ist für die Madame – deine ist ohne Etikett. Du musst deine Flasche auf einmal leer trinken. Sonst kommst du nicht in Stimmung. Und die soll doch über Nacht anhalten.«

Ich war sicher, dass er seine Flasche leer trinken würde. Und dass er nie wieder nach einem Liebestrank verlangen würde.

Beim Weggehen meinte er, mich nochmals beschwören zu müssen: »Mund halten! Niemand darf je erfahren, was zwischen uns besprochen wurde. Das muss bis ins Grab geheim bleiben – sonst muss ich dafür sorgen.«

Der Apotheker hatte die Officin verlassen und schien ebenfalls zur Feier gegangen zu sein, da habe ich die beiden Zubereitungen in die Fläschchen abgefüllt. Ich achtete sehr darauf, nichts falsch zu machen. Gab auf das Etikett etwas Leim und klebte es auf Madames Flasche. Dann machte ich mich auf zum vereinbarten Ort der Übergabe im halb zerfallenen Teil des Klosters, wo wegen der Gefahr herabstürzender Gesteinsbrocken kaum mit Begegnung zu rechnen wäre. Der Sakristan hatte den Platz klug gewählt.

Ich blickte um mich, höchstens der verrückte Alte, ein ehemaliger Knecht des Klosters, der im Wahn oder Suff durch die Gänge schwankte und bisweilen mit einem Messer oder seinem Pilgerstab fuchtelte, konnte hier umherirren.

Unbehelligt angekommen, stand ich allein. Niemand war zu sehen.

Plötzlich spürte ich einen harten Gegenstand auf meinem Kopf. Ich verlor das Bewusstsein.

Lange kann meine Ohnmacht nicht gedauert haben. Ich liege am Boden, bin zu schwach aufzustehen. Eine ungewohnte Mattigkeit lastet auf mir, gegen die ich nicht ankomme, die mir die Gedanken fliehen lässt. Die Fläschchen halte ich nicht mehr in Händen.

An eine Übergabe an den Sakristan kann ich mich nicht erinnern. Meine Hände liegen am Steinboden in einer Lache dicklicher Flüssigkeit. Ein stechender Schmerz zuckt auf. Ich fasse an meine Brust. Mein weißes Hemd klebt auf der Haut, hat die Farbe der Dunkelheit angenommen. Ich spüre, ich verblute.

Ich versuche, um Hilfe zu rufen, nur ein Krächzen entflieht meiner Kehle. Beim Lärm des Hochzeitsvolkes draußen wird mich keiner hören.

Ich empfinde keine Angst vor dem Sterben.

Der Schmerz weicht der Gewissheit, dass Madame stark bleiben wird. Der Sakristan wird sich nicht an ihr erfreuen können. Ihm wird Gerechtigkeit widerfahren, so oder so. Nur dass man für meinen Tod vielleicht den irren, mit seinem Messer fuchtelnden Alten schuldig machen mag, das wäre Unrecht.

Historischer Hintergrund

Madame Amantine Aurore Lucile Dupin de Francueil – bekannt unter ihrem Pseudonym George Sand – veröffentlichte die erste, autorisierte Buchausgabe ihres Romans »Un hiver à Mallorque« 1842 im Hippolyte Souverain, Paris.

Sie beschreibt den Sakristan, den ehemaligen Küster des Klosters, als nicht im geringsten gutaussehend, gab er sich doch als Dandy. Einen Helfer des Apothekers erwähnt sie in ihrem Roman nicht. Vielleicht, weil sie sein Gitarrenspiel nicht hörte, ihn übersah oder als Dame ein Interesse nicht bekunden wollte.

Die Mallorquiner werden die Charakterisierung ihrer Landsleute in ihrem Roman nicht schätzen, sie war schon eine eigenwillige Französin, die es sich leistete, ihre Eindrücke und Gefühle nicht zu verbergen. Aber sie schreibt über ihren Winterurlaub 1838/39: Allein mit meinen beiden Kindern hätte ich gerne zwei, drei Jahre in der Kartause zugebracht. Sie war so schön unter den Efeuranken, das Tal so wundervoll in seiner Blütenpracht, die Luft so rein in unseren Bergen, das Meer so blau am Horizont. Es ist der schönste Ort, an dem ich je gewohnt habe.

Mit ihrem Kranken – Frédéric Chopin – lebte sie weiter bis 1847 zusammen in Paris.

Es ist lohnend, das Kartäuserkloster in Valldemossa einmal oder auch öfter zu besuchen, um auf den Spuren der George Sand und des Frédéric Chopin zu wandeln.

Seit dem Regierungsdekret von 1835 war die Klostergemeinschaft aufgelöst, der Besitz zur staatlichen Domäne erklärt. Zum Abriss war die Klosteranlage wohl zu groß. Vielleicht interessierte sich in der Regierung in Palma niemand dafür. Man überließ sie einfach dem Verfall. Einige Leute waren wohl interessiert, die bewohnbaren Zellen zu mieten. Die Schlüsselgewalt besaß weiter der ehemalige Sakristan des Klosters.

Die Verwendung der Tollkirsche, Atropa Belladonna, ist seit der Antike bekannt z. B. zu kosmetischen Zwecken und zur Erweiterung der Pupillen (dies wird über Cleopatra berichtet).

Im Volksglauben galt die Schwarze Tollkirsche als Zauberpflanze, der magische Kräfte zugeschrieben wurden. Nach einem frühen osteuropäischen Liebesritual sei damit die Zuneigung eines Mädchens zu gewinnen: Die Wurzel einer Tollkirsche sollte ausgegraben und an deren Stelle Gaben für den Pflanzengeist gelegt werden.

Dem Trank aus der Wurzel wurde eine aphrodisierende Wirkung nachgesagt.

1831 hat der deutsche Apotheker Heinrich Mein Atropin erstmals isolieren können.

Die Wirkungen auf Herz und Kreislauf stehen schon bei geringen Dosen im Vordergrund (z. B. zur Narkoseeinleitung). Berauschende Wirkungen sind erst bei hohen Dosen zu erwarten, bei denen unangenehme und gefährliche Nebenwirkungen auftreten.

Als Vergiftungssymptome werden bei hohen Dosen Herzrasen und Verwirrtheit sowie Halluzinationen berichtet. Bei noch höheren Dosen tritt Bewusstlosigkeit ein, die von Atemlähmung gefolgt sein kann und unbehandelt tödlich ausgeht.

MARK JISCHINSKI

Zum Teufel mit Sineu

1300

»Und das soll alles sein?«, fährt ihn der kräftige Kerl an. Er steht in Erics Kammer direkt vor ihm und kommt dabei so nah an sein Gesicht, dass Eric den fauligen Atem riechen kann. Den Knoblauch, das Fleisch und den Wein.

Eric treten Schweißperlen auf die Stirn und er hofft, dass der Soldat das Zittern nicht hören kann. »Ich, ähm ...«, versucht er sich zu erklären und fährt sich dabei mit den schweißnassen Händen über die Oberschenkel.

Der Soldat wendet sich von ihm ab, schlägt kräftig mit der Faust auf den Tisch und mit der anderen Hand hebt er den Geldbeutel an, dreht ihn herum und leert ihn mit einem kräftigen Schütteln. Die Münzen fallen klirrend herab, bleiben auf dem Tisch liegen oder rollen in den Staub auf den Steinboden. Es sind nur wenige. Auch wenn es den Soldaten nie genug ist. Selbst dann, wenn sich der Tisch unter der Last der Abgaben böge. Schlimmer noch als die Rücken derer, die mit ihrer Arbeit für das Geld sorgen.

»Ich kann Euch nur das geben, was hier auf dem Tisch liegt«, versucht sich Eric zu erklären. »Mehr habe ich nicht.«

Die Kammer kommt Eric plötzlich noch kleiner als sonst vor. Der grobschlächtige Kerl in der feinen blauen Uniform hat den Kopf zwischen die breiten Schultern gezogen. An der Wand stehen seine drei Lakaien, die ebenfalls die Köpfe einziehen, um sich nicht an einem der Deckenbalken zu stoßen. Für diese Riesen ist der Raum nicht gemacht. Die abgestandene Luft eines heißen Tages steht zwischen ihnen. Die Soldaten atmen und schwitzen. Trotzdem zittert Eric, ja er friert und spürt, wie sich jeder Muskel verspannt.

Nun kommt der Soldat wieder ganz nah vor sein Gesicht. »Du bist zu weich, Amigo. Wenn du deine Leute nicht hart genug rannimmst, geben sie dir auch nichts. Vielleicht sollte ich dem König berichten, dass du nicht mehr der Richtige für ihn bist.«

»Aber mein Herr ...«

»Nie warst«, fügt der Soldat kalt hinzu. Dann wendet er sich zu den anderen. »Nehmt alles von Wert!« Er schaut sich in der Kammer Erics um. Mit dem geschulten Blick eines Bluthundes bleibt er an einem Schrank und einer Anrichte hängen. »Und seid gründlich!«

Mit einem Satz steht Eric vor dem Riesen und schreit: »Nein! Das dürft Ihr nicht! Das würde der Kön...« Er hat nicht die Zeit, sich über seinen Mut zu wundern, über die plötzliche Kraft und vor allem die eigene Unvernunft. Der Soldat presst ihm eine dreckige Hand vor den Mund. »Der König will nur, was ihm zusteht«, herrscht er ihn an. »Also wage es nicht, darüber zu richten, was er tun würde.«

»Abbmm«, hebt Eric unter dem festen Druck des Soldaten an, doch mit der Geste des erhobenen Fingers der anderen Hand bringt der ihn erneut zum Schweigen.

»Du weißt, was König Jaume wünscht. Die Steuerbeträge müssen vervierfacht werden. Der Palast in Sineu baut sich nicht von allein.«

»Me cagon Sineu!«

Dem Satz folgt eisiges Schweigen. Das Gesicht des Soldaten läuft rot an und er fährt herum. »Zum Teufel mit Sineu – wer wagt es, so zu sprechen?«

Miranda, Erics Frau, steht in der Tür, in ihrem puterroten Gesicht steht blanke Wut. Die Wut auf den König, dem sie das Joch verdanken. Die fast noch größere Wut auf Eric, weil sie denkt, dass er sich nicht genügend wehrt, und über allem kocht das ihr eigene Temperament, das jederzeit wie ein Pulverfass explodieren kann. Ganz gleich, ob es sich um den

König handelt oder ob ihre drei gemeinsamen Töchter sich bei Tisch nicht benehmen können.

Während der Soldat von Eric ablässt und sich mit kräftigen, schweren Schritten auf sie zu bewegt, zischt er ihm zu: »Du solltest dein Weib besser im Griff haben.«

Dann geht alles schnell. Kaum, dass er bei ihr angekommen ist, versetzt er ihr einen kräftigen Schlag ins Gesicht, sodass sie zur Seite kippt und mit dem Kopf voran auf den Boden schlägt.

»Miranda!«, schreit Eric, und will zu ihr, doch der Soldat stellt sich ihm in den Weg. Mit eisigem Blick schaut er auf ihn hinab. Er ist einen Kopf größer, gut dreißig Kilo schwerer und er besteht im Grunde nur aus Muskeln. Keine Chance. »Wir werden sie bestrafen, ganz im Sinne unseres Königs«, sagt er. Er nickt seinen Soldaten zu und die packen Miranda und schleifen sie aus dem Raum.

»Nein!«, schreit Eric und während er nach vorn stürzt, sieht er aus den Augenwinkeln nur noch die Faust des Soldaten.

2017

Eric schreckt auf, schnappt nach Luft und wirft die Bettdecke von sich. Es ist die dritte Nacht hintereinander, in der er einen Albtraum hat. Mit ihm, einer Frau, drei Kindern und Soldaten, die Geld von ihm wollen. Anscheinend im Mittelalter bewirtschaften sie ein paar Felder, sie planen einen Gasthof für die Markttage, hausen in einer winzigen Finca mit drei Kindern und führen die Steuern für den König ab. Der baut gerade einen Palast in Sineu und braucht jeden Peso.

Auch dieses Mal ist er schweißgebadet, der Pyjama ist durchnässt, sogar das Kissen und die Bettdecke. Er geht ins Bad und stellt sich unter die Dusche. Mit dem erfrischenden Wasser spült er die Erinnerung an den Traum ab.

Einge Stunden später sitzt er pünktlich zum Termin in der Stadtverwaltung.

»Eric Weber?«, ruft eine angenehme Frauenstimme in den Warteraum.

Er setzt sich ihr gegenüber und ist augenblicklich erleichtert. Die weichen Gesichtszüge und freundlich gebogene Mundwinkel stimmen ihn optimistisch. Damit war in einer Amtsstube nicht zu rechnen. Mit ihren schwarzen Haaren, dunklen Augen und einem ebensolchen Teint entspricht die Dame den Erwartungen an eine feurige Mallorquinerin. Allerdings auch jedem Klischee. Fernab davon ist sie aber in jedem Fall zu jung für ihn.

»Sie wollen also eine Cafeteria eröffnen?«

»Ja.«

»Sind Sie dafür nicht zu …«

»Alt?«, hilft er ihr freundlich.

Sie errötet leicht und streicht sich eine Locke aus der Stirn. »Nun ja, verstehen Sie mich nicht falsch, aber«, sie blättert in der Akte, »Sie sind 64.«

»Und? Ist das zu alt, um eine Cafeteria oder eine Bodega zu eröffnen? Es ist ja nicht der Bierkönig in Palma. Nur eine kleine nette Bar hier in Sineu.«

Sie atmet hörbar ein und wieder aus. Dann blickt sie ihm freundlich in die Augen. »Ich weiß, Herr Weber.«

Unsicher schaut sie zu den Tischen ihrer Kollegen, die links und rechts durch die offenen Türen in den anderen Büros zu sehen sind. »Ähm, es ist nur so, dass wir eigentlich schon ganz viele deutsche Rentner haben und wenn die dann auch noch einen Treffpunkt bekommen, dann könnten das unsere Bewohner etwas …«

»Ach so!«, entfährt es Eric eine Idee zu laut. »Machen Sie sich keine Sorgen. Ich spreche spanisch und will auch Gastgeber für die Einheimischen sein.«

Sie überfliegt die Papiere.

»Auch keine deutsche Küche und so«, fügt er an.

»Aber Sie wohnen in dieser Wohnsiedlung, in der es sich die deutschen Rentner gemütlich machen.« Sie grinst in sich hinein.

»Ja?«, fragt Eric deshalb.

»Fast ein zweiter Palast, wenn man so will«, sagt sie kichernd. »Und die Leute erzählen sich, dass es dort oben unheimlich zuging. Vor langer Zeit, damals im Mittelalter.«

Nach einem weiteren Durchblättern der Akten schaut sie ihn streng an. »Sie bekommen die Genehmigung. Aber Sie müssen mir versprechen, dass Sie für alle offen haben, die Abrechnung ordentlich machen und die Steuern zahlen.«

»Ich war in Deutschland Steuerberater«, sagt Eric mit einem Lächeln.

»Das imponiert uns nicht im Geringsten«, antwortet sie freundlich und gibt ihm die Hand.

Er verabschiedet sich und im Hinausgehen hört er sie flüstern. »Me cagon Sineu.«

Erschrocken wendet er sich ihr wieder zu und sagt: »Wie bitte?«

Sie schaut verwirrt zu ihm und lächelt dann. »Nichts. Ich habe nichts gesagt.«

Die Gedanken an den Traum und die hübsche Sachbearbeiterin beschäftigen ihn auf dem Rückweg. Warum hat die Frau im Traum aus dem Mittelalter dasselbe gesagt wie die in der Stadtverwaltung der Neuzeit? Und was bedeutet das alles? Kann das ein Zufall sein?

»Ah, der Herr Weber!«, schalmeit es ihm beim Eintritt in die Wohnanlage entgegen. Frau Fröhlich aus dem Haus gegenüber stellt sich ihm in den Weg. Mit einer scheußlichen Kittelschürze in Lila, einer dicken Brille auf der Nase und Lockenwicklern. In einem grau-lila Ton. Wie man auf die Idee kommen kann, den gefliesten Weg zwischen den Häusern zu wischen, erschließt sich Eric nicht; sie tut es. Sie beugt sich wenig stilvoll über den Eimer und fährt dann mit dem Wischmob um seine Beine herum. Dann noch ein paar Meter vor und ein paar zurück, bis sie alles um ihn gewischt hat und er sich nicht bewegen kann, ohne ihre Arbeit wahrhaftig mit Füßen zu treten. Dabei bewegt die Fröhlich ihren Hintern, als wäre sie vierzig Jahre jünger. Schließlich richtet sie sich lasziv auf, grinst ihn aus ihrem faltigen Gesicht heraus an, von dem sie wahrscheinlich glaubt, dass es das pure Leben verströmt, und haucht ihm entgegen: »Also, Herr Weber, wenn Sie mal abends nichts vorhaben, Sie wissen doch, wo ich wohne. Und falls nicht ...« Sie zeigt mit einem ihrer rot lackierten Fingernägel auf das Haus gegenüber und kneift das rechte Auge zu. Ihm ist augenblicklich schlecht.

»Ich weiß nicht, Frau Fröhlich ...« Und während er noch nach einer Begründung sucht, die es halbwegs nett ausdrückt, springt sie ihm in die Parade.

»Wir können es uns auf meinem Sofa gemütlich machen. Bei einer Flasche Wein und später ... wer weiß. Ich habe keine finanziellen Interessen, wenn Sie davor Angst haben.«

Er empfand es schon immer als Zeichen größter Peinlichkeit, wenn alte Menschen ihre Libido wieder oder zum ersten Mal entdecken. Es war unverantwortlich und bei Frau Fröhlich überdies undenkbar. In keinerlei Hinsicht vorstellbar. Nicht für ihn selbst und mit ihr gleich gar nicht.

»Ich bin völlig unabhängig. Erbschaft von meinem Mann. Gott hab ihn selig.«

Eric fällt keine sinnvolle Entgegnung ein. Er empfindet plötzlich Mitleid mit dem Verstorbenen, obwohl er ihn nie kennengelernt hat.

»Ob Sie es glauben oder nicht, Herr Weber, die besten Männer hatte ich erst, als ich jenseits der 60 war.«

Sie zwinkert ihn erst an, dann lacht sie betont lange und schürzt abschließend die Lippen zu einem Kussmund, der unglaublich faltig und behaart ist. Während er vor Schreck erstarrt, raunt sie ihm zu: »Und Frauen hatte ich auch.«

Alte Menschen sind eine unglaubliche Belastung für die Gesellschaft, denkt Eric, als der Weg endlich trocken ist und er zu seiner Wohnung gehen kann.

»Keine finanziellen Interessen, Herr Weber!«, ruft sie noch einmal. »Me cagon Sineu!«

Die Welt wird immer unwirklicher, denkt Eric, als er endlich vor der Tür steht und mit zitternden Händen in der Tasche nach dem Schlüssel sucht. Diese Sachbearbeiterin ist wunderlich, genehmigt aber trotzdem seine Cafeteria, und die Fröhlich ist sowieso durchgeknallt. Seine Träume werden jede Nacht intensiver, und wenn er nicht Rentner wäre, würde er denken, dass es Zeit für einen Urlaub wird. Jeder ruft irgendwas mit »auf Sineu scheißen« oder »zum Teufel mit Sineu« oder es gibt gar keine Erklärung. Aber womöglich ist Palma die bessere Idee. Für die Cafeteria und sowieso. Erschöpft schleppt er sich auf das Bett und fällt sofort in einen tiefen Schlaf.

1300

Er tritt ein und mit dem Schließen der Tür hört er ein Rascheln und das Getrappel von Absätzen auf dem Steinfußboden. »Papa!«, rufen drei Mädchen, die freudig auf ihn zu rennen.

Hinter ihnen kommt Miranda auf ihn zu. »Du siehst aus, als wärest du dem Teufel begegnet!«, sagt sie, während sich die drei kleinen Mädchen bereits an seine Beine hängen.

»Aber das ist auch kein Wunder. Hast du was beim König erreichen können?«

»Ähm?«

»Ja? Hat er nur seinen beschissenen Palast im Kopf oder auch noch sein Volk?«

»Wir dürfen den Gasthof eröffnen.«

Miranda lacht breit und küsst ihn. »Du siehst trotzdem nicht gut aus. Aber was hältst du davon, wenn wir die Alte von nebenan als Haushälterin einstellen, sobald wir den Gasthof haben?«

»Oh! Das wäre sicher eine gute Idee.« Als er den Satz beendet, wird es dunkel um ihn und er fällt …

2017

Als Eric wach wird, liegt er im Bett. Er ist durchgeschwitzt und das Laken klebt an seiner Haut. Neben ihm liegt Frau Fröhlich. Sie ist nackt und raucht. Sie ist noch immer alt und sie sieht furchtbar aus. Aber sie lacht hell und schallend. »Du siehst völlig fertig aus, mein Lieber!« Sie zeigt auf die Tüte in ihrer Hand. »Aber Darling, ich habe dir doch gesagt, dass das hier das beste Kraut ist, das du je geraucht hast.« Damit presst sie sich an ihn und streicht mit der anderen Hand über seine schweißnasse Brust. »Und was du mit mir angestellt hast … alle Achtung! Aber tu mir nur einen Gefallen«, raunt sie ihm ins Ohr, »nenn mich dabei nie wieder Miranda.«

Historischer Hintergrund

Man muss unter der ländlichen Bevölkerung aufmerksam hinhören, um diese deftige, jahrhundertealte Verwünschung zu vernehmen, die vorrangig von der älteren, noch bäuerlich geprägten Generation verwendet wird. Me cagon Sineu (Ich schei... auf Sineu) verdankt seinen Ursprung der Tatsache, dass im Mittelalter ein Teil der Steuern und Abgaben in Sineu entrichtet werden musste. Nach der christlichen Eroberung Mallorcas wurde der Ort im Jahre 1300 von Jaume II. zum zweiten Amtssitz erhoben und erhielt einen Königspalast. Ausschlaggebend für die gestiegene Bedeutung war die zentrale Lage Sineus in der Inselmitte, gut erreichbar in der weiten Ebene. Auch die Entstehung des jeden Mittwoch abgehaltenen Wochenmarktes sowie der älteste Jahrmarkt (Fira) Mallorcas am ersten Sonntag im Mai sind hierauf zurückzuführen. Einmal vor Ort, wurde der Aufenthalt zugleich von den Auswärtigen zum Kauf oder Verkauf auf dem Marktplatz genutzt. Die Verfluchung Sineus rührt somit von Geschehnissen her, die zwar über neun Jahrhunderte zurückliegen, es jedoch Dank des Mallorqui geschafft haben, im sprachlichen Ausdruck fortzubestehen und somit nicht in Vergessenheit zu geraten.

(In Anlehnung an Jan Lammers‘ Buch »Unser kleiner Felsen Mallorca«)

HEDY LOEWE

Der Fischer von Manacor

Sünde, flüsterten die rissigen Lippen. *Sünde war es, Sünde wird es immer sein. Meine Seele ist verloren. Komm zu mir, Wind! Bring mir sein Lachen zurück. Tose, Sturm! Du bist mein Freund. Allein dein Brausen lässt mich hier auf dieser Klippe seine Schreie nicht mehr hören. Seine Schreie, seine Schmerzensschreie, als sie ihm die Haut vom geliebten Gesicht abzogen, als er sich verwandelte in ein blutiges Gespenst. Heule, Wind, mit ihm um die Wette, dem Geliebten, den sie quälten bis auf Blut und Knochen. Jedes zerteilte Holzscheit erinnert mich an das Geräusch auf dem Hackblock, als sie ihm die Hände nahmen. Hände, die mich zärtlich streichelten, wie es kein anderer tat. Peitsche mich, Regen, dass ich die Schmerzen spüre, die die Peitsche ihm bereitete, die unbarmherzig niedersauste auf das längst sterbende Fleisch. Komm, Regen, lass meine Augen schwimmen und in ihnen das Bild von seinem geschundenen Körper verblassen. Tobe, Wasser, betäube mich. Nur hier auf der Klippe finden meine Ohren Ruhe und müssen nicht wieder und wieder die schrecklichen Todesschreie ertragen, das grausame Heulen der gequälten Kreatur, als seine Arme und Beine brachen und das geliebte Gesicht nicht mehr war als ein Stück rohes Fleisch. Erlöse mich, Donner, tobe in meinem Kopf und überdecke die Schreie des Geliebten auf dem Richtblock, des tausendmal Geliebten, der auf der Richtstätte starb. Brause weiter, Sturm. Brause und nimm mir endlich die Erinnerung.*

Miquel war 17 Jahre und dabei, ein hübscher junger Mann zu werden. Er lachte über Peres Frauengeschichten.

»Du gibst wieder an, oder?«

Er knuffte den ein paar Jahre älteren Bruder in die Seite.

»Rosa ist das hübscheste Mädchen weit und breit. Ihre Augen strahlen so hellblau wie das Meer vor Manacor. Das ist ein Zeichen! Sie gehört zu mir, dem Fischer von Manacor.«

Die Brüder waren zu Fuß auf dem Weg in die Hauptstadt Palma. Das ganze Dorf war dorthin unterwegs, so wie die Menschen der anderen Dörfer auch. Es sollte eine Hinrichtung geben. Das war wie ein Jahrmarkt, kaum einer der Dorfbewohner, der zwei gesunde Beine hatte und die lange Strecke von Cala Manacor zu Fuß zurücklegen konnte, wollte sich das entgehen lassen.

»Du wirst schon sehen«, lachte Pere. »Wenn ich Glück habe, wird Rosa mit ihrer Familie auch da sein. Meine Karten bei ihr stehen gut!«

Miquel war sich da nicht so sicher.

»Und was willst du tun, wenn Don Jordi auch da ist? Rosa ist ihm versprochen. Daran kannst du nichts ändern.« Miquel war zwar der Jüngere, aber der weitaus Vorsichtigere der beiden. Temperamentvoll trat Pere einen Stein aus dem Weg.

»Na und? Dann werde ich ihn herausfordern!«

»Das darfst du nicht!« Obwohl sie allein waren, blickte sich Miquel kurz um, ob auch niemand sie belauschte. »Pere, du musst aufpassen. Wir sind arme Fischer. Rosa wird dich nicht einmal ansehen, wenn ihre Familie dabei ist. Ihr Vater wird dich davonjagen wie einen Hund.«

Peres Grinsen verschwand. Wütend packte er seinen Bruder an den Schultern. »Hör zu, Kleiner! Niemand jagt mich davon. Und niemand hat ein Anrecht auf Rosa. Sie wird mir gehören. Koste es, was es wolle!«

Miquel muss wohl recht erschrocken geschaut haben, denn schon lachte Pere wieder über das ganze Gesicht und gab seinem Bruder einen spielerischen Stoß.

»Komm, lass uns heute Spaß haben. Du wirst sehen, alles geht gut aus.«

Seine Worte hallten eine ganze Weile in Miquels Ohren, und auch Jahre später klangen sie noch wie Hohn.

»Komm, meine Süße, hier sieht uns keiner!«

Der Mann zog ein schwarz gewandetes Mädchen dicht an die Mauer des Corte Real. Die beiden verschmolzen mit den Schatten des alten Olivenbaums, der schon seit Urzeiten auf dem Plaça de Cort, dem Richtplatz, stand. Hier und da brannten ein paar Fackeln. Die Nacht war mondlos und weit fortgeschritten, keine Menschenseele war mehr unterwegs.

»Ich kann nicht lange bleiben. Wenn Vater merkt, dass ich mich rausgeschlichen habe, schlägt er mich tot.«

»Pst. Niemand wird dich schlagen. Bald sind wir zusammen, *mi corazon.* Niemand kann uns trennen. Wir müssen nur zusammenhalten.«

Eine Weile war nichts zu hören als das nächtliche Zirpen der Grillen und der heftige Atem zweier Verliebter.

»Ich muss jetzt zurück. Meine Schwester wird mich wieder in die Herberge lassen.«

»Warte! Du findest den Weg nicht in der Dunkelheit. Ich begleite dich.«

»Nein! Ich brauche nur der Mauer des Corte Real zu folgen. Ich finde zurück. Wir sehen uns morgen. Niemand darf uns zusammen sehen. Noch nicht!«

Der Mann zog sie noch einmal an sich und küsste sie wild und verlangend. Glucksend und nach Atem ringend machte sich das Mädchen nach einer Weile los.

»Ich liebe dich, Fischer von Manacor«, flüsterte sie dem Geliebten ins Ohr. Flink wie ein Reh verschwand sie in den Schatten.

»Vergiss nicht, ich werde alles für dich tun«, flüsterte ihr der Mann hinterher. »Ich liebe dich mehr als mein Leben.«

Im ersten Morgenlicht erwachte das Leben auf dem Richtplatz vor dem neuen Rathaus der Stadt Palma. Zimmerleute schleppten vorgefertigte Bauteile heran, die sie zu einer Tribüne zusammenbauten. Andere hämmerten und sägten an einem Podium für den Henker. Ein paar Männer richteten eine Feuerstelle und schichteten Holz unter einen großen Schmelztiegel. Die ersten Schaulustigen fanden sich ein, Bäcker verkauften Brot und süßes Gebäck, Wasserträger boten ihre Erfrischungen an und hielten Orangen feil.

»So viel Geld für eine Orange? Zu Hause pflücke ich sie mir einfach vom Baum.« Pere verzog entrüstet das Gesicht und stemmte die Hände in die Seiten.

»Dann musst du sie dir eben den weiten Weg von zu Hause mitbringen«, antwortete der Wasserverkäufer unwirsch und ging weiter. Miquel fiel auf, wie aufgedreht Pere schon den ganzen Morgen war.

»Du warst letzte Nacht nicht die ganze Zeit in unserer Unterkunft«, sagte er zu seinem Bruder. Der knuffte ihn in die Seite. »Du solltest doch schlafen. Es geht dich nichts an, wohin ich gehe.«

»Pere, du hast aber nichts Unvernünftiges getan?«

Miquels Bruder lachte. »Du bist ein Hasenfuß. Ich sag dir was im Vertrauen. Unvernünftig war es vielleicht. Aber auch wunderschön.« Peres Augen strahlten.

Miquel blieb wie angewurzelt stehen. »Du hast Rosa getroffen? Hier? Mitten in der Nacht?«

»Sch!« Schnell blickte Pere sich um. »Ich habe gar nichts gemacht. Und du hältst ganz brav den Mund.« Miquel starrte seinen Bruder entsetzt an. Diese Heimlichtuerei kannte er von ihm nicht. Doch schon lachte Pere wieder und schlug ihm auf die Schulter.

»Du sollst dir nicht immer Gedanken machen. Ich finde schon einen Weg, Rosa zu meiner Frau zu machen. Ich bin verrückt nach ihr. Und sie nach mir. Und jetzt sehen wir uns erst mal die Hinrichtung an.«

Die Brüder waren auf dem Weg nach Hause. Pere hörte nicht auf, Miquel aufzuziehen.

»Na, Kleiner, ist dir immer noch schlecht?«

Miquel war blass. »Ach, hör doch auf. Es war grauenhaft. Wie kannst du nur Gefallen daran finden?«

»Endlich ist bei uns mal was los. Der Falschmünzer hat betrogen und geraubt. Er hat seine Strafe verdient. Hat ganz schön gewimmert, der Bursche, als ihm klar geworden ist, wie er umgebracht werden soll. Da ist dem Henker was Passendes eingefallen. Gibt dem Lumpen doch sein eingeschmolzenes Falschgeld zu saufen. Der hat schön gejault, als ihm das glühende Metall die Innereien verbrannt hat.«

Miquel übergab sich am Wegrand. Die Schreie des Hingerichteten und den widerlichen Gestank nach verbranntem Menschenfleisch würde er nie mehr im Leben vergessen.

Pere klopfte ihm auf die Schulter.

»Komm, Kleiner«, sagte er versöhnlich, »das wird schon wieder. Morgen schmücken wir unser Boot für die Prozession. Bei der Arbeit am Wasser kommst du wieder auf andere Gedanken. Und dann überlegen wir beide, ob wir nicht fortziehen. Mit meiner Rosa.«

Miquel versuchte sich zusammenzureißen und folgte seinem Bruder.

»Warum gehen nur alle freiwillig zu einer Hinrichtung?«, flüsterte er, und Reste der bitteren Galle brannten in seinem Rachen. »Ich werde jedenfalls nicht mehr hingehen.«

Miquel konnte nicht wissen, wie sehr er sich täuschte.

»Warum habt Ihr mich hierher gebracht, Senyor Jordi?« Rosa schalt sich eine Närrin. *Warum nur bin ich auf seinen Eselskarren gestiegen?* Jetzt fand sie sich in einer Scheune wieder. Der alte Jordi lachte und nahm einen ordentlichen Schluck aus dem Weinbeutel.

»Schönes Kind, wir sind bald verheiratet! Komm, zier dich nicht, ich will dich einfach schon einmal näher kennenlernen.« Er schubste sie brutal ins Heu, warf sich auf sie und fasste ihr unter den Rock.

Rosa schrie auf. »Nein! Was fällt Euch ein?« Sie wehrte sich, von seinem stinkenden Atem wurde ihr übel. Doch Jordi war ein großer, schwerer Mann. Er erstickte ihren Protest mit seiner Pranke. Seine andere Hand war an einer Stelle, wo sie nicht sein sollte. Rosa wand sich verzweifelt. Sie dachte an ihren schönen Geliebten. Welch ein Unterschied zu diesem alten, widerlichen Kerl.

»Jetzt halt schon still.« Er verpasste ihr eine Ohrfeige. »Wenn du noch mal schreist, dann werde ich den Teufel tun und dich heiraten. Glaubst du, du bist was Besonderes? Ich kann mir jedes Mädchen kaufen mit meinem Geld.« Er rieb sich an ihr und stöhnte. »Du bist ein verdammt hübsches Weib. Dieser Kerl von einem Fischer hat das auch gemerkt, hörte ich. Aber du gehörst mir!« Er nestelte an seiner Hose. »Wenn du jetzt schön stillhältst, dann werde ich morgen auf dem Fest offiziell um deine Hand anhalten.« Er hatte ihr Mieder aufgezurrt, ihre weißen Brüste lagen entblößt vor ihm. Seine Zunge fuhr gierig über die Lippen, dann senkte er seinen geifernden Mund auf Rosas Brust.

Madre de Dios, hilf mir!

Das ganze Dorf war in der kleinen Kirche von Manacor versammelt. Die Männer trugen ihre schönsten Gewänder, die Frauen hatten sich herausgeputzt. Es war der 16. Juli im Jahre des Herrn 1345, der Tag der Fiesta Virgen del Carmen. Die Menschen im Dorf an der Bucht von Manacor feierten das Fest der Schutzheiligen der Fischer, der Heiligen María vom Berge Karmel.

Sünde, Sünde, Sünde. Gibt es denn nicht noch etwas anderes, über das ihr Priester reden könnt? Es ist Sünde, einen Mann anzusehen. Es ist Sünde, aufzubegehren. Es ist Sünde, zu tanzen und sich zu freuen. Aber das gilt nur für uns Frauen. Die

Männer können machen, was sie wollen. Sie nehmen sich einfach, was sie wollen. Rosas Hände ballten sich um das kleine Tuch, mit dem sie sich sonst Luft zufächelte. Ohne euch Priesterpack wären wir besser dran. Ihr verderbt die Männer. Mein Vater ist ein mächtiger Mann, und doch kuscht er vor euch Priestern und fürchtet sich vor der Hölle. Für Geld verkauft er seine Seele. Und mich gleich mit.

Vor Zorn und Ungeduld wäre Rosa am liebsten fortgelaufen. Doch alle Frauen senkten die Köpfe, also tat sie es auch. Die ganze Gemeinde war kniend im Gebet versunken, als draußen Rufe laut wurden und jemand das Portal der kleinen Kirche aufriss. Ärgerlich blickte der Priester auf. Ein dünner Knecht stürmte herein. Der Padre wollte ihn gerade zurechtweisen, doch die Nachricht des Mannes ließ alle erstarren.

»Padre Antoni, ich habe Senyor Jordi gefunden. Er ist tot!«

»Heilige Muttergottes!« Beim Anblick des toten Großbauern, der mit eingeschlagenem Schädel in seiner Scheune lag, bekreuzigten sich nicht nur Padre Antoni, sondern auch Miquel und alle Männer des Dorfes, die mitgekommen waren. Der Knecht knetete seinen alten Strohhut zwischen den Fingern.

»Der Patron hat uns gestern angewiesen, pünktlich in der Kirche zu sein«, berichtete er aufgelöst. »Die alte Concepció, die sich um seinen Haushalt kümmert, sieht nicht mehr gut und dachte, er wäre schon fort, weil sein Schlafzimmer aufgeräumt war und von ihm jede Spur fehlte. Doch als der Gottesdienst begann und unser Patron noch nicht da war, bin ich wieder zurück, um ihn zu suchen. Der Hund hat ihn gefunden.«

Es war bald Mittag und in der Hitze des Sommers schwirrten schon Tausende Fliegen um den Leichnam. Padre Antoni bekreuzigte sich erneut. »Bei der heiligen Muttergottes, was ist hier nur passiert?« Er sah sich um. Auch Miquel bemerkte über dem Leichnam die Öffnung des Heulagers. Es war jedoch keine Leiter zu sehen.

»Ist er heruntergestürzt?«, fragte einer der Männer, der ebenfalls dem Blick des Padre gefolgt war. Der Priester musterte den Leichnam. Neben Senyor Jordis Kopf lag ein großer Stein, über und über mit Blut besudelt.

»Senyor Jordi ist nicht eines natürlichen Todes gestorben«, stellte er mit zitternder Stimme fest. »Wir haben einen Mörder unter uns. Und es ist unsere heilige Pflicht, ihn zu finden und ihn der Gerichtsbarkeit zu übergeben.«

Miquel lief wie vom Teufel gehetzt zu seinem Bruder, der gerade die letzte Blütengirlande am Bug der Llaüt befestigte. Für die Schönheit des herausgeputzten Fischerbootes hatte Miquel keinen Blick. Er sprang auf das Boot und packte seinen Bruder bei den Schultern.

»Pere! Senyor Jordi wurde erschlagen. Rosas Vater hetzt gegen dich. Du musst fort.«

»Ich war es nicht.« Grob stieß Pere seinen Bruder Miquel zur Seite. »Wieso sollte ich verschwinden? Ich habe Senyor Jordi nicht umgebracht.«

»Aber sie wollen dir was anhängen. Du hast zu oft mit Rosa geprahlt. Erst gestern Abend in der Bodega.«

Unwirsch sah Pere seinen Bruder an. »Ich war es nicht. Das kann ich bei der Mutter Gottes beschwören. Glaubst du mir etwa nicht, Bruder?«

Die Büttel König Jaumes III. kamen am Nachmittag. Ein paar Tage später hatte Pere gestanden. Da waren seine Fingernägel blutunterlaufen, mehrere Finger gebrochen und eine seiner Schultern ausgekugelt. Fast das ganze Dorf wohnte seiner Hinrichtung wegen Mordes an einem Großgrundbesitzer bei. Zuerst peitschten die Folterknechte Peres Rücken blutig, bis die Knochen zu sehen waren. Danach hackten sie ihm zur Abschreckung anderer Verbrecher die Hände ab. Das Schlimmste für Miquel war aber, als sie Pere wegen angeblicher Eitelkeit die Haut von den Wangen zogen. Danach wurde er mit Steinen erschlagen, die man bei Senyor Jordis Leiche gefunden hatte. Am Ende wurde Peres Körper verbrannt. Miquel kauerte die ganze Zeit in der Nähe der Richtstätte und weinte fassungslos. Er sah, wie Rosa von ihrem Vater gezwungen wurde, die gesamte Hinrichtung anzusehen. Als sie vor Entsetzen schrie und sich abwenden wollte, schlug er sie heftig und zwang sie, weiter zuzusehen. Von dem Moment an, als Pere starb, war in Miquel etwas zerbrochen. Er ging nach Hause, übernahm das Fischerboot seines Bruders und blieb allein. Die Menschen im Dorf redeten lange hinter vorgehaltener Hand über Rosa und Pere. Miquel sah Rosa kaum noch. Die Leute erzählten, sie sei wunderlich geworden und redete kein Wort mehr. Im Hause ihres Vaters wurde sie schlimmer behandelt als die Hofhunde.

Heute war das Meer so grau wie der verschlissene Leinenrock der Alten, die auf einen knorrigen Stock gestützt auf der Klippe stand und über das Meer starrte. Ein paar Felsen ragten aus dem Wasser wie die wenigen, fauligen Stumpen aus ihrem fast zahnlosen Mund. Der Wind zerrte an ihrem zerzausten Haar, strähnig und grau quoll es unter einem löcherigen, schwarzen Kopftuch hervor. Hätten die Menschen genauer hingesehen, sie hätten das temperamentvolle Mädchen und die schöne Frau mit den prachtvollen Locken erahnt, die diese Alte einmal gewesen war. Allein die für diesen Landstrich ungewöhnliche hellblaue Farbe ihrer Augen hatte den Alterungsprozess überdauert.

Die regenschweren Sturmwolken türmten sich und nahmen jetzt, bei Abenddämmerung, der lieblichen Landschaft ihre letzten Farben. Der Fischer Miquel und sein junger Gehilfe Alexandre vertäuten die alte Llaüt, das für ihre Heimatinsel typische Fischerboot, am schmalen Sandstrand der Manacor-Bucht. Das Boot war ihr größter Besitz, es musste vor dem nahenden Sturm sicher sein. Die Wellen trugen bereits hohe Schaumkronen. Die beiden Männer kämpften mit den schweren, nassen Tauen.

»Miquel, siehst du die Alte da oben? Sie wird bei diesem Wind von den Klippen stürzen.« Alexandre zeigte seinem Patron Miquel mit einer Handbewegung, was er entdeckt hatte. Der junge Mann war noch nicht lange bei dem Fischer. Miquel war ein schweigsamer Mann von etwa 50 Jahren. Sein kantiges, zerfurchtes Gesicht erzählte auch ohne Worte von seinem harten Leben. Miquel zog die Stirn in noch tiefere Falten und warf einen kurzen Blick auf die Klippe über der Bucht.

»Die ist oft bei Sturm da oben, der geschieht schon nichts«, brummte er.

Alexandre winkte zu der alten Frau hinauf. »Geh zurück, Mamaçita. Sonst holt dich der Wind.« Er musste schon gegen das Brausen des Sturms anschreien.

Ein unheimliches, meckerndes und verwehtes Lachen antwortete ihm.

»Wer ist sie? Soll ich zu ihr hochgehen und sie herunterholen?«

Miquel starrte ihn an. »Komm ihr nicht zu nahe. Sie ist verflucht. Und verrückt. Und jetzt mach weiter. Wir müssen noch die Netze sichern.«

Schnell war die Nacht hereingebrochen. Müde saßen Miquel und Alexandre in der Hütte des Fischers und löffelten eine einfache Suppe. Dem Gehilfen gefiel es bei dem alten Miquel, auch wenn dieser wenig sprach. Die Llaüts mit ihrer schnittigen Form und dem schönen dreieckigen Segel begeisterten ihn. Der Fischer Miquel konnte ein junges Paar helfende Hände gut gebrauchen. Nun lebte Alexandre schon seit ein paar Wochen bei ihm und fuhr fast jeden Tag mit hinaus. Er ließ sich von der Bärbeißigkeit des Fischers nicht beeindrucken. Neugierig kam er noch einmal auf die alte Frau auf der Klippe zu sprechen.

»War die Alte schon immer verrückt? Wer ist sie? Was hat sie getan, dass du denkst, sie ist verflucht?«

»Wenn ich das nur wüsste«, brummte Miquel in seinen Bart. »Wenn ich das nur wüsste.« Doch schließlich ließ er sich erweichen und erzählte: »Rosa ist ihr Name. Ein schönes Weib war sie einst. Viel zu schön. Solche Weiber bringen Unglück.« Er zündete sich seine alte Pfeife an.

Alexandre forderte ihn auf: »Erzähl doch weiter. Was ist geschehen?«

Der Alte starrte eine Weile gedankenverloren vor sich hin. »Mein Bruder war in sie verliebt. Doch sie war einem reichen Bauern versprochen.«

»Ich wusste nicht, dass du einen Bruder hast«, plapperte Alexandre ahnungslos. Miquels furchteinflößender Blick ließ ihn verstummen.

»Niemand spricht mehr über Pere. Gut 30 Jahre ist es her, dass sie ihn hingerichtet haben. Er starb auf der Plaça de Cort. Zum Tode verurteilt, weil er angeblich Senyor Jordi ermordet hatte, um an Rosa heranzukommen.« Der Alte spuckte wütend auf den Boden. »Pere war ein guter Mann. Ein Hitzkopf und Draufgänger, gewiss. Aber niemals hat er Senyor Jordi getötet.«

»Aber er hat doch gestanden, oder?«, warf Alexandre vorsichtig ein. »Sonst dürfen sie doch keinen hinrichten?«

Ein kalter Blick aus Miquels Augen ließ ihn zusammenfahren.

»Was weißt du schon, Milchgesicht«, spuckte der alte Mann seinem jungen Gehilfen zornig entgegen. »Kennst du die Folter in den Gefängnissen?«

Der Jüngere schüttelte eingeschüchtert den Kopf.

»Jeder gesteht alles, wenn sie ihm die Fingernägel herausziehen und die Hände brechen.« Wütend geworden, stand Miquel polternd auf und ging aus der Hütte, hinaus in den mittlerweile tosenden Sturm. Alexandre holte sich seinen Umhang und wollte ihm folgen. Doch eine heftige Böe jagte ihn zurück ins Haus. Er schloss die Tür und rollte sich in seiner Schlafecke auf der Matratze aus Stroh und duftender Pinienrinde zusammen. Der Patron würde schon heil wiederkommen. Schließlich kannte niemand an der Cala Manacor Wind und Wetter so gut wie er.

Alexandre erwachte erst, als die Sonne schon hoch am Himmel stand. Der Patron war nicht in die Hütte zurückgekehrt. Der junge Mann sah vor die Tür. Der Sturm hatte sich gelegt, strahlend blau schimmerte der Morgenhimmel schon an vielen Stellen durch die Wolken. Alexandre lief zum Strand, um nach dem Boot zu sehen. Schon von Weitem sah er Miquel dort kauern. Neben ihm lag ein graues Bündel aus Stoff. Beim Näherkommen erkannte Alexandre einen sandigen Schopf aus langen, grauen Haaren.

»Miquel, was ist geschehen?«

Der alte Fischer schien ihn nicht zu hören. Er starrte auf das Meer und wiegte das graue Bündel in seinem Schoß.

»Ist sie tot? Von den Klippen gefallen? Miquel, soll ich Padre Antoni holen? Komm schon, sag mir, was geschehen ist.«

Alexandre wollte sich schon umdrehen und loslaufen, um den Priester zu benachrichtigen, da schoss die knorrige Hand des alten Miquel vor und krallte sich in seinen Arm.

»Du bleibst«, zischte er und seine Augen rollten wild, dass Alexandre begann, sich vor ihm zu fürchten. »Du bleibst und wir werden bei ihr sein, bis sie zu ihm geht.« Er zog Alexandre mit eiserner Hand neben sich auf den Sand.

»Bis sie wohin geht?« Der Gehilfe fuhr erschrocken zurück, als die Alte plötzlich die Augen aufriss und ihn anstarrte. Ihr zahnloser Mund lächelte. »Pere, mi querrido! Du bist zurück.« Ein krächzendes Lachen kam irr über die rissigen Lippen.

»Sie denkt, du bist Pere«, flüsterte Miquel. »Du siehst ein bisschen so aus wie er.« Er bedeutete Alexandre, sich zu Rosa zu knien. »Bei der Barmherzigkeit der heiligen Jungfrau, bleib jetzt hier. Sie wird's nicht mehr lange machen.«

Alexandre tat, was Miquel von ihm verlangte. Die hellen Augen der Alten klebten an ihm. Plötzlich fing sie an zu sprechen. »Verflucht sei das Priesterpack«, krächzte sie. Heiser und stockend kamen ihr die Worte über die Lippen. Immer wieder brauchte sie eine Pause. Mit angehaltenem Atem hörten ihr die Männer zu.

»Senyor Jordi hat sich gegen mich versündigt. Auf einmal hatte ich den Stein in der Hand. Ich schlug auf seinen Kopf ein. Wieder und wieder, bis er von mir abließ. Dann wollte ich zu dir, Pere, doch das Boot war nicht da. Es blieb mir keine Wahl, ich musste nach Hause und so tun, als wäre nichts geschehen. Ich hab ein paar Sachen gepackt und wollte fort. Doch Vater hat mich erwischt. Er wusste genau, was geschehen war. Er hat mich ja zu Senyor Jordi geschickt. Und er war es auch, der dich falsch beschuldigte.«

Ihr Atem ging röchelnd, die Augen fielen ihr zu. Alexandre sah, dass Miquels Gesichtsfarbe so weiß war wie die Schaumkronen auf den Wellen. Miquel rannen die Tränen über die alten Wangen. Noch einmal schlug die Frau ihre Augen auf und suchte nun Miquels Gesicht. Alexandre schien sie nicht mehr zu sehen. Ihre Worte waren plötzlich klar und bei Sinnen. »Miquel, verzeih mir. Ich hätte meine Tat gestehen müssen. Dann wäre ich an Peres Stelle gestorben. Aber ich hatte doch solche Angst vor dem Tod.«

Miquel nickte nur und wiegte sie sanft. Seine Tränen fielen auf Rosas Gesicht, als ihre Augen brachen. Die beiden Männer saßen noch lange bei ihr und die Wellen plätscherten an den Strand, als hätte es die Sturmnacht nie gegeben. Nach einer Weile schickte Miquel seinen Gehilfen Alexandre schließlich nach dem Priester.

»Wir werden ihm kein Wort von dem erzählen, was Rosa uns berichtet hat. Wenigstens sie soll ein anständiges

Begräbnis erhalten. Nicht wie mein Bruder, dessen Asche sie einfach vom Richtplatz kehrten.«

Miquel hielt Totenwache bei Rosa, bis die Männer kamen, um sie zu holen. Ihm war zum ersten Mal seit Peres Hinrichtung ein klein wenig leichter ums Herz. Endlich war ihm bestätigt worden, was er tief in seinem Herzen schon immer wusste: Pere, sein Bruder, war unschuldig.

Historischer Hintergrund

Die Gerichte verhängten im Mittelalter meist drakonische Strafen, die die Menschen einschüchtern und abschrecken sollten. Münzfälschung galt als schweres Verbrechen. Im Jahr 1345 wurde auf Mallorca auf dem Rathausplatz ein Falschmünzer hingerichtet, in dem er einen Becher geschmolzenes Metall trinken musste. Danach wurde sein Körper auf einem Scheiterhaufen verbrannt.

Als Llaüt wird ein kleineres Holzboot bezeichnet, das in den katalanischen Regionen des Mittelmeers entwickelt wurde. Seine schnittige Form mit meist einem Mast, dreieckigem Lateinersegel und Rudern hat die Zeit überdauert. Llaüts sind typisch für die Balearen und noch heute häufig im Mittelmeerraum zu sehen.

FENNA WILLIAMS

In höchsten Tönen

Der Ton war voll und warm und sehnsüchtig. Er schwebte über die Köpfe der Zuhörer hinweg, bis er an den Klippen vom Echo eingeholt wurde, sich vervielfältigte und wie sanfter Regen auf das Publikum zurückfiel.

Die Jury lauschte andächtig, bis Stille einkehrte und der Vorsitzende dem Dudelsackspieler ein Zeichen gab, damit er den nächsten reinen Ton produzierte, das nächste kleine Wunder. Wäre da nicht das Meer gewesen, das durch seine Wellen sanft an die Wirklichkeit erinnerte, ein nicht eingeweihter Beobachter hätte die Andacht der Menge am Strand von Coll Baix mit einem Gottesdienst in freier Natur verwechseln können.

Während der Musiker mit Hingabe die gesamte Bandbreite des Instrumentes auslotete und dabei vor Konzentration die Augen geschlossen hielt, blickte der Besitzer des Dudelsacks vorsichtig in die Runde und sah sich bestätigt.

Diese Xeremía hat die Macht, ihr Publikum zu verzaubern, dachte Miquel Fuster zufrieden. Sieht ganz so aus, als hätten sich meine Planung, meine Tatkraft und die Heimlichtuerei auf ganzer Linie gelohnt. Je mehr sich bestätigte, wie machtvoll diese Sackpfeife klang und mit welch ehrwürdigem Staunen seine Töne genossen wurden, desto mehr machte sich in ihm die Gewissheit breit, dass sich dieses Instrument für ihn in barer Münze auszahlen würde. Er hatte richtig gehandelt. Diese Xeremía gehörte in die Hand eines Mannes, der ihr gerecht wurde, sie weltweit bekannt machte: In seine Hände. »Ich kaufe lieber beim Könner, auch wenn das mehr kostet«, würden jene sagen, die ein neues Instrument in Erwägung zogen, und die anderen würden ehrfürchtig erwidern: »Miquel Fuster verwendet nur das allerbeste Material für seine Instrumente. Eine solche Xeremía macht jeden zum Sieger.« Ganz gleich, wie die anderen Sackpfeifen des Wettbewerbs sich anhören würden, seine würde gewinnen. Für diesen perfekten Klang gab es keine Konkurrenz. Auf Miquels Gesicht breitete sich ein Lächeln aus. Mein Name wird von Dudelsackspieler zu Dudelsackspieler weitergegeben werden, dachte er. Mit diesen wenigen Tönen werde ich meinen Ruhm und meinen Reichtum begründen. Bis in zehn Jahren der nächste Wettbewerb der besten Sackpfeifenbauer der Welt stattfindet, in welchem Land auch immer, werde ich genug Geld verdient haben, um auf einen weiteren Wettbewerb verzichten zu können. Gerade durch dieses großmütige Opfer, das allen Zweitrangigen das Nachrücken gönnt, werde ich dieses Instrument zur Legende werden lassen. Aber was noch wichtiger ist: Ich werde mit seinem Klang Margalida erobern, die schöne Tochter des Wettkampfleiters.

Er kaute ein triumphierendes Lächeln aus seinem Gesicht fort, als der Musiker sich verneigte und das Instrument in die Höhe hielt, damit es vom Publikum gesehen und umjubelt werden konnte.

Antoni Sastre, der Juryvorsitzende, warf einen anerkennenden Blick zu Miquel hinüber, dann hob er die Hand, um dem Beifall Einhalt zu gebieten. Erwartungsvolles Schweigen trat ein.

»Verehrte Kontrahenten aus aller Welt, geneigte Zuhörer, liebe Mallorquiner«, begann Sastre. »Durch die Töne dieser Xeremía ist der erste Teil unseres Programms abgeschlossen. An der Pflicht haben vierundzwanzig unterschiedliche Sackpfeifen aus einundzwanzig Ländern teilgenommen. Ohne mich dem Vorwurf der Parteilichkeit auszusetzen, kann ich wohl sagen, die letzte war ein erhabener Ausklang dieser ersten Runde unseres ehrwürdigen Wettstreits. Hier stimmte jeder Ton. Darf ich deshalb die Jury bitten, ihre Wertung abzugeben?«

Die je sechs Richter zu seiner linken und rechten Seite, jeder einzelne von den am Wettbewerb teilnehmenden Ländern sorgsam ausgewählt, hielten ihre Schiefertafeln in die Höhe. Miquel sah es mit einem Blick: Jeder hatte seinem Instrument die höchste Punktzahl zugestanden. Noch einmal brauste Beifall auf, dann bat einer der Preisrichter um Aufmerksamkeit, um die Regeln der zweiten Aufgabe zu erklären.

»Alle Teilnehmer mussten drei typische Melodien ihres Landes einreichen, aus denen die Jury eine wählte, die zeigt, in welcher musikalischen Tradition der Dudelsack steht, welche Atmosphäre das Instrument vermitteln soll und wie es das Lebensgefühl seines Herkunftslandes mit der großen weiten Welt verbindet. Einige der Melodien mögen für mallorquinische Ohren fremd klingen, liebe Zuhörer, aber in ihrer Heimat sind sie Teil und Ausdruck des ewigen Zyklus von Werden, Sein und Vergehen. Aus der Freude und Traurigkeit, der Ausgelassenheit und Tragik jedes Landes ist der Klangteppich des Lebens«, er warf einen kurzen Blick auf den Vorsitzenden, der fast unmerklich nickte, »und Sterbens gewebt. Viele der Künstler und Hersteller, die heute hier ihre Sackpfeifen präsentieren, legen ihr Herzblut in ihre Instrumente, einige wenige ihre Seele.«

Miquel ließ sich auf seinen Sitz zurückfallen und unterdrückte ein Gähnen. Wenn er die Ausführungen dieses Unparteiischen richtig verstanden hatte, blieb ihm jetzt eine gute Stunde Zeit, bis seine Xeremía wieder zum Einsatz kam.

Schon nach dem ersten Beitrag des nächsten Durchganges konnte er erkennen, dass sein Instrument auch der Höhepunkt dieser Kategorie werden würde, denn was hatte dieser quäkende Stoffbeutel aus Litauen schon anderes zu bieten als enorme Lautstärke? Während Miquel danach dem Schnauben und Schnaufen eines zypriotischen Mehlsacks zuhörte, sah er sich nach Margalida um. Seine Augen suchten die Ränge der Tribüne ab, die eigens für dieses Ereignis aufgebaut worden war, und wurden fündig. Seine Angebetete saß in sich gekehrt oberhalb der letzten Treppenstufen auf einem Felsvorsprung, den Blick aufs Meer gerichtet. Zur Feier des

Tages hatte sie ihre Sonntagstracht angelegt, aber ungewöhnliche Veränderungen daran vorgenommen.

Während ein gedrungener Dudelsackspieler aus Rumänien einen Gegenstand malträtierte, der vom Sprecher der Jury als *Cimpoi* bezeichnet worden war, sah Miquel verlangend zu Margalida hinauf. Ihr Retrosillo, diese anmutige Mischung aus Haube und Kopftuch, hielt sie unter dem Kinn gebunden. Es war aus reiner Spitze und man munkelte, dass in Brügge drei Klöpplerinnen mehr als einen Monat daran gearbeitet hätten. Nur wenige Frauen an diesem Abend trugen so wertvollen Kopfschmuck wie Margalida. Es musste Antoni Sastre finanziell gut gehen, wenn er in der Lage war, derart exquisite Stoffe für seine Tochter zu ordern. Er hatte offenbar auch mit der Kleidung seiner Familie unterstreichen wollen, wie wichtig dieser Wettbewerb für ihn war. Sastre hatte jahrelang mit vollem Einsatz dafür gekämpft, dass Mallorca endlich Austragungsort des einzigen weltumspannenden Dudelsackwettbewerbs werden würde und er sich an die Spitze der Jury setzen konnte.

Miquel nahm Margalidas Festtagstracht näher ins Visier: Die Vielzahl der Knöpfe an Ärmeln und Mieder gaben zusätzlich Kunde vom Reichtum ihrer Familie. Sie blinkten und blitzten nicht allein, weil sie geputzt worden waren, sondern weil sie aus Silber, Perlmutt und Gold bestanden. Selbst der Rock war nicht nur aus Leinen wie bei den meisten Zuhörerinnen, sondern aus Brokat mit einer Schürze aus Seide. Das Augenfälligste an Margalidas Festtagsstaat aber war der Gürtel aus schwarzem Samt, an dessen Enden Quasten hingen und so dem Kordelschmuck einer Xeremía verblüffend ähnelten. Um die Taille geschlungen erinnerte Miquel dies Accesscoire allerdings ein wenig zu sehr an Trauerflor. So etwas hatte er bisher bei keiner Frau gesehen. Sollte das ein Tribut an die Sackpfeifen Mallorcas sein, deren Musik sie so liebte? Miquel war sich nicht sicher, ob ihm dieses Detail gefallen sollte, aber er konnte sehen, dass die anderen Frauen im Publikum die Veränderung des Traditionellen registrierten und an ihren eigenen Schleifen zupften, als wären sie nicht mehr gänzlich mit ihnen zufrieden.

Also gut, dachte er, während eine bretonische Weise an sein Ohr drang, die gut zu einem Hochzeitstanz und somit zu seinen Gedanken zu Margalida passte: Wenn sie es war, der man die Neuerungen zuschrieb, und andere es ihr nachtaten, dann wollte er zufrieden sein. Auch Frauen brauchten kleine Triumphe, und der ihrige würde unweigerlich der seine, sobald er nach dem Sieg dieses Wettbewerbs um ihre Hand anhalten würde.

Fast tat ihm der kleine Bulgare leid, der seine Melodie hingebungsvoll zu Margalida hinaufspielte und sie ihr damit zu Füßen legte. Das anerkennende, aber wehmütige Lächeln auf ihren Lippen passte bestens zu seinem Vortrag. Huldvoll, aber verneinend neigte sie den Kopf. Auch wenn seine Eifersucht Miquel einen Stich versetzte, so überwog doch der Stolz, diese Frau heute Abend heimzuführen. Er hegte keinen Zweifel, dass Sastre ihm die Hand seiner einzigen Tochter gewähren würde. Dieser Mann stand zu seinem Versprechen, dem Sieger des Wettbewerbs neben dem offiziellen Preis einen persönlichen Wunsch zu gewähren, und Miquels Wunsch hieß Margalida.

Was jetzt dieser schräge Vogel aus Polen zu bieten hatte, war ohnehin keine Konkurrenz für ihn. Hätte man aus diesem Land nicht wenigstens einen besseren Musiker schicken können? Fast schien Miquel sein zukünftiger Triumph zu leicht errungen.

Er riss sich zusammen, um einer *Masak* aus dem fernen Indien Tribut zu zollen. Immerhin war dieser Musiker um die halbe Welt gereist, um sein wunderschönes Mallorca zu sehen und einmal in seinem Leben zu hören, wie großartig Sackpfeifen tatsächlich klingen konnten. Denn jetzt, endlich, endlich, machte sich der beste Musiker der Insel bereit, das Publikum durch eine Elegie auf Miquels Xeremía erneut schwelgen zu lassen. Die wehmütige Weise trieb mehr als einem Zuhörer die Tränen in die Augen. Nach ihrem Ende herrschte zwei Atemzüge lang Stille. Selbst das Meer lag da wie eine glatt gezogene Tischdecke.

Miquel kräuselte die Lippen, um nicht zu breit zu grinsen, als die Wertungen verlesen wurden. Das klappte ja wie am Schnürchen. Wiederum volle Punktzahl von allen Beteiligten. Auf den Rängen wurde ehrfurchtsvoll geflüstert und dann in seine Richtung geschaut. Sein ganz persönlicher Status auf der Insel, das konnte er jetzt spüren, schnellte gemeinsam mit den Zahlen auf den Schiefertafeln nach oben, weil die Menschen begriffen, dass der Sieg nicht nur für ihn, sondern für Mallorca in greifbare Nähe rückte. Zum ersten Mal würde der Pokal auf die Insel geholt – durch ihn. Keine Kleinigkeit.

Auf einen Wink des Vorsitzenden hin wurden die Regeln für den letzten, den entscheidenden Teil des Wettbewerbs verlesen.

Bitte nicht wieder so weitschweifig, dachte Miquel Fuster ungeduldig. So schön diese Präliminarien für Außenstehende auch sein mochten, ihm erzählten sie nur, was er ohnehin schon wusste: dass er mit dem heutigen Tage wieder der beste Sackpfeifenhersteller dieser Insel wäre. Er ließ sich von nichts und niemandem den Titel streitig machen. Nie mehr. Miquel kniff ärgerlich die Lippen zusammen. Eine Zumutung, wer sich heutzutage alles für einen Mallorquiner hielt! Drei Tage auf der Insel und schon meinten die Leute, mehr von Tradition zu verstehen als Alteingesessene wie er.

»Um einen wirklich umfassenden Vergleich zwischen allen Sackpfeifen zu haben, die hier und heute gegeneinander antreten«, drang die Stimme Antoni Sastres in seine Gedanken, »wird nun ein einziger Musiker auf jedem Instrument immer wieder dasselbe Lied spielen.«

Miquel saß gelassen da. Ihm war es gleichgültig, welche Tonfolge gewählt wurde, ob weltlich, ob kirchlich, ob aus Portugal, Italien, Afrika oder Ländern jenseits des Ozeans:

Seine Xeremía würde jede Note im wahrsten Sinne des Wortes spielend bewältigen.

»Bis gestern war auch ein Kandidat aus Okzitanien für unseren Wettstreit gemeldet«, erläuterte der Kampfrichter gerade, »da dieser aber heute nicht erschienen ist, ergreifen wir die Gelegenheit, eine Weise aus jenem Lande der Troubadoure zu wählen, mit dem Mallorca über lange Zeit verbunden war. Das Katalanische und das Okzitanische sind die am engsten miteinander verwandten Sprachen des Mittelmeeres, und das ferne Perpignan war zeitweise die Hauptstadt unseres schönen Königreichs. Deshalb haben wir uns für eine Melodie entschieden, die beide Länder auf das Eindrucksvollste verbindet, und huldigen dieser Freundschaft durch das vielfältige Spiel aus aller Herren Länder.«

Miquel hatte sich gerade einen Schluck seines Selbstgebrannten genehmigt und verschluckte sich vor Überraschung. Warum denn jetzt das? Warum ein Lied aus Okzitanien? Ausgerechnet! Aus allen vermaledeiten Ländern, in denen Sackpfeifen gebaut wurden, warum eine Melodie aus dem Land zwischen Toulouse und dem Mittelmeer? Miquel versuchte vergeblich, ein Husten zu unterdrücken. Zu heiß brannten seine Lungen. Er bellte geradezu, als er dem Druck, der sich in seinem Inneren aufgebaut hatte, nicht mehr standhielt. Alle Blicke wandten sich ihm zu. Mit krebsrotem Gesicht versuchte er, jeden weiteren unkontrollierten Laut mit einer Faust im Mund zu ersticken.

Der oberste Richter des Wettbewerbs sah lange in seine Richtung, und Miquel hatte das Gefühl, nur deshalb keinen Tadel für seine Störung zu erhalten, weil Sastre vom Klang der Xeremía beeindruckt gewesen war.

»Wie schon gesagt«, fuhr der Juryvorsitzende nach der Unterbrechung fort, »werden wir eine Komposition des Landes hören, das der Inbegriff allen Liebeswerbens ist. Meine Tochter Margalida möchte Ihnen den Grund dieser

Wahl näher erklären.« Er hob seine Hand und winkte seine Tochter zu sich.

Anmutig stieg Margalida Stufe für Stufe die Treppe hinunter und kam Miquel damit näher und näher. Margalida, die Sanfte, die er liebte und die er sein Eigen nennen musste. Konnte er sie nicht haben, wollte er auch keine andere. Sie wusste es noch nicht, aber für sie hatte er alles gewagt, alles gegeben – und würde es wieder tun.

Aufrecht und unnahbar schritt sie am Publikum vorbei und Miquel konnte ihren Duft wahrnehmen: nach Oliven und nach Rosmarin und einem Hauch Zitrone.

Sastre ging seiner Tochter entgegen, nahm ihre Hand und führte sie auf das Podest, auf dem die Musiker ihre Kunst dargeboten hatten und auf dem später der Sieger geehrt werden würde. Ein wenig zu aufwendig gestaltet für nur einen einzigen Tag, diese Bühne, dachte Miquel. Da ist Geld verschleudert worden, das man besser dem Preis hätte zuschlagen sollen. Aber er wollte nicht kleinlich sein, schließlich war sein Weg in die Bucht von Coll Baix denkbar kurz und günstig gewesen und durch den heutigen Gewinn allemal abzugelten. Er hatte erst vor drei Tagen in Palma loslaufen müssen, um rechtzeitig vor Ort zu sein. Es wäre sogar noch wesentlich schneller gegangen, hätte er nicht Wichtiges erledigen müssen. Lebenswichtiges. Einen Tausch auf Leben und Tod. Miquel fuhr sich mit der Hand über die Augen, wie um den letzten Gedanken wegzuwischen. Dann sah er wieder zur Bühne hinauf.

Margalida knickste artig vor der Jury und dem Publikum und begann dann zu sprechen. »Das Lied, mit dem jeder Dudelsack des Wettbewerbs auf die Bandbreite seines Könnens geprüft werden wird, ist ein Stück von einem Meister seines Faches, für sein eigenes Instrument geschrieben. Eine Melodie, so schwierig, dass nur die besten Instrumente sie bewältigen können. Es ist die Liebeserklärung eines echten Troubadours an die Kunst, tiefe Gefühle durch Töne zum

Klingen zu bringen. Eine Kunst, die Pau Bassano, der Komponist der ausgewählten Melodie, beherrschte wie kaum ein anderer und für die er Instrumente baute, in denen er viele unterschiedliche Naturmaterialien zu einem magischen Klang verband.«

Hat der kleine Okzitanier es also doch geschafft, an diesem Wettbewerb teilzunehmen, dachte Miquel grimmig. Nun, ihm konnte es gleich sein. Gewinnen konnte Bassano nicht mehr. Trotzdem rutschte Miquel Fuster unruhig auf seinem Stuhl hin und her und erntete von benachbarten Mitstreitern wütende Blicke. Bei einem Konkurrenten schossen die Augenbrauen bis unter seine wild wuchernden Ponyfransen. Ein Schotte! Miquel schnaufte. Kannten die keine Barbiere? Mussten die mit langen Haaren und in einem Rock erscheinen? Unzivilisiertes Land. Immerhin schrieb man das Jahr 1838, da konnte man erwarten, dass die Teilnehmer dieses Wettstreites wussten, was sie ihrem Berufsstand schuldig waren. Wenn er sich richtig erinnerte, hatte der Dudelsack des ungehobelten Hünen wie eine Herde verwundeter Hammel geklungen und war somit sicher schon seit der ersten Aufgabe aus dem Rennen. Aber so waren die Fremden nun einmal, so kannte man sie: Sie benahmen sich auf seiner schönen Insel wie die Axt im Walde, stellten einheimischen Mädchen nach oder lebten gar in Unzucht wie dieser Pole, der sich mit seiner seltsamen französischen Freundin oben im Kloster von Valldemossa eingenistet hatte. Gut, der spielte Klavier und das ganz leidlich, wie man hörte, weit entfernt vom Krächzen, das dem Publikum soeben von diesem *Pijpzak* aus Flandern offeriert wurde. Dagegen konnte man ja die Geräusche des deutschen Hümmelchens mit geradezu nachsichtigem Lächeln über sich ergehen lassen und auch die schwedische *Säckpipa* ertragen, ohne mit der Wimper zu zucken. Wenn er geahnt hätte, wie mager sich die Konkurrenten in diesem Jahr ausnehmen würden, dann hätte ja durchaus seine eigene Xeremía ... Unsinn, verbot Miquel sich seine letzten Gedanken und sah sich erschreckt um, als stünden sie ihm auf der Stirn geschrieben. Er schalt sich innerlich selbst: Das war seine Xeremía. Wer wollte anderes behaupten? Niemand hatte gesehen, was vorgestern Nacht an dem kleinen Küstenabschnitt des Playa Es Coll Baix passierte. In jener Nacht, als der kleine Okzitanier unbedingt seine Sackpfeife auf das Atmen des Windes und der Wellen hatte einstellen wollen, um sie für das Spielen in freier Natur zu stählen und neues Holz zu schneiden. Er war ein Perfektionist gewesen, dieser Pau Bassano. Allein für die *Sarró*, den Sack aus Leder, der zum Spiel mit Luft aufgepumpt wurde, bereiste er die halbe Welt nach passendem Ziegenleder, welches er eigenhändig wieder und wieder gerbte, bis es den Grad von Zähigkeit, Haltbarkeit und Weichheit erreicht hatte, der ihn überzeugte. Wie er mit den drei Öffnungen verfuhr, die eine Xeremía zu dem machte, was sie war, hatte bei vielen anderen Dudelsackbauern für Kopfschütteln gesorgt. Sogar für den *Bufador*, das Blasrohr, mit dem die Atemluft in den Ledersack gelangte, verwendete er allerbestes Mandelholz, die Melodiepfeife *Grall* schnitzte er aus Buchsbaum und für die Grundtöne erzeugende *Bordune*, die quasi das Spiel einer Xeremía durch sich selbst begleitete, griff er sogar auf Ebenholz zurück. »Hast du Töne!«, hatte Miquel gesagt, als er erfuhr, dass Pau Bassano stets Äste aus noch lebenden Bäumen brach und jahrelang hegte und pflegte, bis das Holz ihm irgendwann erzählte, was er daraus schnitzen sollte. Miquel lächelte überheblich. Wer konnte sich solche Verschwendung leisten? Nur jemand, dem nichts auf der Welt wichtiger war als die Musik. Ganz so, als müsste man von seiner Kunst nicht auch leben können. Nun, übers Leben, ganz gleich, ob gut oder schlecht, brauchte sich Bassano keine Gedanken mehr machen. Der Mann hatte sich und seine Pfeifen einfach zu wichtig genommen. Miquel zuckte die Schultern, als er daran dachte, wie eine ganz besondere Marotte dem Konkurrenten zum Verhängnis geworden war: In der Melodiepfeife *Grall* befand sich die *Cayeta*, das Rohrblatt, das den Klang erzeugte. Durchaus ein wichtiges Teil einer jeden Xeremiá, aber Pau Bassano hatte es übertrieben. Er hatte darauf bestanden, das dafür nötige Holz nur oberhalb des Strandes von Coll Baix und unbedingt bei Vollmond zu schneiden. Nun, dachte Miquel, geschnitten hatte Pau das Holz und ihm ganz arglos gezeigt, wie er dabei vorging. Im Gegenzug hatte er Sekunden später gelernt, wie ein echter Mallorquiner mit einem Widersacher verfuhr. Es war ganz schnell gegangen. Danach war der lästige Okzitanier nicht mehr länger lästig gewesen und Miquel um eine Xeremía reicher.

Erst jetzt bemerkte Miquel, dass der Wettbewerb seinen Lauf genommen hatte und die Menschen nicht müde wurden, dieser seltsamen Weise zuzuhören, die sein Kontrahent sich ausgedacht hatte. Sie schienen nicht genug zu bekommen, das ewig selbe Stück zu hören, ganz gleich, ob eine *Tschiboni* aus Georgien, ein *Parkapzuk* aus Armenien, eine *Jirba* aus Bahrein oder eine *Northumbrian Smallpipe* aus dem Norden Englands sie spielte. Bekamen die denn alle nicht mit, wie schrill diese Musik in den Ohren klang? Miquel zwang sich, der *Uillean Pipe* aus Irland zuzuhören. Was waren denn das für durchdringende Töne? Wieso glaubte der Erbauer dieses seltsamen Blasebalgs, dass er eine Chance hatte, gegen göttliche Laute anzutreten, wie sie aus seiner Xeremía kamen? Miquel war der Einzige im Publikum, der den Kopf schüttelte, als die irische Version verklungen war. Zwischen Schottland und England mussten sie ähnliche Konkurrenz empfinden, wie sie zwischen ihm und Pau Bassano geherrscht hatte, dachte er. Diese beiden Länder waren auch gegen ihren Willen eng verbunden. Miquel verzog wütend den Mund. Dabei hatte er wirklich nichts unversucht gelassen. Er hatte den Okzitanier mehr als einmal besucht und ihm erklärt, warum eine echte Xeremía nur von einem echten Mallorquiner gebaut werden sollte. Aber dieser Mann hatte nur gelächelt und gesagt: »Wir sind eines Ursprungs. Meine Vorfahren sind von Mallorca nach Perpignan gezogen, als die Stadt in Okzitanien und diese Insel noch zusammengehörten. Ich bin nur zurückgekehrt, von einer Heimat in die nächste gewechselt.« Dann hatte er die Stirn gehabt, ihm seine Komposition auf der Xeremía vorzuspielen, mit der er sämtlichen Frauen der Insel den Kopf verdrehte. Eine Frechheit war das. Wieso hatte dieser Mann geglaubt, er könne Margalida ungestraft schöne Augen machen?

Miquel schloss kurz die Augen. Dieser Fremde hatte es fast geschafft, dass er, Miquel Fuster, nicht mehr der begehrteste Dudelsackbauer Mallorcas war. Nicht mehr lange, und er hätte kein einziges seiner Instrumente mehr verkaufen können, weil die Weiber ihre Männer aufforderten, nur noch bei diesem verwünschten Troubadour zu bestellen.

Wieder und wieder hatte Miquel Margalida in der Werkstatt Paus sitzen sehen. Sie war wie besessen gewesen vom Klang, den er schuf, hatte selbst lernen wollen, auf einer Xeremía zu spielen. Man bedenke! Eine Frau! Etwas in ihrer Stimme hatte Miquel gewarnt, als er ihr verdeutlichte, warum die Tradition das nicht vorsah. Da hatte mehr mitgeschwungen als nur die Liebe zu Sackpfeifen: Dieser Mann aus Okzitanien war im Begriff, ihm die Frau abzuwerben. Das konnte er nicht zulassen. Das hätte niemand zugelassen. Das war Diebstahl und Diebstahl musste bestraft werden. Pau Bassano hatte sich die Konsequenzen seines Tuns selbst zuzuschreiben. Miquel war nichts anderes übriggeblieben. Er hatte ihn in das Land schicken müssen, aus dem es keine Wiederkehr gab. Das war nur gerecht und konsequent gewesen. Miquel unterdrückte einen Seufzer der Befriedigung, denn eben nahm Margalida dem Musiker das irische Instrument ab und übergab ihm Miquels Xeremía. Dann winkte sie ihm. Sein Herz klopfte bis zum Hals, als er dieser Auszeichnung folgte und gemessenen Schrittes zum Podium hinaufstieg. Er verneigte sich vor Margalida und die wies ihm den Platz an ihrer Seite an, nahm sogar seine Hand. Dann gab sie dem Musiker ein Zeichen. Während der die Melodie spielte, fasste Margalida Miquel fester und fester. Ein Händedruck, wie man ihn einer Frau kaum zutraute. Während des Spiels stand Sastre auf und begab sich langsam an den Fuß der Treppe. Dort blieb er stehen und lauschte ergriffen, den Zugang für jeden anderen versperrend, denn jetzt drängten auch die anderen Juroren nach und stellten sich um die Bühne herum auf. Magisch von der Musik angezogen, folgte das gesamte Publikum. Innerhalb kürzester Zeit sah Miquel auf ein Meer von Köpfen hinunter, die andächtig zu seiner Xeremía aufschauten. Der Klang, der über den Zuschauern schwebte, schien die Luft zu verdichten und unter den Menschen Einheit zu schaffen.

Miquel fühlte, wie es um seinen Brustkorb enger wurde. Fast war ihm, als legten sich Margalidas Finger auch um sein Herz. Er öffnete den Mund, um besser atmen zu können, und ungewollt wanderte sein Blick zum Felsen hinauf, auf dem Pau Bassano das Holz geschnitten hatte, das er nicht mehr verwenden würde. Als Miquel seine Augen zusammenkniff, konnte er auf der Anhöhe Männer erkennen. Wenn das dichte Blätterwerk der Bäume auch keine genaue Bestimmung zuließ, so war ihm doch, als trügen sie Uniformen. Sollten sie doch suchen, sie würden keine Hinweise finden. Nichts deutete mehr darauf hin, dass er jemals an diesem Ort gewesen war. Pau Bassano würde ohnehin unauffindbar bleiben. Dafür hatten die Felsen gesorgt, die über und die unter Wasser. Fall und Aufschlag hatte sein Nebenbuhler nicht mehr gespürt. Dafür hatte Miquel mit einem einzigen exakten Stich gesorgt. Er war schließlich kein Unmensch. Nur einer, der verteidigte, was ihm die Tradition der Insel und sein Geburtsrecht zusicherten. Er hatte für Recht, Ruhe und Ordnung gesorgt. Allein dafür gebührte ihm die Xeremía schon. Außerdem trug sie jetzt seine Kordeln und seine Handschrift. Wie in Trance nahm Miquel das Verklingen der Melodie wahr, die Andacht, die danach herrschte, das ehrfürchtige Staunen.

»Ich denke«, sagte Antoni Sastre und schritt dabei langsam bis zur obersten Stufe des Podestes hinauf, »es kann kein Zweifel bestehen, welches Instrument uns alle am meisten betörte. Dieses! Die okzitanisch-mallorquinische Xeremía des Pau Bassano. Er ist der Sieger des heutigen Abends.«

Miquel schnappte nach Luft. Was sollte das? Woher wusste Sastre ... Ganz ruhig: Niemand konnte ihn gesehen haben. Niemand. Er suchte hektisch nach Worten, aber Margalida kam ihm zuvor. »Dieser Mann hier«, sagte sie und hob seine Hand, »hat sich mit fremden Federn geschmückt, ein Instrument eingereicht, das er durch schnöden Mord in seine Hände brachte.«

Ein Raunen ging durch die Menge und die Reihen um das Podest schlossen sich enger.

»Was redest du, holde Margalida«, zwang Miquel sich zu sagen und so viel Ruhe in seine Stimme zu legen wie möglich. »Wann hätte ich das tun sollen? Und wie? Und warum?«

Margalida sah ihm direkt in die Augen. »Du wolltest diese Xeremía. Und du wolltest mich. Aber ich wollte Pau Bassano. Deshalb musste er sterben.«

»Was für eine unglaubliche Anschuldigung«, versuchte Miquel Fuster abzuwiegeln. »Und lächerlich dazu. Du hast keinerlei Beweise in der Hand.«

»Nicht in der Hand«, stimmte Margalida hinzu, »aber um die Taille.« Sie ließ seine Hand los und griff nach ihrem ungewöhnlichen Gürtel. Mit schnellen Bewegungen band sie die Kordel ab und hielt sie dem Publikum hin. »Dies war der Schmuck, den Pau Bassano für sein Instrument vorgesehen hatte.« Sie wies auf die Anhöhe. »Ich habe die Schnüre an einem Felsvorsprung gefunden, als ich nach ihm suchte. Die Kordel muss sich verfangen haben, als Miquel Fuster ihn ins Meer hinunterwälzte.«

»Er wird sie verloren haben«, antwortete Miquel, seiner Sache sicher. »Unachtsamkeiten kommen vor. Hat nichts mit mir zu tun.«

»Das habe ich auch gesagt«, Antoni Sastre trat vor, »bis wir die zweite Kordel in deinem Reisegepäck fanden.«

Miquel zwinkerte überrascht mit den Augen. »Ihr habt es gewagt, mein Gepäck zu durchsuchen? Das nennt ihr Gastfreundschaft?« Er trat die Flucht nach vorn an. »Nun, es nützt euch dennoch nichts, diese Kordel hat mir der kleine Okzitanier bei unserem letzten Gespräch geschenkt. Ich habe ihm dafür eine von meinen gegeben. Genauso macht man es, wenn man in ebenbürtigem Wettstreit steht. So und nicht anders.« Er machte eine Handbewegung, die alle Konkurrenten und Zuhörer einschloss. »Wie alle heute dreimal hören konnten, ist meine Xeremía völlig konkurrenzlos. Tut mir leid, wenn den Bassano das so gekränkt hat, dass er von der Klippe sprang. Höchst bedauerlich, aber nicht meine Schuld.«

»Du hast recht«, sagte Margalida und nahm dem Musiker das Instrument ab. »Diese Xeremía ist konkurrenzlos. Aber sie gehört nicht dir.«

Wie hatte er sich nur in diese Frau vergucken können?, dachte Miquel Fuster. Ihr fehlte jegliche Fraulichkeit, wie sie da jetzt stand und gegen ihn ins Feld zog. Was bildete sie sich ein? Nun, ihn würde sie jedenfalls nicht bekommen, er konnte sein Geld auch gut allein ausgeben. Geld, das er mit dieser Xeremía verdienen würde. »Selbstverständlich gehört dieses Prachtstück mir«, sagte er mit Nachdruck. »Wer wollte das Gegenteil behaupten?«

»Die Xeremía selbst«, sagte Margalida ruhig. »Pau hinterließ an jeder seiner Sackpfeifen einen versteckten Hinweis auf seine Heimat. Er glaubte fest daran, dass jeder Dudelsack erst durch diesen winzigen Zusatz zu seinem Klang findet, und wollte Okzitanien und Mallorca so in Harmonie verbinden.« Vorsichtig zog sie eine der *Virolles* ab, einen Ring aus Silber, der sowohl als Schmuck als auch zum Schutz der Holzteile an den Spielrohren steckte. Margalida übergab ihn ihrem Vater, als würde sie ihren Ehering präsentieren. »Mein Vater und ich, wir alle können von Pau Bassano nur in höchsten Tönen reden. Er liebte Mallorca und er liebte die Musik.«

Antoni Sastre ließ den Silberring von Hand zu Hand wandern, sodass alle lesen konnten, was der Erbauer des Instrumentes für alle Ewigkeit ins Innenrund graviert hatte. Eine Inschrift, die den Dieb und Mörder zweifelsfrei überführte. In Okzitanisch stand da zu lesen: »Visca Okzitania! Visca Mallorca! Visca Margalida!«

Historischer Hintergrund

Heute ist das Wort Dudelsack zumeist Synonym für das gleichnamige Instrument aus Schottland, tatsächlich gibt es aber überall auf der Welt, auf jedem Kontinent, ureigene Ausprägungen von Sackpfeifen, die seit Jahrhunderten die traditionelle Musik ihres Landes illustrieren. Auf Mallorca selbst und auf Folkfestivals weltweit kann man heute die Xeremía, zumeist im Verbund mit ihrem »Orchester«, bestehend aus Einhandflöte und Handtrommel, erklingen hören.

Es ist ein mitreißendes Vergnügen, denn sowohl Melodien als auch Klang gehen direkt in die Beine. Wettbewerbe gibt es bis heute, aber bereits im 12. und 13. Jahrhundert fanden sich Dudelsackspieler zu hehrem Wettstreit zusammen. Will man viele verschiedene Sackpfeifen an einem Abend genießen, sollte man das Edinburgh Tattoo besuchen, welches jedes Jahr auch Melodien und Instrumente ferner Länder präsentiert. Allerdings ist dort allein der Geschmack des Publikums und sein Applaus die Wertung.

Die Tracht einer Mallorquinerin besteht bis heute aus Retrosillo, Mieder, Rock und Schürze. Aber wie überall auf der Welt wird sie leider nicht mehr so oft getragen, wie es ihrer Kleidsamkeit und ihrer schlichten Eleganz zusteht.

Okzitanien und Mallorca waren über lange Zeit kulturell und politisch miteinander verbunden. Der Palast der Könige von Mallorca (katalanisch: Palau dels Reis de Mallorca) in Perpignan ist steingewordenes Zeugnis des Zeitalters, in dem die Insel und große Teile Okzitaniens eine Einheit bildeten. Jaime II. befahl im Jahre 1276 nicht nur den Bau dieser wunderschönen Anlage für seine Hauptstadt, sondern erlaubte auch eine Blütezeit der Troubadoure und Spielleute, die noch siebzig Jahre zuvor undenkbar gewesen war. Im Jahre 1209 kam eine große Anzahl von ihnen über das Meer nach Mallorca, auf der Flucht vor der Einmischung des Papstes Innozenz III. und den Repressionen nordfranzösischer Herrscher. Sie brachten die Melodien und Instrumente mit, die bis heute den Grundstock vieler Stücke und Tänze bilden.

Durch die jahrzehntelange Zusammengehörigkeit und die stete Nachbarschaft der Länder sind Okzitanisch und Katalanisch, Letzteres auch in seiner mallorquinischen Ausprägung, die am unmittelbarsten miteinander verwandten Sprachen des Mittelmeerraumes. Tatsächlich hat Katalanisch mehr lautliche und lexikalische Gemeinsamkeiten mit der Sprache aus dem Süden Frankreichs als mit Sprachen der iberischen Halbinsel. Die (zweisprachig okzitanisch-französischen) Straßenschilder in Toulouse muten an, als befände man sich südlich der Pyrenäen. Sie und viele andere Wörter können von jedem Mallorquiner leicht verstanden werden. So weist das spanische mañana auf ein Morgen hin, das im Katalanischen demà heißt und im Okzitanischen deman. Die Schnur oder Kordel, die auch an der Xeremía Verwendung findet, nennt sich im Okzitanischen còrda und verliert im Katalanischen nicht mehr als seinen Gravis auf dem o. Besonders schön bei beiden Sprachen ist die Tatsache, dass auch deutsche Wortstämme mit in ihre Gestaltung eingeflossen sind. So würde im Spanischen das Meer azul sein – aber sowohl im Katalanischen als auch im Okzitanischen schlicht und ergreifend blau.

PETRA SCHEUERMANN

Flammen des Verrats

Es war der 6. Tag des Monats Mai im Jahr des Herrn 1691 in Palma, der Hauptstadt des Königreichs Mallorca.

Teresa saß zwischen ihrer Mutter und ihrem großen Bruder und beobachtete die langwierigen Vorbereitungen. Immer wieder rutschte sie unruhig auf der Holzbank umher. Stolz erfasste sie, immerhin hatte sie drei Sitzplätze ebenerdig, vor der rechten Tribüne, für sich und ihre Familie beim Autodafé, dem Glaubensgericht, ergattert. Die gute Sicht auf das Geschehen konnte ihnen niemand nehmen. Der Vater hatte sich standhaft geweigert, dieser abscheulichen Grausamkeit, wie er es nannte, beizuwohnen. Er hatte Teresa in den letzten drei Jahren spüren lassen, was er von ihrem Verhalten hielt. Sie konnte den Vater nicht verstehen, genauso wenig wie es die Mutter und ihr Bruder konnten. Ihre beiden Schwestern hatten sich auf die Seite des Vaters geschlagen, das hatten sie schon immer getan.

Für alle Fehler, die die beiden Schwestern in jungen Jahren begangen hatten, war Teresa, die Älteste, von ihrem Vater bestraft worden. Daher war sie froh, als sie endlich Lluis ehelichen konnte. Die Eltern der beiden hatten die Hochzeit schon arrangiert, als Teresa und Lluis noch Kinder waren. Sie hatte ihn ebenso wenig geliebt wie er sie, aber er hatte sie immer gut behandelt. Leider konnte sie mit ihm keine Kinder bekommen, er starb zwei Jahre nach ihrer Hochzeit an einer Herzerkrankung, an der er seit seiner Geburt gelitten hatte. Da es mit Lluis‘ Familie schon zu seinen Lebzeiten immer Ärger gegeben hatte, nichts konnte sie seiner Mutter recht machen, war Teresa schon bald nach Lluis‘ Tod wieder zu ihrer Familie zurückgekehrt. Immerhin hatten die beiden Schwestern nun das elterliche Heim gegen das ihrer Ehemänner eingetauscht, sodass es sich in den elterlichen Stuben aushalten ließ. Nur mit dem Vater geriet sie immer wieder aneinander.

Die Menge jubelte und grölte, schon bevor es losging, wie bei einem Volksfest. Im Gegensatz zu ihrem Vater hatte ihre Mutter ihr Tun gutgeheißen, auch wenn sie von diesem Zeitpunkt an von vielen Menschen in ihrem Viertel geschnitten wurden. Einmal war Teresa auf dem Markt einkaufen gewesen, als sich ihr ein unbekannter Mann in den Weg stellte und sie grob am Ärmel fasste, um sie am Weitergehen zu hindern. Er baute sich vor ihr auf, sah sie lange mit tiefem Abscheu an. Sie traute sich nicht, sich zu bewegen, dann spuckte er vor ihr aus. Im Weggehen sagte er: »Möge dich der Blitz treffen, du abgrundböse Hexe.«

Hexe, er hatte Teresa eine Hexe genannt. Dabei hatte sie doch nur recht getan. Wie hätte sie denn anders handeln können?

Hier war eine gigantische Menschenmenge, Teresa sah sich um. Ihre Mutter wollte von einem vorbeilaufenden Wächter wissen, wie viele Menschen dem Schauspiel beiwohnten.

»Dreißigtausend sind gekommen«, war seine Antwort, dabei glühte sein Gesicht vor Stolz, als hätte er jeden Einzelnen selbst herbeizitiert.

Dreißigtausend. Kein Wunder, dass die vielen Stimmen anschwollen wie ein Meerestosen bei starkem Sturm.

Doch plötzlich erstarrte die Menge und schwieg. Die Gefangenen wurden herbeigebracht. Die meisten Menschen auf dem Platz bekreuzigten sich, wie auch Teresa und ihre Mutter.

Caterina Tarongi war nackt. Alle starrten sie an. Ihr Körper war wohlgeformt und niemand konnte die Augen von ihr lassen, auch die Inquisitoren nicht. Es ging das Gerücht um, dass ihr Verstand schon seit geraumer Zeit getrübt sei. Aber weder dies noch die chronischen Fieberschübe, die Entzündungen des Herzbeutels, der Brust- und Bauchhöhle, an denen sie ihr Leben lang gelitten hatte, nicht einmal die *peinlichen Befragungen,* die Folter, hatten ihrer Schönheit etwas anhaben können.

Der Inquisitor schrie Caterina an: »Was hält dich vom katholischen Glauben ab? Warum willst du jüdisch sein?«

Die Menge war derart still, man hätte einen Olivenzweig fallen hören.

»Ich weiß nur, dass ich jüdisch bin, und dass ich jüdisch sein will.«

Die Menge stöhnte ob dieser Antwort auf, wie aus einem Munde. Jetzt wurde sie bekleidet, um den Dämon in ihrem Herzen zu verhüllen. Die Stimmen der dem Schauspiel Beiwohnenden wurden wieder lauter, sehr laut.

»Verbrennt sie, verbrennt sie, die Hexe. In die Flammen mit ihr.«

Auch ihr Zwillingsbruder Rafel und Rabbi Rafel Valls schworen ihrem jüdischen Glauben nicht ab.

Drei weitere Gefangene verleugneten ihren Glauben und baten um Wiederaufnahme in die katholische Kirche.

Als Nächster kam Esteve an die Reihe. Teresa hatte ihn geliebt, ihr ganzes Leben schon hatte sie ihn geliebt. Was hatte sie nicht alles für ihn getan! Für ihre Liebe zu ihm. Und dann hatte sie dieses Gespräch mit anhören müssen, das nicht für ihre Ohren bestimmt war und ihr diese Ungeheuerlichkeit offenbart hatte.

Wandte sich sein Blick in ihre Richtung? Sie wurde dessen gewahr, dass er sie nicht ausmachen konnte, nicht unter all diesen vielen Menschen. Aber trotz allem hatte sie das Gefühl, dass er sie ansah, mit all seinem Hass, ihr gab er die Schuld für das, was passiert war.

»Er sieht zu uns her«, stellte in diesem Augenblick auch die Mutter fest.

Ihr Bruder widersprach.

Auch Esteve schwor dem jüdischen Glauben ab. Er wurde weggebracht. Sein Leben konnte er dadurch nicht mehr retten, aber das Verbrennen bei lebendigem Leib hatte er sich erspart.

Drei Jahre hatten die Gefangenen auf ihren Prozess warten müssen. Viele hatten die Qualen der Folter nicht überlebt.

Teresa half ihren Eltern beim Kurzwarenhandel, nachdem Lluis verstorben war. Manchmal kam Esteve vorbei, er war ihre große Liebe seit der Kindheit. Schon immer hatte sie ein Auge auf ihn geworfen. Wie gerne wäre sie seine Frau geworden. Aber sie, Teresa, war schon in jungen Jahren Lluis versprochen worden. Und so war es auch Esteve ergangen, auch seine Eltern hatten für ihn eine Frau bestimmt.

Drei Monate nach Lluis' Tod starb auch Esteves Frau Raquel. Sie fanden sie tot in ihrer Bettstatt. Niemand wusste, woran sie verstorben war, außer einer einzigen Person.

An den Brandpfahl gekettet waren lediglich drei Personen: Caterina, ihr Zwillingsbruder Rafel und der Rabbi Rafel Valls. Elf Personen, darunter Esteve, sollten zunächst erwürgt und dann verbrannt werden. Von sieben weiteren Juden, denen die Flucht gelungen war, sollten die gemalten Bilder mit ihrem Antlitz den Flammen anheimfallen.

Nun zündeten sie das Reisig an. Teresa hielt den Atem an. Durch die Menge ging ein Raunen.

Teresas Mutter kannte sich mit Pflanzen aus, sie konnte damit heilen. Ihre Erfahrungen hatte sie an ihre drei Töchter weitergegeben. Daher verfügte Teresa über das Wissen, mit welchen Kräutern man Krankheiten heilen oder ein Leben auslöschen konnte.

Teresa hatte gehört, wie Esteve ihre Mutter angesprochen hatte, ob diese nicht ein Kraut gegen den starken schleimigen Auswurf seiner Frau wüsste. Ihre Mutter mischte verschiedene Kräuter. Als Teresa den Mann, den sie über alles liebte, zufällig in der Stadt traf, erkundigte sie sich nach der Wirkung der Arznei. Esteve sagte, der starke Auswurf habe sich noch nicht gebessert. In diesem Augenblick hatte Teresa ihren Entschluss gefasst.

Heimlich kochte sie zu Hause eine tödliche Kräutermischung. Zuvor wollte sie diese ausprobieren. Sie füllte den Sud in ein Gefäß ab und begab sich zur Stadt hinaus. Auf einem Feld richtete sie ein kleines Schüsselchen für die Vögel an. Als sie am nächsten Tag den Ort aufsuchte, fand sie unweit der Schüssel zwei tote Möwen, drei Taubenkadaver und einen toten Feldhasen. Schnell packte sie ihre Schüssel ein und verließ den düsteren Ort.

Sie war sich nicht sicher, ob die Menge des tödlichen Gifts auch für einen Menschen ausreichte. Aber ein Versuch war es wert. Drei Tage später machte sie sich heimlich mit ihrem tödlichen Sud auf zu Esteves Frau. Sie fand sie allein in ihrer Kammer. Teresa sagte, ihre Mutter schicke sie mit einem neuen Heilkraut. Sogleich packte sie ihren Sud aus und bot ihn der Kranken an. Raquel nahm die stark gesüßte Abkochung dankbar aus ihrer Hand und trank. Sie schüttelte sich und sagte, das Gebräu schmecke schrecklich bitter.

Teresa schenkte ihr noch ein zweites Mal ein und betonte: »Jede gute Medizin ist bitter. Trink, damit du endlich gesund wirst.«

»Ich danke dir, du bist wie eine Schwester für mich.« Während Raquel diese Worte sagte, legte sie ihre rechte Hand auf Teresas Arm.

Noch einige Zeit verweilte Teresa, bis Esteves Frau ein Schwindel erfasste. Nun begleitete Teresa die Taumelnde und auf Geheiß legte sich Raquel auf ihr Nachtlager.

Teresa begab sich zurück in ihr Elternhaus.

Am nächsten Morgen stand Esteve aufgelöst vor der Tür.

»Mein Weib, mein Weib«, schrie er immer nur. Teresa und ihre Mutter hüllten sich so schnell als möglich in ihre Kleider und folgten ihm.

Die kalte Raquel lag auf ihrer Bettstatt, aus ihrem offenen Mund quoll weißer Schaum.

»Da helfen keine Kräuter mehr«, stellte ihre Mutter fest, »Raquel ist tot.«

»Monate später ließ die Mutter beim Abendessen verlauten: Wenn die Zeit der großen Trauer vorbei ist, wirst du Esteve heiraten. Die Hochzeit ist eingefädelt.«

Teresa hatte nichts dagegen einzuwenden. Sie wollte nur zu gerne wieder ein wenig Freude in Esteves Leben bringen. Seit dem Tod seiner Frau verzehrte er sich vor Gram und Kummer.

Caterina versuchte zu fliehen. Heftig bewegte sie sich, mit ihrer ganzen Kraft zog sie an den Ketten. Ihre Schreie hallten durch die Menge und gingen Teresa durch Mark und Bein. Aber all ihre Versuche waren vergeblich, vom Brandpfahl konnte sie sich nicht lösen. Sie stand inmitten hoch aufgestapelter alter und trockener Holzscheite, sodass sie nicht am Rauch ersticken konnte. Das Reisig um sie herum brannte schon lichterloh.

Zunächst hatte Esteve in eine Hochzeit mit Teresa eingewilligt, aber er vermittelte den Eindruck, als hätte er damit keine allzu große Eile. Daher schickte die Mutter ihre Tochter immer wieder mit Aufträgen zu Esteve. Sie dachte, sie könne die beiden einander näherbringen. So auch an diesem verhängnisvollen Tag, dem 7. März 1688. Teresa sollte Esteve selbst zubereitete Teigtaschen mit Rindfleisch bringen. Frohen Mutes war sie zu ihm geschlendert. Sie hatte beschlossen, ihn endlich auf den Termin der Eheschließung hin anzusprechen. Sie näherte sich dem Haus von hinten. Im kleinen Garten hörte sie seine Stimme. Noch eine andere Männerstimme vernahm sie.

»Nun, wo keine Mauren vor der Küste liegen« – da Esteve dieses Sprichwort benutzte, wähnte er sich mit einem anderen allein. »Ich sage dir, Bruder: Komm mit, wir fliehen. Es ist unsere letzte Chance. Das Schiff bringt uns in ein Land, in dem uns niemand daran hindert, unsere Religion auszuüben. Dort sind wir frei. Die wunderschöne Caterina und ihre ganze Sippe kommen auch mit. Caterina, das ist ein Weib. So schön, dass es mir den Atem verschlägt. Und klug und mutig ist sie. Allein wegen ihr würde ich fliehen. Schade, dass sie schon vergeben ist, aber eine derartige Frau möchte ich ehelichen, nicht dieses hässliche Weib Teresa mit dem bösen Blick.«

Regungslos stand Teresa da, weder fähig, ihre Glieder zu bewegen, noch Luft zu holen. Sie wollte nicht glauben, was sie gehört hatte.

»Wann läuft das Schiff aus?«

»Heute noch, geh nach Hause und pack das Nötigste zusammen, dann komm zu mir, wir gehen gemeinsam.«

Die Tränen liefen über ihre Wangen, als sie nach Hause schlurfte. Wenn er nur wüsste, was sie für ihn aus Liebe getan hatte! Aber auch dafür würde er sie nur hassen.

Als Teresa am Casa Negra, dem Schwarzen Haus der Inquisition, vorbeikam, wusste sie, was sie zu tun hatte.

»Was willst du hier, Weib?«, wollte ein grauhaariger Mann wissen, dessen Glasauge sie besonders streng ansah. Sie berichtete das, was sie gehört hatte, aber entgegen ihrer Erwartung schien der Mann ihr nicht zu glauben. Sicherlich war der Grund hierfür, dass sie selbst nur eine zum Katholizismus konvertierte Jüdin war.

Mit den Worten »willst dich wohl nur wichtigmachen, Weib« entließ er sie.

Teresa ärgerte sich, sie war der Ansicht, dass Esteve und auch diese Caterina ihrer gerechten Strafe ins Auge blicken sollten.

Erst am nächsten Tag handelten die Männer aus dem Casa Negra. Wäre kein Unwetter aufgezogen, wodurch das Auslaufen des Schiffes verhindert wurde, wäre die Flucht geglückt. So aber wurden alle Juden, die mit dem Schiff die Insel hatten verlassen wollen, verhaftet.

Inzwischen hatten sich auch die Körper der drei entzündet, die im ewigen Feuer brennen sollten. Das Viertel einer Stunde hatte es gedauert, bis das Feuer nicht mehr nur an den Körpern züngelte, sondern diese lichterloh brennen ließ. Jetzt wehte Teresa und ihrer Familie nicht nur der beißende Rauch ins Antlitz, sondern sie rochen auch den Gestank des brennenden Menschenfleisches.

In diesem Augenblick passierte es. Teresa sank vornüber und stöhnte vor Pein. Es war, als würde sie selbst die Qual des Feuers ertragen müssen. Teresas Leiden war derart stark, dass ihre Mutter und ihr Bruder sie nach Hause führen mussten. Dort legte sie sich auf ihr Nachtlager und stand nicht wieder auf. Zwei Monate später starb sie. Einige mutmaßten, sie sei an einem gebrochenen Herzen gestorben, andere, diese waren eine Vielzahl, argwöhnten, dass sich die Bosheit von ihrem Herzen aus in alle ihre Organe ausgebreitet und ihr zum Schluss die Luft genommen habe.

Historischer Hintergrund

Bis Ende des 14. Jahrhunderts steckte die mallorquinische Kirche große Anstrengungen in die Konvertierung der Juden, allerdings blieb der Erfolg aus. Da die Konversionen unter Zwang stattfanden, übten viele ihre traditionellen religiösen Riten weiter heimlich aus. Immer wieder kam es zu drastischen Bestrafungen.

Im Rahmen der sogenannten Verschwörung von 1678 wurden auch Caterina Tarongi und ihre gesamte Familie gefangen genommen. Zahlreiche Familien hatten in einem Garten in Palma Jom Kippur, das Versöhnungsfest, gefeiert. Sie wurden verraten, verhaftet und eingekerkert. Alle baten um Wiederaufnahme in die katholische Kirche, daher wurde ihr Leben verschont. Sie wurden bestraft, viele von ihnen auf Jahre eingekerkert. Ein Teil der Strafe bestand zudem in der Beschlagnahmung ihrer gesamten Habe.

Am 7. März 1688 organisierten die mallorquinischen Juden eine Massenflucht. Heimlich wollten sie in einem englischen Schiff Richtung Amsterdam ablegen. Jedoch ein Unwetter verhinderte das Auslaufen des Schiffes. Alle, die flüchten wollten, wurden verhaftet, darunter auch Caterina, ihre Eltern und ein Teil ihrer Geschwister.

Am 6. Mai 1691 fand das Autodafé, das Glaubensgericht, vor 30.000 Zuschauern statt. Caterina weigerte sich, ihrem Glauben abzuschwören. Sie wurde daraufhin gemeinsam mit ihrem Zwillingsbruder Rafel und dem Rabbi Rafel Valls auf dem Scheiterhaufen bei lebendigem Leib verbrannt.

Dies fand damals vor den Toren Palmas statt, im Bereich der heutigen Plaça Gomila im Torreno, der Ort ist bis heute als El Fogó dels jueus, das Judenfeuer, bekannt.

Wo das Casa Negra, das Schwarze Haus der Inquisition, stand, befindet sich heute die Plaça Major.

BRIGITTE LAMBERTS

Ein halbes Leben

Der Vollmond verlieh dem fast schwarzen Wasser des Mittelmeeres eine glitzernde Oberfläche. Ein länglicher Koloss aus Stahl erhob sich mit unglaublicher Kraft aus dem Wasser, schien es zu teilen und verlangsamte dann seine Fahrt. Fast lautlos schob er sich auf die Cala Pí zu und verschwand in der fjordähnlichen Bucht, die von hohen Felsen umgeben war. Diese Feindfahrt hatte die Besatzung des deutschen U-Bootes überlebt. Nicht so die Mannschaft eines Versorgungsschiffes der Alliierten, das Nachschub nach Malta und Nordafrika bringen sollte.

Das Turmluk war geöffnet, erst kletterten die Offiziere heraus, dann folgten die Matrosen. Sie atmeten die frische Nachtluft ein, setzten sich aufs Deck und jeder versuchte die Schrecken und Ängste der letzten Stunden loszuwerden: die Schreie der noch Lebenden des torpedierten Schiffes, die sie sahen und hörten, nachdem sie in sicherer Entfernung aufgetaucht waren. Und die Wasserbomben eines feindlichen Zerstörers, die danach auf ihr U-Boot niederprasselten, nachdem es wieder abgetaucht war. Eine Meisterleistung des Kaleu, das U-Boot so schnell und so tief sinken zu lassen, dass sie der Zerstörung entkamen.

Der alte Herr sitzt an seinem Sekretär, als es an der Haustür läutet.

»Ich bin schon auf dem Weg«, ruft Maria, die Hausangestellte, und eilt zur Tür. Das Gehen fällt ihm schwer und nach dem Tod seiner Frau haben seine Kinder ihm vorgeschlagen, eine Hilfe einzustellen. Die beste Idee, die seine Kinder je hatten: Sie umsorgt ihn, kocht ausgezeichnet und sie verstehen sich gut. Richard hat wieder Lebensmut gefasst.

Maria führt einen Mann herein, der groß gewachsen und gut zwanzig Jahre jünger als der Hausherr ist. Richard stemmt sich hoch. Mit seiner Hand umfasst er die Stuhllehne. Er dreht sich um und blickt den Gast an. Das kann nicht sein. Oder doch? Seine Beine werden weich, er umfasst die Stuhllehne fester. Er überlegt, schätzt ab und rechnet nach. Doch, es kann sein!

»Geht es Ihnen nicht gut?«, fragt Maria besorgt, denn er ist blass geworden.

»Nein, nein, alles in Ordnung«, stößt Richard hervor.

Der Mann, der vor ihm steht, hat von der Sonne ein braun gegerbtes Gesicht, das durch die weißblonden Haare und die blauen Augen noch dunkler erscheint. Richards Gedanken rasen. Keinen kann er festhalten, nur das Gefühl, einer Ohnmacht nahe zu sein. Sein Herz schlägt bis zum Hals. Dann bittet er seinen Gast mit einer Geste, in einem Sessel Platz zu nehmen. Mit nur wenigen Schritten erreicht Richard den zweiten Sessel und setzt sich ebenfalls. Sie betrachten einander wortlos und erkennen im jeweils anderen sich selbst.

Der Kapitän des deutschen U-Boots erhielt regelmäßig Order, wann er auszulaufen hatte, die Zeiten wechselten. In der Zwischenzeit führte man Reparaturen aus und organisierte den Nachschub. Mallorca war unter Franco deutschlandfreundlich. Die Versorgungsmatrosen des U-Bootes wussten, an wen sie sich zu wenden hatten, wenn sie frisches Gemüse oder Obst besorgen sollten. Aber immer mussten sie sich wegen der Widerstandskämpfer vorsehen. Die kurze Zeit zwischen den Einsätzen war das reine Glück. Sie lebten! Sie versuchten nicht an die vergangene Nacht zu denken und nicht an den bevorstehenden Tag. Nach der Arbeit an Bord – und da gab es immer genügend zu tun – konnte ein Teil der Mannschaft an Land. Die einen sonnten sich an dem Sandstrand der kleinen Bucht und schrieben Briefe nach Hause, die wer weiß wann ankommen würden. Die anderen kletterten die Felsen hinauf, um in das gleichnamige Dorf Cala Pí zu gelangen.

»Maria, bringen Sie bitte Wasser, den guten Bourbon, und wenn mein Gast Kaffee möchte, bitte auch Kaffee.« Maria blickt zu dem Mann, der ihr freundlich zunickt. Sie sitzen sich weiter wortlos gegenüber. Richard betrachtet den Fremden, der das Wohnzimmer in Augenschein nimmt. Erst nachdem Maria den Whisky und eine Tasse Kaffee gebracht und das Wohnzimmer wieder verlassen hat, richtet Richard das Wort an den Mann.

»Magst du einen?« Er hält die Flasche hoch. »Ich glaube, wir beide können einen vertragen.«

Nachdem er den Whisky in zwei tulpenförmige, dünne Gläser eingegossen hat, fragt er: »Wie heißt du?«

»Ricard«, erwidert sein Gegenüber. Ein Lächeln huscht über Richards Gesicht. Sie hatte ihn auch immer Ricard genannt.

»Sie wissen, wer ich bin?«, kommt es in erstaunlich gutem Deutsch von seinem Gast.

»Ja, ich glaube zu wissen, wer du bist. Wollen wir nicht beim du bleiben? Das erscheint mir angebracht.«

»Wenn es dir recht ist.«

»Das macht es leichter.« Der alte Mann greift nach seinem Glas und kippt den Inhalt in einem Zug hinunter. »Normalerweise lass ich den edlen Tropfen im Glas kreisen und nehme immer nur kleine Schlucke, aber die Situation ist wohl alles andere als normal.«

Ricard nickt ihm bejahend zu, dann trinkt auch er den Whisky in einem Zug aus.

Wann immer er Landgang hatte, stieg Oberleutnant Richard Stockhausen die Felsen hinauf. Eine kleine Höhle war sein Ziel. Dort traf er Carlota. Sie war die Tochter des Restaurantbesitzers im Dorf: seine große Liebe. Eine Liebe, die man nur einmal im Leben erfährt. Die wenigen gemeinsamen Stunden genossen sie in vollen Zügen. Es konnten jedes Mal die letzten sein. Immer hatte Carlota einen Picknickkorb dabei. Und so saßen sie am Rand der Höhle mit Blick auf das blau schimmernde Meer und ließen sich die gebratenen Hühnerbeine oder Lammkoteletts schmecken. Richard konnte etwas Spanisch, im Übrigen musste das kleine Wörterbuch herhalten, das er immer bei sich trug.

»Nimm dich vor meinen Brüdern in Acht«, warnte ihn Carlota. »Sie sehen es nicht gerne, wenn wir uns treffen.«

Richard schaute sie fragend an.

»Einer meiner Brüder möchte, dass ich seinen besten Freund heirate, einen netten, guten Kerl, aber ich liebe ihn nicht. Und«, sie stockte, »meine Brüder sind Franco-Gegner, keine gute Ausgangssituation für uns.«

Richard lächelte und nahm Carlota in die Arme. »Mach dir nicht so viele Sorgen.«

»Wie geht es Carlota?«

Ricard lehnt sich im Sessel zurück, langsam lässt seine Anspannung nach. »Es geht ihr gut«, antwortet er, »doch ihre Beine wollen nicht mehr so.«

»Ja, das Alter, wir sind keine zwanzig mehr«, entgegnet Richard. »Aber sonst?«, hakt er nach.

»Sonst geht es ihr gut.«

»Das beruhigt mich. Ist sie zufrieden?«

»Ja, sie ist glücklich, wenn ihre Enkel um sie sind.«

»Lebt sie bei euch?«

»Wir haben sie zu uns genommen.«

»Das ist gut.« Richard wirkt erleichtert.

Er gießt seinem Gast und sich noch etwas Bourbon nach, dann fragt er: »Woher kannst du so gut Deutsch?«

»Mutter hat darauf bestanden, dass ich es lerne. Sie hat extra einen deutschen Residenten beauftragt, mir die Sprache beizubringen.« Ricard lächelt. »Erst vor wenigen Wochen habe ich begriffen, warum.« Er macht eine kurze Pause. »Vorher wusste ich nicht, dass du mein leiblicher Vater bist.«

Der alte Mann nickt. »Ich habe es nicht einmal geahnt, sonst wäre mein Leben anders verlaufen.«

»Was hast du nicht geahnt?«

»Dass Carlota von mir schwanger war. Ich hätte sie nie allein zurückgelassen.«

»Es fällt mir schwer, das zu glauben.« Ricards unterschwellige Skepsis ist nicht zu überhören.

»Was hat sie dir erzählt?«

»Ihr hattet eine Affäre.«

»Nein!«, stößt Richard hervor, dann wiegelt er mit der Hand ab. Er versucht, ruhig zu bleiben. Das Wort Affäre schmerzt ihn, es macht seine Liebe zu Carlota so klein. »Wir hatten keine Affäre, wir haben uns geliebt.«

»Geliebt«, presst Ricard zwischen den Zähnen hervor. »Mallorca war unter Francos Herrschaft, aber du als deutscher Offizier musstest dir eine Frau aussuchen, deren Familie gegen Franco im Untergrund kämpfte. Hast du geglaubt, du würdest mit offenen Armen von der Familie aufgenommen werden?«

»Ich habe, nein, ich liebe Carlota noch immer. Wir waren jung, in einer extrem schwierigen Situation, jeder Tag hätte der letzte sein können, da handelt man anders. Wir haben nur im Hier und Jetzt gelebt, verstehst du das?«

Richard holt tief Luft. Immer wenn er angespannt ist, wird er kurzatmig.

»Hast du einen blassen Schimmer, was es bedeutet, als ganz junger Mann auf einem U-Boot 1. Offizier zu sein? Oder sich unter Wasser eingesperrt zu fühlen? Wir waren 1944 viele junge Männer. Die Erfahrenen waren längst abgesoffen.«

Richards Hand zittert, als er auf Ricard zeigt.

»Unser Maschinist, der für den Maschinenraum verantwortlich war, zählte gerade achtzehn Jahre. Unser Kommandeur war ein Jahr älter als ich. Wir waren noch nicht einmal volljährig.«

»Das ist für mich kein Argument. Unsere Widerstandskämpfer waren auch nicht älter.«

Richard wischt sich mit der Hand über die Augen.

»Ich habe deine Mutter geliebt.«

»Ich weiß, sie hat mir alles erzählt, leider erst vor wenigen Wochen.«

»Warum erst jetzt?«

»Sie merkt immer deutlicher, dass ihre Kräfte schwinden. Sie hat nicht mehr viel Zeit.«

Ricard greift erneut zu seinem Whiskyglas und leert es.

Richard Stockhausen stieg, wie fast jeden Tag, den schmalen Weg zwischen den Felsen hinauf. Er musste nur noch das Plateau hinter sich lassen, wieder ein Stück die Felsen auf der anderen Seite hinunterklettern, dann hätte er schon den Eingang zur Höhle sehen können. Gleich am Rand der mit Büschen bewachsenen Felsplatte warteten drei Männer auf ihn. Sie kamen auf ihn zu, umkreisten ihn stumm. Hass sprach aus ihren Gesichtern. Richard drehte sich langsam um die eigene Achse, ein hilfloser Versuch, seine Gegner im Auge zu behalten. Der erste Fausthieb traf ihn mitten ins Gesicht, der zweite in den Magen. Er fiel zu Boden. Sie traten von allen Seiten auf ihn ein. Er schrie vor Schmerzen auf. Dann ein lauter Ruf. »Lasst ihn in Ruhe!«

»Carlota«, röchelte Richard. Er rappelte sich auf und fiel einem seiner Gegner in die Arme. Mit letzter Kraft stieß er ihn von sich. Sogleich streckte ihn ein weiterer Faustschlag nieder. In seine Ohnmacht hinein hörte er einen langgezogenen Schrei.

»Die drei Brüder meiner Mutter haben dich abgepasst und zusammengeschlagen, das weiß ich nun. Mutter hat viele Jahre auf dich gewartet, aber du kamst nicht mehr. Sie hat nie geglaubt, dass du sie im Stich gelassen hast, aber sie wusste nicht, warum du nicht zurückgekehrt bist. Als vermisst oder tot warst du beim Roten Kreuz nicht gelistet. Noch Jahre später, da war sie schon längst verheiratet, ist sie noch regelmäßig zu der kleinen Höhle gegangen, wo ihr euch immer getroffen habt.«

»Und sie hat dir nicht gesagt, dass ich dein Vater bin?«

»Nein.«

»Wen hat sie geheiratet?«

»Den Freund eines ihrer Brüder. Bis vor wenigen Wochen glaubte ich, er sei mein Vater.«

Richard schluckt. »Ist dir nichts aufgefallen?«

»Natürlich, ich war immer größer als meine Schulkameraden, hatte blaue Augen und blonde Haare.«

»Hast du nie etwas geahnt?«

»Es hat mich irritiert, ja, aber Mutter hat immer gute Erklärungen gehabt.«

»Was ist mit deinem Vater?« Richard räuspert sich. Ricard lächelt. Hätte Richard eine andere Bezeichnung für seinen Vater gewählt, wäre das erste verständnisvolle Miteinander womöglich ins Wanken geraten.

»Er ist vor ein paar Jahren gestorben.«

»Das tut mir leid.« Richard fährt sich mit der Hand durch seine immer noch dichten weißen Haare.

»Ich werde jetzt erzählen, wie es für mich weitergegangen ist.«

Richard nimmt die kleine Glocke vom Couchtisch und klingelt. Maria ist sofort da. »Unsere Unterhaltung wird länger dauern. Können Sie uns bitte ein paar Brote machen und eine Flasche Wein bringen?« Maria nickt und geht in die Küche.

»Es wird wohl ein längerer Abend«, bemerkt Richard und schaut Ricard an. Er betrachtet seinen Sohn, und es kommt ihm vor, als säße er sich selbst gegenüber, er selbst vor rund zwanzig Jahren.

»Hast du Kinder?«, fragt Richard.

»Ja, zwei Söhne und zwei Enkel.« Ricard öffnet seine Brieftasche und zieht ein Foto heraus. »Hier meine Frau mit unseren Kindern.« Richard schaut sich das Bild lange an. »Deine Frau ist bildhübsch und deine Söhne sind groß gewachsene Männer mit blauen Augen und im besten Alter.« Ricard lacht. »Ja, jetzt weiß ich, wo diese Gene herkommen.«

»Hast du auch ein Bild von deiner Mutter dabei?«

Ricard zieht ein weiteres Foto aus seiner Brieftasche und reicht es Richard.

Er betrachtet es aufmerksam, dann streicht er behutsam mit einem Finger über das lächelnde Gesicht von Carlota.

»Darf ich es behalten?«

Ricard nickt. Richard legt das Foto vor sich auf den Tisch, dann wischt er sich die Tränen aus den Augen. »Wir machen alle Fehler, nur manchmal sind sie nicht wiedergutzumachen.«

Nachdem Maria ein Tablett mit unterschiedlich belegten Broten und eine Flasche Wein auf den Tisch gestellt hat, geht sie zurück in die Küche und schließt die Tür leise hinter sich. Ricard schaut seinen leiblichen Vater erwartungsvoll an. Der holt erneut tief Luft, dann beginnt er zu erzählen.

»Admiral Dönitz war dagegen, einen Teil der deutschen U-Boot-Flotte im Mittelmeer zu stationieren, so wie im 1. Weltkrieg. Doch Hitler sah dies als genialen strategischen Schachzug. Die meisten abkommandierten deutschen U-Boote befanden sich in der Adria, aber zwei deutsche Boote lagen in der Cala Pí, in der fjordähnlichen Einbuchtung. Übrigens, es ist ein moderner Mythos, dass deutsche U-Boote in den Häfen von Mallorca repariert und die Mannschaften mit Lebensmitteln versorgt wurden. Lediglich die Insel Cabrera war Anlaufpunkt, dort war ein Medikamentendepot, sonst gab es nichts.«

Er räuspert sich kurz, dann spricht er weiter. »Wir liefen zu unterschiedlichen Zeiten aus: frühmorgens, am späten Abend oder auch tief in der Nacht. Manchmal hatten wir das Glück, tagsüber für wenige Stunden in das Dorf gehen zu können. So lernte ich deine Mutter kennen. In dem kleinen Restaurant, das deinem Großvater gehörte. Auch wenn es kitschig klingt, bei uns war es Liebe auf den ersten Blick.«

»Aber du hast in Deutschland dann später geheiratet?« Ricard hat längst die Fotografien in den silbernen Rahmen auf dem Sekretär entdeckt.

»Ja, ich habe nach dem Krieg und einem langen Lazarettaufenthalt geheiratet und eine Familie gegründet. Es war Liebe, aber nicht vergleichbar mit dem, was ich mit deiner Mutter erlebt habe. Deine Mutter war und ist die Liebe meines Lebens.«

»Und warum bist du nach dem Krieg nicht zurückgekommen?« Auf Ricards Stirn bildet sich eine tiefe Falte. Wie bei mir, denkt Richard, immer dann, wenn ich ungehalten bin.

»Ich habe Erkundigungen eingeholt. Einen Freund hatte ich gebeten, nach Mallorca zu reisen und sich umzuhören. Durch ihn erfuhr ich, dass Carlota geheiratet und schon zwei Kinder geboren hatte.«

»Du willst mir doch nicht allen Ernstes erzählen, dass dies der Grund war.« Ricard ballt seine Hand zur Faust. »Hättest du sie geliebt, so wie du vorgibst, wäre dir das egal gewesen, du hättest um die Liebe deines Lebens gekämpft.«

»Ich habe mich nicht zurück getraut«, antwortet Richard leise.

»Wieso?« Ricard starrt den alten Mann ungläubig an.

»Anfangs hätte man mich gar nicht einreisen lassen. Strenge Visaauflagen«, Richard stockt, »und ich glaubte, man würde mich polizeilich suchen.«

»Weshalb?«

»Mein Freund hatte erfahren, dass man den Tod eines Bruders deiner Mutter einem deutschen Offizier anlastete – also mir! Ich wurde somit des Mordes beschuldigt.«

Richard rutscht auf seinem Sessel nach vorne und schaut Ricard in die Augen. »Dass die Brüder deiner Mutter mich zusammengeschlagen haben, weißt du. Böse zusammengeschlagen. Dann haben sie mich einfach liegenlassen. Mein Leben habe ich meinen Kameraden zu verdanken, die mich gefunden haben, und dem Sanitäter des U-Boots, der mich notdürftig wieder zusammengeflickt hat.« Richard zeigt auf seinen steifen linken Arm. »Das hat mich jeden Tag an Mallorca und deine Mutter erinnert. Aber noch etwas anderes: Die Liebe zu deiner Mutter, die ich heute noch empfinde und ...«

»Du fragst gar nicht, warum Mutter dir nicht geholfen hat. Sie war doch auch auf dem Plateau.«

»Ihre Brüder werden sie gepackt und nach Hause geschleppt haben, anders kann ich es mir nicht erklären.«

»Ja, so war es, aber erkläre mir doch bitte, warum bist du nach dem Krieg nicht zurückgekehrt?«, fragt Ricard erneut und seine blauen Augen verdunkeln sich. Wie bei mir. Richard ringt um Fassung.

»Kurz bevor ich endgültig zu Boden gegangen bin, habe ich noch einen der Männer erwischt und ihn weggestoßen. Dann habe ich einen Schrei gehört, als wenn jemand die Felsen hinabgestürzt wäre. In meinen Fieberträumen sah ich einen Mann immer wieder hinabstürzen und war davon überzeugt, dass ich den Tod dieses Mannes verursacht hatte.«

Die beiden schweigen. Dann nimmt Ricard das Gespräch wieder auf. »Das war ein Bruder meiner Mutter, von dem es heißt, er sei im Widerstand gefallen.«

Richard nickt. Er gießt sich und seinem Sohn noch einen Whisky ein. »Als das Fieber überstanden war und ich wieder klar denken konnte, erinnerte ich mich an eine zeitliche Verzögerung zwischen meinem Stoß und dem Schrei des anderen. Er ist nicht durch mich zu Tode gekommen. Doch wie sollte ich das beweisen?«

Ricard hält sein Whiskyglas in der Hand, dann kommt es leise von ihm. »Nein, du warst es nicht. Mutter war es!«

Richard schaut seinen Sohn entsetzt an.

»Du hast meinen Onkel nicht getötet, sondern Mutter.« Ricard stockt kurz, dann spricht er schnell weiter. »Sie eilte dir zu Hilfe, um die drei davon abzuhalten, dich zu Tode zu prügeln. Dabei ist es zu einem tragischen Unfall gekommen. In ihrer Wut hat sie einen ihrer Brüder gestoßen und er ist dann die Felsen hinabgestürzt. Dass man dir den Mord anhängen wollte, diente zur Vertuschung der Tat meiner Mutter. Nicht du bist schuld, nein, sie war es.«

Richard fällt sein Whiskyglas, das er immer noch festhält, aus den zittrigen Händen und zerspringt auf der gläsernen Tischplatte. Tränen kullern über seine Wangen und tropfen auf sein Hemd. »Carlota!«, schluchzt er immer wieder leise. »Kein Mord, es war kein Mord.« Er hat niemanden getötet. Sein Leben lang hat er sich Vorwürfe gemacht. Was für ein tragischer Irrtum. Erst hat ihm der Krieg seine Jugend geraubt, dann die dramatische Auseinandersetzung die Hoffnung auf die Liebe seines Lebens genommen, ein halb gelebtes Leben.

Längst steht Ricard neben seinem leiblichen Vater. Richard hat es nicht bemerkt, wie sein Sohn ihm die Hand auf die Schulter gelegt hat. »Komm mit, Mutter wartet auf dich!«

Historischer Hintergrund

Deutsche U-Boote auf Mallorca: Auf Hitlers Befehl hin verlegte die Marineführung gegen den Willen von Oberbefehlshaber Karl Dönitz im Herbst 1941 U-Boote vom Atlantik ins Mittelmeer. Ziel war es, den Nachschub der Alliierten nach Nordafrika zu unterbrechen und die Versorgung der deutschen Truppen während des Afrikafeldzuges zu gewährleisten. Anfangs kooperierte das Franco-Regime noch mit Hitler und deutsche U-Boote konnten zwecks Versorgung Häfen in Spanien anlaufen. Nach 1944 war das nicht mehr möglich. Dass es auf Mallorca in Felsen und Schluchten unterirdisch eingerichtete Versorgungsstützpunkte für deutsche U-Boote gegeben haben soll, ist nichts weiter als ein moderner Mythos. Ein Phantasiekonstrukt, denn die geographische Lage der Insel zeigt, dass dies logistisch und operativ gar nicht möglich war. Die Geschichte zweier U-Boote, die sich in der lang gezogenen Schlucht der Cala Pí aufgehalten haben sollen, könnte hingegen wahr sein. Ob die Insel Cabrera wirklich von deutschen U-Booten angefahren wurde, um sich mit Penicillin zu versorgen, das auf Francos Befehl hin dort gelagert worden sein soll, sei dahingestellt.

URSULA SCHMID-SPREER

Die Hure und ihr Kaufmann

Amila schlich vorsichtig an den Hausmauern entlang. Sie drehte sich immer wieder um, ob ihr jemand folgte. Die Stadt war schon seit geraumer Zeit von den Arabern belagert. Nebel kroch durch die Gasse, sodass alles wie in milchiges Weiß getaucht aussah. Sie lupfte die Röcke, denn sie wollte nicht, dass der Saum vom Morast schmutzig wurde. Mit der Hand hielt sie krampfhaft den Bund fest. Dort hatte sie eine Geheimtasche eingenäht, wie viele der Kolleginnen es taten. Es gab zu viele Diebe in Medina Mayurqa, wie die Stadt Palma nun schon fast 300 Jahre hieß.

Der Kaufmann hatte ihr zwei Maravedí gegeben. Mehr als sonst. Er war mit ihren Diensten heute ganz besonders zufrieden gewesen. Er konnte sich auf sie verlassen, das wusste Kaufmann Cayetano Gomez. Sie war verschwiegen. Nie würde ihr ein Wort über die Lippen kommen. Auch nie gegenüber den anderen Hübschlerinnen, Freudenmädchen so wie sie. Amila zuckte zusammen. Ein Schatten. Dann klägliches Maunzen. Sie lächelte erleichtert. Hoffentlich hatte Consol, die Freundin und Mitbewohnerin, frisches Wasser geholt. Sie wollte sich unbedingt noch waschen und dann nur noch schlafen. Es war diesmal besonders anstrengend gewesen, Kaufmann Cayetano zuzuhören und ihm zu Diensten zu sein.

Am Schluss war er in Tränen ausgebrochen, sodass Amila seinen Kopf in ihren Schoß gelegt und ihn sanft hin und her gewiegt hatte. Sein Geheimnis war bei ihr gut aufgehoben. Cayetano wusste das und entlohnte sie großzügig. So konnte Amila etwas für noch schlechtere Zeiten beiseitelegen. Auf den letzten Metern zur Hütte setzte sie vorsichtig einen Fuß vor den anderen. Der Weg war steinig und Dornengestrüpp blieb an ihrem Rock hängen. Sie lauschte. Was war das für ein Geräusch? Amila blieb stehen, horchte in die Dunkelheit. Ein langgezogener Klagelaut kam aus ihrer Hütte. Dios mío, war etwas passiert? Vorsichtig schob sie das Sackleinen, das als Wind- und Sichtschutz diente, zur Seite. Consol saß auf der Strohunterlage und wippte mit dem Oberkörper vor und zurück. »Was ist mit dir?« Amila war mit zwei schnellen Schritten bei ihr. Doch Consol reagierte nicht. Tränen liefen ihr die Wangen hinunter. Die Arme hatte sie fest um die Knie geschlungen. Amila war es durch den Kaufmann gewöhnt, geduldig zu schweigen. Abzuwarten, bis dieser sprach. So setzte sie sich ruhig neben die Freundin und wartete, bis sie von alleine zu reden begann.

»Ich habe ihn umgebracht«, stieß Consol unter Schluchzen hervor. »Er ist bestimmt tot, er hat geblutet wie ein Schwein, nachdem ich ihm die Kanne auf den Kopf gehauen habe.«

»Ich verstehe kein Wort, wem hast du was getan?«

»Senyor Rodriguez.«

»Was hast du mit dem alten Sack zu tun? Wir hatten doch ausgemacht, dass wir ihn nicht mehr bedienen.«

»Ich weiß, ich weiß«, jammerte das junge Mädchen, »er wollte mir fünf Maravedí, hörst du, fünf Maravedí extra geben.«

»Und da konntest du nicht widerstehen.«

Consol nickte.

»Was musstest du dafür tun?«, fragte Amila nüchtern.

Nun ja, druckste ihre Freundin herum, »ich sollte mich mit dem Riemen ...«

»Du brauchst gar nicht weiterzusprechen. Zeig deinen Rücken.« Consol knüpfte ihre Bluse auf, drehte sich langsam um. Mehrere frische Striemen konnte man vom Halsansatz bis zum verlängerten Rücken sehen. Entsetzt schlug Amila die Hände zusammen.

»So sehr schlägt man doch nicht einmal die Gefangenen. Was ist weiter passiert?«

»Ich habe geschrien, dass er aufhören soll, aber er wurde immer wilder. Speichel tropfte aus seinem Mund und sein Gemächt ...«, Consol konnte nicht mehr weitersprechen.

»Und dann hast du den Krug gepackt und ihm eins übergezogen, verstehe. Hat dich jemand gesehen, als du weggegangen bist?«

»Nein, ich glaube nicht«, kam es zögerlich.

»Gut, leg dich jetzt hin und versuch zu schlafen. Ich muss nachdenken.«

Consol tat, wie ihr befohlen. Bald zeugten regelmäßige Atemzüge, dass sie fest eingeschlafen war.

Wie hätten die beiden Frauen auch ahnen können, dass jemand sie belauscht hatte und sich leise in den Pinienwald zurückzog. Er rieb sich die Hände, leckte sich die Lippen. Sah er doch rosigen Zeiten entgegen. Die beiden Mädchen würden nun für ihn arbeiten. Mit seinem Wissen, das er zufällig erlangt hatte, konnte er Amila und Consol erpressen. Die beiden hatten sich lange genug über ihn lustig gemacht und dann wieder mit Verachtung gestraft. Jetzt war er an der Reihe.

»Was willst du, Artur? Ich habe jetzt keine Zeit, muss in die Medina«, sagte Amila. »Schon mal was von anklopfen gehört?«

»Brauch ich nicht«, sagte der Mann. Ein Mundwinkel hing schief und sein linkes Auge zuckte.

Amila zog verächtlich eine Augenbraue nach oben, rümpfte die Nase.

Breitbeinig stellte sich Artur vor sie hin. »Du und diese ...«, er deutete auf den Strohsack, auf dem Consol lag, »dieses Ding da, ihr werdet ab sofort für mich arbeiten. Sagen wir fünfzig zu fünfzig. Ich will ja kein Unmensch sein.«

Amilas Mund stand offen, dann begann sie zu lachen. »Welches Pferd hat dich denn geritten?«

»Der Tod von Leutnant Rodriguez. Es hat sich nämlich wie ein Lauffeuer verbreitet, dass der Leutnant erschlagen aufgefunden worden ist. Außerdem habe ich es gesehen«, log er. »Jedes Detail. Krug und so«, tat er unschuldig.

Ein unterdrückter Schluchzer kam von Consol. Sie begann, sich wieder vor und zurück zu wiegen.

»Langsam, Artur, was hast du gesehen?«

Kurz wiederholte er, was er in der Nacht belauscht hatte.

»Soso, du glaubst jetzt also, dass du uns in der Hand hast. Willst dir dein Wissen wohl bezahlen lassen?«

Er grinste fies. »Man muss sehen, wo man bleibt. Ach ja, ich vergaß zu erwähnen, dass ich einmal in der Woche, umsonst, versteht sich, von euch beiden bedient werden will.«

Obwohl die Lage ernst schien, konnte sich Amila ein abschätziges Lächeln nicht verkneifen.

Artur war ein kleines Männlein, das sich ununterbrochen kratzte. Sein ganzer Körper war mit Ausschlag übersät. Ein Bein war kürzer als das andere. Er hatte keinen einzigen Zahn mehr im Mund. Drei Haare wuchsen ihm aus einer Warze am Kinn. Wahrlich kein schöner Mann, aber dass er so verschlagen sein konnte, das hätte ihm Amila nicht zugetraut.

»Wir werden uns absprechen«, sagte sie, zu ihm gewandt. »Geh jetzt bitte, Consol ist noch ganz schwach.« Amila wartete, bis er nicht mehr zu sehen war. Erst dann flüsterte sie: »Wir werden uns etwas überlegen müssen. Du musst fliehen. Am besten auf das Festland. Er wird uns nie in Ruhe lassen.«

Die nächsten Tage verliefen relativ ruhig, obwohl sich der gewaltsame Tod des Pau Ramirez natürlich auf der Gasse herumsprach. Hinter vorgehaltener Hand flüsterten die Menschen. Es lag etwas in der Luft, was genau, hätten die Bewohner von Medina Mayurqa nicht sagen können. Jeder ging seinem Tagwerk nach, obwohl es nicht einfach war, nach über drei Jahrhunderten Herrschaft die Araber auszuhalten. Die Bevölkerung kämpfte täglich ums Überleben. Keiner kümmerte sich mehr um die einst blühenden Gärten, die

Häuser verfielen. Amila versuchte sich so unauffällig wie möglich nach einer Überfahrt auf das Festland zu erkundigen. Viele Inselbewohner wollten weg, fliehen, solange es noch möglich war. Die Insel zu verlassen erwies sich als schwieriges Unterfangen. Vor allem durfte sie keinen Verdacht erregen. Amila wusste nicht, was schlimmer war: drei Jahrhunderte Herrschaft der Araber oder Artur, der die beiden Frauen verfolgte. Er sagte kein Wort, zeigte sich immer wieder, sodass sie gewahr wurden, dass er sie nicht aus den Augen ließ.

»Was sollen wir nur tun?« Consol bearbeitete die Wäsche, indem sie sie kräftig auf einen Stein schlug. »Artur wird uns nicht länger in Ruhe lassen. Ich habe Angst.«

»Es fehlt noch, dass er sich mit den arabischen Heiden verbündet«, murmelte Amila. Sie hielt inne. »Nein, das glaube ich nicht. Cayetano Gomez würde mir das sagen. Ich werde gleich mal zu ihm gehen.«

»Nein, warte lieber, bis es dunkel ist.« Consol ergriff Amilas Arm und sah sie flehentlich an.

Niemand sollte sie sehen, deshalb schlich Amila des Abends die Gassen entlang zur Wohnung des reichen Kaufmannes. Sie klopfte das verabredete Zeichen an die Tür.

Ein Lächeln ging über sein Gesicht, als er Amila erblickte. Schnell ging er auf sie zu, umarmte und küsste sie. »Schade, ich habe keine Zeit. Ich habe Kunde erhalten, dass König Jaume Truppen auf dem Festland zusammenzieht. Er hat diese arabischen Piratenteufel satt. Sieh zu, dass du dich in Sicherheit bringst.« Er umarmte sie noch einmal, steckte ihr zwei Maravedí in den Ausschnitt. »Lauf jetzt!«

Sie kam nicht weit. Sie hörte Schüsse, nicht genug damit, öffnete auch noch der Himmel seine Schleusen. Große Tropfen klatschten hernieder und ließen den gestampften Boden in den Gassen zu einem schlammigen Morast werden. Ein hektisches Durcheinander entstand. Sie vernahm Schreie, Fußgetrappel. Amila ließ sich in der Menschenmenge treiben, die sich Richtung Hafen bewegte.

»In Santa Ponça ist eine Streitmacht angekommen«, flüsterten sich die Leute zu. »13.000 Mann auf hundertfünfzig Schiffen sollen in der Bucht gelandet sein«, wusste ein anderer zu berichten.

»Bald werden wir frei sein«, freute sich Amila. Wie hätte sie auch ahnen können, dass es noch drei Monate dauern würde, bis die Araber sich geschlagen gaben und König Jaime I. in die Medina Mayurqa einzog. Der Bevölkerung ging es sehr schlecht, und wenn Amila nicht den Kaufmann Cayetano gehabt hätte, der ihr ab und zu etwas zusteckte, hätten sie und Consol hungern müssen. Artur hatte sich zurückgezogen. Er ließ sie in Ruhe. Es gab so viele Tote, dass der Mord von Leutnant Rodriguez nicht weiter verfolgt worden wäre. Das hatte er wohl erkannt.

»Sie haben dieses Araberpack geschlagen«, jubelte ein älterer Mann.

»Die Araber haben aufgegeben«, sagte ein anderer. »Ich habe gehört, dass der König vierzig Huren mitgebracht hat. Das wird ein Fest.« Er fuhr sich mit der Zunge über die Lippen.

Amila erschrak. Der König hatte Huren mitgebracht? Die Geschäfte liefen sowieso schon schlecht, und jetzt würde es noch Konkurrenz geben? Sie verdrängte diese besorgniserregende Nachricht.

Es wurde aber auch Zeit, dass sich die Bevölkerung wieder frei bewegen konnte.

Jetzt würde Amila sicher eine Möglichkeit finden, ihre Freundin Consol von der Insel zu bringen. Es gab zwar keine Befragungen, aber man wusste ja schließlich nie, ob Artur nicht doch den neuen Herren der Insel wohlgefällig sein wollte. Schnell eilte sie zu ihrer Behausung. Gerade noch rechtzeitig, denn Artur lag auf Consol, die sich heftig wehrte und schrie. Die Angst verlieh Amila große Kräfte. Mit einem Ruck riss sie den Mann von ihrer Freundin herunter.

»Was fällt dir ein? Was bist du doch für ein ekelhafter Wurm.«

Artur stieß eine Faust in die Luft, mit der anderen Hand zog er seine Hose hoch und hielt sie fest. »Das wirst du mir büßen, du Hure«, schrie er Amila an. »Jetzt ...« Den Rest des Satzes ließ er offen.

Amila gab ihm einen Fußtritt, sodass er ins Straucheln kam. »Raus«, schrie sie, »raus! Und wage es ja nicht, uns anzuschwärzen. Dann bist du deines Lebens nicht mehr sicher.«

»Wirst du mich dann auch umbringen, so wie Consol das mit Pau Rodriguez getan hat?«, schrie Artur zurück. Die Nachbarn standen auf der Gasse und lauschten begierig.

»Still, du spielst mit dem Feuer. Hau bloß ab.«

Es verbreitete sich die Kunde der Eroberung und die Kapitulation der Araber wie ein Lauffeuer.

Am nächsten Tag stapfte Artur in die Kammer der beiden Frauen zurück. Er blickte finster, spuckte aus. »Ihr seid ein widerliches Weibervolk«, schrie er aufgebracht. »Ich habe lange genug stillgehalten. Ich melde euch jetzt bei der neuen Präfektur. Ihr beide«, er betonte das Wort beide, »habt Pau Rodriguez umgebracht.« Er lachte schadenfroh. »Artur ist nicht dumm«, grinste er.

»Doch, du bist dumm«, schrie ihm Amila entgegen. »Wir sind belagert worden, das Leben ist schon hart genug. Kannst du uns nicht in Ruhe lassen? Glaubst du vielleicht, dafür interessiert sich noch jemand?«

Arturs Augen wurden ganz groß. Eine kräftige Hand hatte sich auf seine Schulter gelegt.

»Verschwinde«, sagte eine dunkle Stimme, »lass die Frauen zufrieden.«

Artur erschrak. Die Weiber hatten einen Fürsprecher. Verdammt! Dagegen kam er nicht an. Zähneknirschend lief er weg, so schnell ihn seine Füße trugen. Er wusste, wann er verloren hatte.

»Ich wollte dir die frohe Kunde selbst bringen. Der Emir hat kapituliert.«

»Jetzt können wir wieder offen zu unserem Herrn Jesus Christus beten«, sagte Amila. »Ich danke Euch.«

In der Folgezeit wurden die meisten arabischen Sakralbauten geplündert und zerstört. Die Hauptmoschee in Medina Mayurqa wurde dem Erdboden gleichgemacht.

Amilas Kopf lag auf dem Bauch des Kaufmannes Cayetano Gomez. Sanft streichelte sie seine Brust. »Ich danke dir, mein Lieber, dass du uns die frohe Kunde gebracht hast. Jetzt wird Medina Mayurqa wieder Palma heißen. Wie wird es weitergehen? Hat Consol noch etwas zu befürchten?«

»Hm«, meinte Cayetano. »Es wäre wohl besser, wenn sie auf das Festland übersetzt und dort untertaucht.«

»Ich kann sie nicht allein lassen. Sie ist meine kleine Schwester. Sie hat sonst niemanden mehr.« Amila schwieg.

»Dann wirst du mit ihr gehen müssen«, meinte Cayetano. »Ich helfe euch.« Sanft streichelte er über Amilas Kopf. Ich werde aufs Festland reisen, Waren einkaufen, damit der Handel hier auf Mallorca wieder in Schwung kommt. Und ich nehme euch mit. Dann kann ein neues Leben für euch beginnen.«

»Das würdest du für uns tun?«

Cayetano nickte.

»Um welchen Preis?« Amila sah ihm fest in die Augen.

»Um den Preis des Schweigens.«

»Dein Geheimnis ist gut bei mir aufgehoben.«

Einige Tage später stach das Handelsschiff Esmeralda in See. Unter Deck waren zwei Frauen, etwas verängstigt, aber doch in freudiger Erwartung ihres neuen Lebens. Das Schiff legte in Barcelona am Hafen an. Unsicheren Schrittes wankten Amila und Consol den Steg hinunter. Der Kaufmann Cayetano Gomez verbeugte sich, reichte Amila einen Beutel zum Abschied.

»Für ein neues Leben.«

Amila sah ihm fest in die Augen. Nie würde jemand erfahren, dass Cayetano weder schreiben noch lesen noch rechnen konnte.

Historischer Hintergrund

Der Maravedí ist eine arabische Währung. In vielen der damaligen Herrschaftsgebieten des heutigen Königreichs Spanien und deren Besitzungen galt der Maravedí als Währung. Die Güte der Münzen verschlechterte sich überproportional. Man unterschied de vellón, de plata antiqua und de plata mexicana.

Arabische Piraten griffen immer wieder die Handelsschiffe des Königs Jaume I. an. Deshalb versuchte er, die Insel zu erobern. Vorherige Unternehmungen schlugen fehl. Er deklarierte die Invasion als Kreuzzug. Drei Erzbischöfe nahm er mit. 13.000 Mann auf 150 Schiffen stachen in See und landeten unbehelligt in der Bucht von Santa Ponça. Palma wurde drei Monate lang belagert und den Arabern eine vernichtende Niederlage zugefügt.

Silvester 1229 kapitulierte der Emir. Man plünderte die Stadt und machte die Sakralbauten, darunter die Moschee der Araber, dem Erdboden gleich. König Jaume I. ließ eine Kathedrale erbauen. Das Christentum setzte sich durch. Viele arabische Paläste gingen in das Eigentum der Protegés des Königs über.

Die Autoren

Flade, Tatjana

Sie ist in Franken und im Rheinland aufgewachsen, hat Osteuropäische Geschichte und Slavistik in Bonn und Paris studiert und ein Volontariat bei der Deutschen Presse-Agentur absolviert. Bevor sie sich als Journalistin selbstständig machte und nach St. Petersburg, Russland ging, war sie Redakteurin bei der dpa in Frankfurt am Main. Momentan arbeitet sie als freie Sportjournalistin mit dem Schwerpunkt Eiskunstlauf und wohnt mit ihrer Katze Lucinda in Bonn, wenn sie nicht bei Wettbewerben in aller Welt unterwegs ist. Tatjana engagiert sich seit vielen Jahren im Bundesverband junger Autoren (BVjA). Sie schreibt Krimis, Fantasy und Science-Fiction. www.tatjanaflade.de, Blog: www.tatjanaflade.com

Giesen, Sabine

(*1964) in der Eifel geboren, wuchs sie im Bergischen Land auf und lebt seit über 30 Jahren in Düsseldorf, studierte u.a. Betriebswirtschaft und arbeitete über die Jahre in unterschiedlichen Unternehmen und Sparten.

Nach der Veröffentlichung von Kurzkrimis erscheint im Januar 2018 ihr erster Thriller, »Sein Gelübde«, Verlag edition oberkassel, Düsseldorf.

Grießer, Anne

arbeitete nach ihrem Studium (Ethnologie und Germanistik) einige Zeit als Reisejournalistin und Wanderführerin auf Mallorca.

Heute lebt sie in Freiburg und schreibt hauptsächlich über Mord und Totschlag. Als Autorin, Herausgeberin und Krimi-Entertainerin schwingt sie die Feder und so manches blutige Theaterrequisit. Zuletzt erschienen ihr historischer Krimi »Das Heilige Blut« und im Wellhöfer Verlag »Die tote Spur«. www.anne-griesser.de

Jischinski, Mark

(*1974) Mühlhausen, er arbeitet in Deutschland, Österreich und der Schweiz als Berater und Coach für Unternehmer und Menschen in Veränderungsprozessen. Er gibt darüber hinaus Seminare für Selbstständige und Führungskräfte, sitzt aber oft an seinem Rechner und schreibt Geschichten. Seit dem Jahr 2000 veröffentlicht er Romane, Erzählungen und Short Stories. Zuletzt erschienen von ihm im adakia Verlag die Romane »Spatzenmuse« und »Wankelmuse« (mit Ophelia Hansen), »ironisch«, eine Sammlung von Short Stories und »Iren ist menschlich«, ein irisches Tagebuch. Er ist Herausgeber der »edition Caput«, der Autoren-Anthologie des adakia Verlages.

Lamberts, Brigitte

Sie ist promovierte Kunsthistorikerin, PR-Beraterin und Redakteurin. Nach Stationen in Museen, PR-Agenturen und Verlagen hat sie sich im Bereich Corporate Publishing selbstständig gemacht. In Zusammenarbeit mit ihrer Co-Autorin sind drei Düsseldorf-Krimis beim Verlag edition oberkassel, Düsseldorf erschienen: »Ausgeweidet«, »Totgetanzt« und »Wutentbrannt«. Ihr erster Kurzkrimi findet sich in der Anthologie »Grüne Soße mit Schuss«, zugleich ist sie Mitherausgeberin der Anthologie »Mallorca mörderisch genießen«, beide Publikationen sind im Wellhöfer Verlag, Mannheim herausgekommen. »El Gustario de Mallorca und das tödliche Elixier« ist ihr erster Mallorca-Krimi, veröffentlicht im März 2017 bei edition oberkassel. Sie ist Mitglied bei den *Mörderischen Schwestern*, im *Syndikat* und im Bundesverband junger Autoren (BVjA).
www.brigitte-lamberts.de

Lammers, Jan

(*1972), studierte in seiner Heimatstadt München Literatur- und Politikwissenschaft. 1999 wanderte er in einem dreimonatigen Fußmarsch von Deutschland bis nach Spanien. Seitdem lebt er mit seiner Frau (eine gebürtige Mallorquinerin) und drei Kindern in der Altstadt von Palma, sodass die Inselsprache Mallorquí mittlerweile sowohl im Berufs- als auch im Privatleben zu seiner zweiten Muttersprache geworden ist.

Neben der regelmäßigen Zusammenarbeit mit der Kulturfinca Son Bauló ist er seit 2010 bei der Mallorca-Zeitung (MZ) als Kolumnist tätig. Unter dem Titel »I això d'on ve?!« werden hierbei mallorquinische Begriffe und Redewendungen vor ihrem historischen Hintergrund erläutert. Daraus entstanden sind die beiden Bücher »Unser kleiner Felsen« sowie »Mehr von unserem kleinen Felsen«. Seit 2015 erscheinen zwei Kolumnen

»Man wird ja wohl noch fragen dürfen« sowie »Neues aus Absurdistan«; letztere wird neben der Printversion auch als Blog in der Online-Ausgabe der MZ veröffentlicht.

Sein Kurzkrimi »Fischfutter« erschien in der Anthologie »Mallorca mörderisch genießen« (Wellhöfer Verlag) Außerdem schreibt er 2018 eine weitere Kolumne in der MZ, den »Mallorca-Duden«.

Lange, Kerstin

lebt und arbeitet in Düsseldorf. Nach einer kaufmännischen Ausbildung bildete sie sich zur Bilanzbuchhalterin weiter. Ab 2009 widmete sie sich ganz dem Schreiben. Sie besuchte zahlreiche Seminare rund um das Schreiben und absolvierte eine Ausbildung zur Sprecherin. Ehrenamtlich engagiert sie sich für den Blindenverein Düsseldorf und liest Nachrichten für eine Hörzeitung ein.

Sie hat über 50 Kurzgeschichten veröffentlicht, von denen einige ausgezeichnet wurden. Ihre spannenden Krimis rund um den pensionierten Kriminaloberrat Ferdinand Weber bestechen durch subtilen Humor und tiefgründige Psychologie.

Das aktuelle Buch »Speyerer Geheimnisse«, emons Verlag, ist ihr siebter Kriminalroman.

Sie ist Mitglied der Autorenvereinigungen *Syndikat* und Bundesverband junger Autoren (BVjA). www.kerstinlange.com

Loewe, Hedy

(*1965) ist gebürtige Fürtherin, lebt mit ihrem Mann und den Schmusetigern im Landkreis Fürth. Sie ist Diplom-Kauffrau, selbstständige Marketingberaterin und Texterin. Als Gegenpol zu kunden- und sachorientierten Texten schreibt sie dystopische Sciencefictionromane, die im Carlsen Verlag Hamburg unter dem Label Dark Diamonds erscheinen. Außerdem verfasst sie Kurzgeschichten und Gedichte.

Scheuermann, Petra

(*1959) Frankenthal / Pfalz, lebt in Mannheim. Von Beruf Sozialarbeiterin, Heilpädagogin und Erzieherin, widmet sie sich heute hauptberuflich dem Schreiben. Neben zahlreichen Kurzgeschichten veröffentlichte sie drei Genusskrimis »Schoko-Leiche«, »Schoko-Pillen« und »Schoko-Engel«. Sie ist Mitglied im Verband deutscher Schriftstellerinnen und Schriftsteller, im *Syndikat*, bei den *Mörderischen Schwestern* und im Literarischen Zentrum Rhein Neckar e.V. *Die Räuber ,77*. www.petrascheuermann.de

Schmid-Spreer, Ursula

ehemalige Lehrerin im Gesundheitsbereich, zahlreiche Veröffentlichungen in Anthologien, Fernseh- und Literaturzeitschriften, die teilweise vertont wurden. (Mit-)Herausgeberin von 17 Krimi-Anthologien und »Nürnberger Originale«, bei edition oberkassel sind drei Kriminalromane erschienen: »Der Tote vom Silbersee«, »Bekenntnis mit Folgen« und »Mord in Cork«.

Gewinnerin des Publikumspreises der Autoren-Akademie Berlin für das Buch »Bekenntnis mit Folgen«, Mitglied bei den *Mörderischen Schwestern* und beim Bundesverband junger Autoren (BVjA), Mitarbeiterin im Online-Newsletter *The Tempest*, Organisatorin des Nürnberger Autorentreffens und von Schreibseminaren.

Schwohl, Anette

(*1959) Neumünster, hat nach dem Abitur Kunstgeschichte, Neuere Deutsche Literatur und Kulturmanagement in Hamburg studiert. Von 1993 bis 2002 als Museumsdirektorin am Vogtlandmuseum Plauen tätig. Seit 2002 wieder in Schleswig-Holstein, arbeitet sie als Autorin und Dozentin für Kreatives Schreiben. 2005 Förderung eines Drehbuchs durch die FFA-Berlin, 2013 als Co-Autorin bei Brockhaus »Kreatives Schreiben – Vom leeren Blatt zum fertigen Text«, 2014 Kurzgeschichte »In petto« für die Anthologie »Diagnose Mord«, Buchvolk Verlag Zwickau, 2016 Kurzgeschichte »Wir haben uns einmal geliebt« für die Anthologie »Mallorca mörderisch genießen«, Wellhöfer Verlag. Ihren Lebensunterhalt bestreitet sie in der Hauptsache als Kunsthistorikerin. Mitglied bei den *Mörderischen Schwestern.*

Williams, Fenna

(*1956), studierte Kreatives Schreiben in Seattle, London und Frankfurt und schreibt seitdem Drehbücher, Kurzgeschichten und Romane. Ihr Ermittlerteam um Dona Holstein löst auf historischen Tatsachen beruhende Fälle, die in der Gegenwart zu mörderischen Problemen führen. Unter dem Namen Auerbach & Auerbach führt sie die bekannte Krimiserie um die Haushüterin und Übersetzerin Pippa Bolle seit 2016 allein weiter. www.fenna-williams.com

Woda, Bruno

(*1944), aufgewachsen in Nürnberg, schon im Gymnasium schrieb er erste Kurzgeschichten und Gedichte. Er studierte und promovierte in Naturwissenschaften.

Jetzt lebt er am Niederrhein, seine Geschichten verdichten sich auf das Wesentliche; auf zwischenmenschliche Beziehungen mit ihren magischen Augenblicken, Tücken und Glücksmomenten. So beschrieben in Kurzgeschichten und Romanen (2013), Mitautor in Anthologien, »Schreibaffären« (2013) und »Haus der 13 Mörder«, beide im Verlag art & words, Nürnberg (2014), »Mallorca mörderisch genießen«, Wellhöfer Verlag, Mannheim (2016), im Roman »Unschuldig?«, Verlag edition oberkassel, Düsseldorf (2016) und Mistelernte, edition oberkassel, Düsseldorf (2017).

www.wellhoefer-verlag.de

www.wellhoefer-verlag.de

www.wellhoefer-verlag.de

www.wellhoefer-verlag.de

www.wellhoefer-verlag.de